P. J. STAHL

LES

# PATINS D'ARGENT

## HISTOIRE

D'UNE

## FAMILLE HOLLANDAISE

ET D'UNE BANDE D'ÉCOLIERS

ADAPTÉ DE L'ANGLAIS DE Mᵉ MARY MAPES DODGE

DESSINS PAR THÉOPHILE SCHULER

GRAVURES PAR PANNEMAKER

## BIBLIOTHÈQUE

### D'ÉDUCATION ET DE RÉCRÉATION

J. HETZEL ET Cⁱᵉ, 18, RUE JACOB

PARIS

LES PATINS D'ARGENT

DESSINS DE TH. SCHULER

P. J. STAHL

# LES PATINS D'ARGENT

## HISTOIRE

D'UNE

## FAMILLE HOLLANDAISE

ET D'UNE BANDE D'ÉCOLIERS

ADAPTÉ DE L'ANGLAIS DE Mᵉ MARY MAPES DODGE

DESSINS PAR THÉOPHILE SCHULER

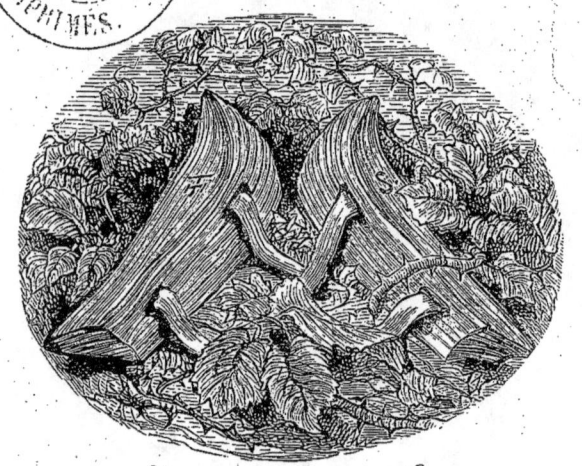

GRAVURES PAR PANNEMAKER

BIBLIOTHÈQUE

D'ÉDUCATION ET DE RÉCRÉATION

J. HETZEL ET Cᴵᴱ, 18, RUE JACOB

PARIS

# LES PATINS D'ARGENT

## PRÉFACE DE L'AUTEUR

Ce récit vise à combiner la part d'instruction qui peut se rencontrer, dans un livre de voyages, avec l'intérêt d'une histoire intime, attachante. Quand on aura lu *les Patins d'argent*, on aura fait, sans se déranger, un voyage en Hollande. Ce curieux pays ne ressemble à aucun autre; c'est la Chine et le Japon de l'Europe, avec des mœurs à part très-dignes d'être étudiées. La plupart des incidents de ce livre sont pris sur nature. L'histoire touchante de Raff Brinker, de sa femme et de ses deux enfants, est strictement vraie.

1

Au point de vue de l'art, si *les Patins d'argent* servent à donner au lecteur une idée juste de la Hollande, à lui présenter un tableau vrai de ses coutumes, du caractère si intéressant et si particulier de la vie hollandaise et du sol hollandais; s'il éveille dans son esprit le désir de visiter la Hollande et le besoin de s'intéresser à sa destinée, le but de l'auteur sera rempli.

Au point de vue moral, si le lecteur, après l'avoir lu, se sent une confiance plus grande dans la bonté de Dieu, s'il se rend mieux compte que le devoir accompli est le plus sûr chemin du bonheur, le vœu le plus cher de l'auteur sera exaucé.

MARY MAPES DODGE.

# AU LECTEUR

C'est par une traduction mot à mot, littérale, des *Patins d'argent*, demandée par nous à un de nos collaborateurs, M. Anceaux, que nous avons connu tout d'abord le livre de M⁻ Mary Mapes Dodge, et que nous avons pu juger que ce livre charmant avait en effet le double mérite que son auteur avait voulu lui donner.

Mais, si cette traduction suffisait pour nous donner une idée photographique des *Patins d'argent*, il restait pour nous à faire à cette œuvre, écrite en vue d'autres lecteurs que les nôtres, cette toilette d'adaptation et d'acclimatation à laquelle il est bien rare que nos livres français échappent quand on veut leur faire un sort à l'étranger. Cette méthode qu'on peut trouver barbare, de laquelle j'ai pu avoir soit à souffrir, soit à profiter pour mon compte, il m'a paru plus d'une fois qu'elle pouvait avoir comme on dit « du bon » et qu'on pouvait tout au moins plaider pour elle les circonstances atténuantes.

Est-il si fâcheux, est-il si injuste qu'un étranger, qu'il soit un être idéal comme un livre ou un personnage de la vie réelle, fasse au pays dans lequel il désire trouver bon accueil les sacrifices nécessaires aux habitudes d'esprit et au génie particulier de ce pays? Vaudrait-il mieux pour lui n'y pénétrer qu'à l'état d'œuvre morte, ou même n'y point entrer du tout?

La question peut se poser, mais elle peut se résoudre dans les deux cas, sans qu'au bout des deux solutions il y ait mort d'homme, ou mort d'écrivain à coup sûr.

Toujours est-il qu'avec l'agrément de l'auteur, nous avons entrepris d'adapter *les Patins d'argent* à l'usage des lecteurs spéciaux de notre *Bibliothèque d'éducation et de récréation*, dans l'espoir que ce livre touchant en deviendrait une des perles les plus précieuses. Abandonnant donc pour lui nos œuvres personnelles, nous n'avons pas reculé devant cette tâche toujours ingrate de reprendre ligne à ligne l'œuvre d'un autre.

L'auteur des *Patins d'argent* est une dame, une Américaine que la Hollande avait charmée, comme elle nous avait vivement intéressé nous-même toutes les fois que nous l'avions visitée. M⁰ Mary Mapes Dodge s'était proposé la double tâche devant laquelle aurait reculé un écrivain français, d'enfermer dans un récit attachant une description, si minutieuse de la Hollande, que son livre, *roman* et *guide* tout à la fois, pût servir à deux fins.

Ce double but un peu témérairement visé par l'auteur, nous a paru rendre impossible de publier *les Patins d'argent* en français dans leur entier, sans jamais nous écarter et sans rien sacrifier du texte original. Le Français n'est pas le plus patient des lecteurs; chasser deux lièvres à la fois est trop pour son attention. Le génie même ne parviendrait pas à lui faire reconnaître le mérite ou l'utilité de digressions capables de le détourner du principal. Il aime la méthode, la clarté; ce peuple français, brouillon, dit-on, ne peut rien supporter de ce qui ressemble au désordre dans les œuvres d'art. M⁰ Mary Mapes Dodge avait écrit son livre en vue de ses compatriotes américains. A ceux-ci, infiniment moins voisins que nous de la Hollande, elle avait à révéler de ce curieux pays, une foule de choses qu'un voyage de treize heures place à la portée d'un Parisien quelconque lorsqu'il se met en route, comme c'est son devoir, un des excellents guides de Joanne à la main. Le lecteur français n'avait que faire de ces nomenclatures trop fidèles, de ces récits rétrospectifs, historiques, et biographiques, étrangers et par conséquent nuisibles à l'action du livre et qui y tiennent une place considérable. Nous avons dû réduire au nécessaire ces hors-d'œuvre, pour nous superflus. Nous sommes assuré que pour un public à qui la découverte de la Hollande est facile, nous avons sagement agi. L'histoire de la famille Brinker, qui fait la valeur principale du livre de M⁰ Mary Mapes Dodge se fût noyée, perdue, égarée tout au moins, pour nos lecteurs français, au milieu de trop nombreux accessoires.

Grâce au parti que nous avons pris, les aventures touchantes de Hans et de Gretel reprendront par plus de concentration tout leur prix. Cette étude exquise des mœurs hollandaises en restera plus saisissante, et peut-être nous reprochera-t-on d'avoir trop concédé encore à la volonté de l'auteur de *décrire* et de *guider*.

Si nous avons dégagé avec soin ce touchant récit de ce qui dans l'œuvre primitive lui faisait trop souvent et trop longtemps obstacle, si nous l'avons lié plus que l'auteur ne l'avait fait aux récits incidents des excursions de la gentille bande de ses écoliers hollandais, avec plus de soin encore nous sommes-nous attaché à mettre en relief ce que ses personnages, tous pris sur le vif, avaient et pouvaient donner de charmant; complétant au besoin ce que l'auteur semblait avoir négligé et nous efforçant de laisser entre temps un tableau là où nous n'avions trouvé qu'un croquis.

Que M⁰ Mary Mapes Dodge nous pardonne. Nous désirons que son livre soit aimé chez nous autant qu'il mérite de l'être, mais du moment où nous nous chargions de le présenter à un public qui n'était pas celui qu'elle avait cherché et qui nous a d'ailleurs donné plus d'une preuve de confiance, nous avons dû faire pour son œuvre ce que nous aurions fait pour la nôtre même, c'est-à-dire tout ce qui, sans lui rien ôter de ce qui faisait sa véritable saveur, pouvait la faire agréer parmi nous.

*Les Patins d'argent* ont été traduits en hollandais. L'édition hollandaise est, on le comprend, infiniment plus réduite encore que la nôtre en ce qui concerne la partie historique et descriptive.

P. J. STAHL.

I

HANS ET GRETEL

# CHAPITRE PREMIER

HANS ET GRETEL. — LA HOLLANDE

Il y aura tantôt vingt ans que, par une belle matinée de décembre, deux enfants, un jeune garçon et une jeune fille moins âgée encore que lui, pauvrement vêtus tous les deux, étaient assis l'un devant l'autre sur les bords d'un canal gelé de la Hollande, et semblaient occupés d'une besogne qui n'allait pas toute seule.

Le soleil n'avait pas encore paru, mais les confins de l'horizon se teignaient déjà des lueurs pourpres du jour naissant. C'était l'heure, pour la plupart des bons Hol-

landais, d'un paisible repos; le digne et vieux mynheer
van Stoppelnoze lui-même sommeillait encore.

De temps en temps une agile et svelte paysanne portant
un panier bien équilibré sur sa tête, arrivait effleurant à
peine la surface polie du canal. Un gros garçon en patins
courait à son travail et échangeait avec elle, en glissant,
un bonjour sympathique.

La jeune fille et le jeune garçon, son frère, les deux
enfants dont nous avons parlé à la première ligne de ce
récit, s'évertuaient toujours à attacher sous leurs pieds
un instrument bizarre. Ce n'était certainement pas ce
qu'on peut appeler des patins, mais c'était quelque chose
d'informe destiné évidemment à en tenir lieu; car à quoi
pouvaient servir deux grossiers morceaux de bois dur,
dont les dessous amincis en forme de lames étaient percés
de trous à travers lesquels passaient des cordons de cuir
destinés à les fixer autour des pieds, sinon à faire glisser
tant bien que mal des pieds sur la glace?

Ces drôles de machines avaient été fabriquées par Hans,
le garçon. Leur mère n'était qu'une pauvre paysanne, trop
pauvre pour songer à acheter des patins à ses enfants.
Tout primitifs qu'étaient ceux-ci, ils leur avaient procuré
déjà plus d'un moment heureux, et à cette heure où nos
jeunes Hollandais tiraient à qui mieux mieux sur leurs
cordons avec leurs doigts rouges et glacés, pour les fixer
à leurs pieds, on ne pouvait cependant surprendre sur
leurs figures sérieuses, penchées jusqu'à leurs genoux,
aucun rêve de patins d'acier, d'un usage plus sûr et plus
commode. Non, ces patins de bois leur suffisaient; aucune vision ambitieuse ne venait troubler la satisfaction
intérieure dont ils étaient remplis.

Au bout d'un instant, le jeune garçon se releva. Ses patins, à lui, étaient assujettis. Il fit le mouvement de bras
d'un patineur qui prépare son élan; et après avoir laissé

tomber un insouciant : « Venez-vous, Gretel? » Il glissa
légèrement à travers le canal.

« Hans! Hans! lui cria sa sœur d'un ton plaintif, je
n'en viendrai jamais à bout; mon pied me fait encore trop
mal. Vous savez que les cordons m'ont blessée à la cheville, le dernier jour de marché, et je ne puis les endurer
attachés à la même place.

— Nouez-les un peu plus haut, répondit Hans qui
continua à patiner sans la regarder.

— Mais je ne peux pas; pour être noué plus haut, le
cordon est trop court. »

Le frère fit entendre un coup de sifflet tout hollandais
qui n'exprimait aucune mauvaise humeur, mais qui voulait dire :

« Que les filles sont donc ennuyeuses! »

Il revint pourtant vers sa sœur :

« Êtes-vous sotte, Gretel? lui dit-il, de porter des souliers de cette espèce, quand vous en avez une bonne paire
de cuir tout neufs à la maison! Autant vaudraient vos
sabots.

— Comment! Hans, vous oubliez donc que le père a
jeté dans le feu mes beaux souliers neufs. Ne les avez-
vous pas vus tout recroquevillés au milieu de la tourbe
rouge, avant que j'aie pu les en retirer. Je puis encore
patiner avec ceux-ci, mais avec mes sabots je ne le pourrais pas. Prenez garde à ma cheville, Hans. »

Hans avait tiré un cordon de sa poche. Il s'agenouilla
devant sa sœur et, tout en fredonnant un refrain mono-
tone, sa main solide se mit en devoir d'attacher le patin
de Gretel.

« Aïe! aïe! cria-t-elle, car il la faisait réellement souffrir, ne serrez pas si fort! »

Hans desserra le cordon avec un mouvement d'impatience; il l'eût même détaché tout à fait et jeté au loin,

en frère bourru qu'il était, s'il n'eût aperçu une larme
coulant sur les joues de la petite fille.

« Je vais l'arranger, Gretel, n'ayez pas peur, dit-il avec
une tendresse soudaine. Mais dépêchons-nous; la mère
aura besoin de nous bientôt. »

Il jeta autour de lui un regard investigateur, inspecta
d'abord le sol, puis les branches dénudées d'un saule qui
se balançaient au-dessus de sa tête, et de là porta les yeux
sur le ciel déjà resplendissant et coupé à cette heure de
larges bandes bleues, pourpres et or. Mais n'ayant trouvé
dans ces hautes régions rien qui répondît à ce qui l'oc-
cupait pour le moment, il reporta ses regards sur les
pieds de sa sœur. Cette vue lui inspira sans doute une
bonne idée; ses yeux brillèrent tout à coup et il prit l'air
de quelqu'un qui sait fort bien ce qu'il a à faire. Ayant
vivement ôté son bonnet, il en arracha la doublure, en fit
un petit coussinet et l'arrangea soigneusement et même
adroitement sur le dessus du soulier et sur le côté, à l'endroit où pouvait souffrir Gretel.

« A présent! s'écria-t-il triomphant et nouant les cordons aussi vivement que le lui permettaient ses doigts
engourdis par le froid, pouvez-vous endurer que je tire? »

Gretel serra les lèvres comme pour dire : « Allez-y!
je l'endurerai! » mais ne fit pas d'autre réponse.

Un instant après, le frère et la sœur, tout souriants,
volaient en se tenant par la main sur le canal. Ils ne
s'inquiétaient pas de savoir si la glace portait, car, en
Hollande, la glace est un hôte de tout l'hiver. Elle s'in-
stalle sur l'eau d'une manière décidée, grâce à la rigueur
des nuits. Il semble que loin de devenir plus mince et
moins sûre lorsque le soleil luit dessus, elle prenne de
jour en jour plus de force et semble défier les rayons les
plus chauds.

On entendit bientôt une sorte de grincement sous les

pieds de Hans. Ses coups de patins devinrent plus courts; le dernier se termina par une brusque secousse et il se trouva subitement couché sur le dos, décrivant en l'air avec ses jambes des arabesques fantastiques.

« Bien tombé », dit Gretel, en riant.

Mais comme la casaque de gros drap bleu de la petite recouvrait un cœur compatissant, elle se retourna par un mouvement plein d'une tendre sollicitude, et, riant encore un peu malgré elle, elle se dirigea vers son frère, toujours étendu, pour lui porter secours.

« Vous êtes-vous fait mal, Hans? » demanda-t-elle. « Oh! vous riez; ce n'est rien. » Elle lui prit la main, le releva prestement, puis: « Attrapez-moi maintenant!» s'écria-t-elle.

Elle était partie comme un trait.

Hans avait repris son équilibre, et il se mit à la poursuivre. Mais ce n'était pas chose facile que d'attraper Gretel. Toutefois les patins de la petite fille, surmenés par cette course rapide, avaient commencé aussi à grincer; sentant qu'ils ne se prêteraient pas à une course plus longue, et, bien persuadée que la prudence est la partie la plus essentielle de la sûreté, elle fit une subite volte-face et se jeta dans les bras de celui qui la poursuivait.

« Attrapée! attrapée! s'écria Hans.

— C'est vous qui l'êtes attrapé! répliqua-t-elle, tout en faisant des efforts pour se dégager. »

On entendit en ce moment une voix claire et vive qui appelait :

« Hans! Gretel!

— C'est la mère, dit Hans, reprenant instantanément son sérieux. »

Le canal était à présent tout doré par les rayons du soleil; l'air pur du matin était délicieux à respirer, et le

nombre des patineurs augmentait peu à peu. Mais Gretel
et Hans étaient de bons enfants; ils ôtèrent leurs patins,
sans même se donner le temps de défaire les nœuds. La
pensée de faire attendre leur mère et de céder à la tentation de prolonger leur récréation ne vint ni à l'un ni à
l'autre, et ils se dirigèrent vers la maison.

Par sa taille, Hans dépassait sa jeune sœur de toutes
ses épaules larges et carrées. Sa tête était garnie d'une
épaisse chevelure blonde, rejetée en arrière, qui laissait
tout le front à découvert. Il avait quinze ans. C'était un
garçon solide, avec de grands yeux honnêtes et un visage
sur lequel était inscrit le mot: « Bonté. »

Gretel était vive et élancée. La lumière dansait dans ses
yeux bleus, et les roses de sa joue dans l'ovale de son
charmant visage pâlissaient ou prenaient une teinte plus
foncée quand on la regardait, comme il arrive des fleurs
blanches et rouges d'un parterre, suivant que le vent agite
leurs tiges dans le sens de l'ombre ou dans celui du soleil.

Les deux enfants aperçurent leur chaumière aussitôt
qu'ils eurent quitté le canal. La haute taille de leur mère
s'encadrait dans l'ouverture irrégulière de la porte. Vêtue
d'une casaque et d'un jupon court, la tête couverte d'un
bonnet serré aux tempes, elle ressemblait à un vieux tableau. La chaumière aurait encore paru proche, quand
même elle eût été à un mille de distance. Dans ce pays
plat, tous les objets se montrent en relief; les poulets
aussi bien que les moulins à vent. Si ce n'étaient les
digues et les bords élevés des canaux, on ne verrait en se
plaçant au centre de la Hollande, ni un seul monticule,
ni un pli de terrain, jusqu'au plus lointain horizon.

Personne, hélas! n'avait de meilleures raisons de connaître les digues, que dame Brinker et les jeunes patineurs
hors d'haleine qui couraient à son appel. Mais avant de
vous dire ces raisons, je vous invite, ami lecteur, à faire

tout d'abord avec moi un petit voyage dans le curieux et
amusant pays que Hans et Gretel contemplent insoucieu-
sement tous les jours. Restez dans votre fauteuil, la course
sera moins fatigante. Quand vous l'aurez faite, vous vous
rendrez mieux compte du genre d'intérêt que peuvent offrir les événements que j'ai à vous raconter. Le cadre est
ici nécessaire à l'intelligence du tableau.

La Hollande est la plus singulière contrée qui existe
sous le soleil. C'est un pays à part. On devrait l'appeler :
Odd-land (drôle de terre) ou Contrary-land (terre sans pareille), car elle diffère presque en toutes choses des autres contrées du monde. En premier lieu, une grande
partie du pays est au-dessous du niveau de la mer. De
grandes digues ou remparts, élevés avec beaucoup de
peine et d'immenses sommes d'argent, ont pu seuls obliger l'Océan à rester dans les limites qui lui ont été assi-
gnées et l'empêcher de submerger la Hollande tout entière. Sur certaines parties des côtes, l'immense poids
des eaux lutte incessamment contre les barrières que la
main des hommes lui oppose, et c'est tout au plus si le
pauvre pays peut en soutenir la pression. Les digues s'ef-
fondrent quelquefois ; alors une voie, une immense brèche
d'eau s'ouvre subitement et les plus grands malheurs en
résultent. Ces digues puissantes, cela va sans dire, sont
nécessairement à la fois et très-hautes et si larges qu'il
n'est pas rare de les voir couvertes de maisons et ombra-
gées de grands arbres. Dans leur plus grande élévation
elles sont sillonnées d'ordinaire par de belles routes publiques, d'où les chevaux peuvent apercevoir, en regardant
au-dessous d'eux, les chaumières qui s'étagent aux flancs
des parties inférieures plus rapprochées du niveau de la
mer. Mais très-souvent les quilles des vaisseaux flottant
à la surface de la mer dépassent de beaucoup les toits
des habitations riveraines. C'est la mer qui est le plateau,

la hauteur; c'est la plaine liquide qui fait sommet et do-
mine. La cigogne claquetant bruyamment avec ses petits
au plus haut des pignons, peut bien sentir que son nid
est là à l'abri des intrus ; mais la grenouille coassant
dans les roseaux voisins est quelquefois plus près qu'elle
des étoiles. Les araignées d'eau circulent au-dessus des
hirondelles de cheminées, et les saules pleureurs semblent
pencher la tête par pure honte de ne pouvoir monter
aussi haut que les roseaux d'à-côté.

On voit partout des fossés, des rivières, des étangs et
des lacs. Élevés mais non à sec, ils miroitent au soleil au centre même des quartiers les plus affairés et les plus bruyants,
et dédaignent les champs monotones et humides qui
s'étendent non loin d'eux. On est tenté de se demander
lequel des deux est la Hollande : « La terre ou l'eau. »

La verdure elle-même qui devrait se borner à pousser
en terre ferme, s'est trompée en disputant les étangs aux
poissons. En un mot, le pays tout entier est une espèce
d'éponge toujours saturée d'eau, ou, comme l'appelle le
poëte anglais Butler :

« Une terre à cheval sur une ancre, amarrée comme un
vaisseau, où l'on ne demeure pas, mais où l'on monte à
bord. »

Il y a des gens qui naissent, vivent, meurent et ont même
leurs jardins sur des barques. Des fermes bâties sur pilotis, abritées sous des toits qui ressemblent à des chapeaux
à larges bords abaissés sur les yeux, se tiennent debout
sur leurs jambes de bois avec l'air de gens qui ramassent
leurs vêtements autour d'eux comme pour dire : « Nous
sommes décidés à ne pas nous mouiller les jambes, si c'est
possible. » Les chevaux eux-mêmes ont une sorte de petite échasse ou tabouret à talon élevé sous chaque sabot
pour les aider à sortir de la boue. Le paysage donne l'idée
d'un paradis de canards. C'est un pays splendide l'été

pour les garçons et les filles qui vont pieds nus. Quels
barbotages! Quelles flottilles en miniature! Quelles parties de rames et de pêche! Quelle école de natation! C'est
un océan de flaques d'eau, entrecoupé de quelques rubans,
de quelques carrés de terre ferme, tout juste ce qu'il en
faut pour y faire une halte.

Mais en voici assez. Si nous en disions davantage, nos
lecteurs incrédules courraient vers le Zuiderzée pour con-
trôler nos assertions. Qu'ils attendent du moins de nous
avoir lu jusqu'au bout.

Les cités hollandaises semblent, au premier abord, un
amas étourdissant de maisons, de ponts, d'églises et de
bateaux sur lesquels il pousse tout à la fois et en quantité
égale des mâts et des arbres. Dans certaines villes, les
vaisseaux sont amarrés comme des chevaux aux cham-
branles des portes de leurs propriétaires et reçoivent leur
chargement des fenêtres les plus élevées de la maison. Les
mères crient à leurs enfants : « Lodewyk! Hassy! Ne vous
balancez pas sur la barrière du jardin, vous allez vous
noyer! » Les chemins d'eau y sont beaucoup plus com-
muns que les chemins de terre ou de fer. Les clôtures
d'eau sous forme de fossés entourent les jardins publics
et particuliers aussi bien que les fermes et les ateliers de
travail!

On y voit quelquefois de belles haies vertes, mais rarement des clôtures de bois comme ailleurs. Quant à des clôtures de pierre, un Hollandais lèverait les bras au ciel avec
stupéfaction à cette seule idée. Il n'y a d'autres pierres
dans le pays que les masses de roches apportées à grands
frais des contrées lointaines pour la construction des digues qui protégent les côtes. Tout ce qu'il y avait de petites pierres ou cailloux semble avoir été fondu, emprisonné
et utilisé pour le pavage des rues. Des jeunes gens, au
bras fort et prompt, peuvent avoir parcouru une période

assez longue de leur vie pour voir leurs tabliers d'enfant
devenir trop courts et leurs barbes trop longues sans avoir
pu ramasser une seule pierre propre à faire des ricochets
dans l'eau, ou à faire partir du gîte un lapin. Les routes
d'eau ne sont autres que des canaux rayant le pays dans
toutes les directions. Il y en a de toutes les grandeurs, depuis le canal du Nord, navigable aux vaisseaux de grand
calibre, jusqu'à ces sentiers liquides qu'un enfant peut en-
jamber d'un seul saut. Les omnibus d'eau appelés treckschuiten[1] parcourent continuellement ces rues d'eau pour
le transport des voyageurs. Les haquets d'eau appelés
« packschuiten » servent au transport du chauffage et
autres marchandises. Au lieu des sentiers verts qu'on
trouve ordinairement à la campagne, ce sont de verts canaux qui conduisent du champ à la grange, de la grange
au jardin, du jardin à la ferme ou « polder », comme on
appelle les fermes, lesquelles ne sont elles-mêmes que de
grands lacs mis à sec autrefois par la pompe. Les rues les
plus commerçantes sont pavées d'eau, tandis que les chemins des campagnes sont pavés de briques. Les bateaux
de ville avec leurs grosses poupes arrondies, leurs proues
dorées et leurs flancs peints de couleurs voyantes, ne ressemblent à aucuns autres sous le soleil, et le chariot hollandais avec son drôle de petit timon tortu, est pour
l'étranger le mystère des mystères par excellence.

---

[1] Ce sont des barges dont quelques-unes ont vingt pieds de long et
qui sont remorquées par des chevaux marchant le long des bords du
canal. Les treckschuiten sont divisés en deux compartiments pour la
première et la deuxième classe. Lorsque les passagers ne sont pas trop
nombreux, ils s'y installent comme chez eux. Les hommes fument, les
femmes tricotent ou causent pendant que les enfants jouent sur le petit
pont au-dessus. Beaucoup de ces barges ont des voiles blanches, jaunes
ou couleur chocolat. On obtient cette dernière nuance avec une prépa-
ration de ce tan dont on enduit les voiles pour les préserver.

« Une chose est claire, s'écrierait master « Tantmieux »,
c'est que les Hollandais ne doivent jamais avoir soif! »

C'est ce qui vous trompe : Odd-Land (drôle de terre)
est conséquente avec elle-même en ceci encore : en dépit
de la mer qui fait tous ses efforts pour entrer et des lacs
intérieurs qui s'évertuent à sortir ; en dépit des canaux,
des rivières et des fossés débordants, il y a un grand nombre de districts où il n'existe pas une goutte d'eau bonne
à boire. Nos pauvres Hollandais sont forcés de vivre le
gosier sec, ou réduits à boire du vin et de la bière, quand
ils ne peuvent pas envoyer chercher bien loin dans le
pays, à Utrecht et autres localités plus favorisées, ce précieux liquide plus vieux qu'Adam et cependant jeune
comme la rosée du matin, qu'on appelle de l'eau pure et
potable. Quelquefois, il est vrai, les habitants peuvent se
donner la joie d'avaler une averse, si le hasard propice
daigne les en gratifier ; mais la plupart du temps ils ressemblent aux marins du célèbre poëme de Coleridge, lesquels poursuivis par l'albatros fantôme voient :

« De l'eau, de l'eau partout, et pas une seule goutte à
boire ! »

Il est impossible de décrire la Hollande avec méthode ;
comme tout s'y mêle, il faut parler de tout à la fois.

Les grands moulins avec leurs ailes battantes ressemblent à une troupe d'immenses oiseaux aquatiques, mo-
mentanément posés à terre. Les arbres affectent les formes
les plus excentriques ; leurs tiges ne sont jamais aban-
données à elles-mêmes ; chacun dispose leur chevelure à
sa mode, et Dieu sait les têtes étranges qu'on leur fait.
Leurs troncs sont peints, soit d'un blanc éclatant, soit de
jaune ou de rouge. Les chevaux sont souvent attelés trois
de front. Les hommes, les femmes, les enfants trottent en
faisant claquer leurs sabots à talons mobiles. Les filles de
campagne qui n'ont pas de frères, de cousins ou de dan-

seurs gratuits, en louent pour de l'argent, afin de ne pas
aller seules sans escorte aux kermesses (foires). Cela ne fait
pas un pli, c'est l'usage. C'est un serviteur d'un genre
particulier que la pureté des mœurs autorise. Pour les travaux fatigants où l'homme ne suffit pas, le mari emprunte
sans façon le secours de sa femme. La ménagère s'attelle
tendrement côte à côte avec son époux pour traîner sur les
bords des canaux leurs « packschuyts » au marché.

LA FAMILLE BRINKER

# CHAPITRE II

LA HOLLANDE (SUITE). — RAFF BRINKER

Un autre trait caractéristique de la Hollande, c'est l'aspect de ses dunes sablonneuses. Il y en a un grand nombre sur certaines parties des côtes. Elles envoyaient à tout instant, il n'y a pas bien longtemps encore, d'épais nuages de sable dans l'intérieur des terres ; on n'avait pas eu jusqu'alors la sage idée d'y semer les herbes, les roseaux et autres plantes qui aujourd'hui les retiennent tant bien que mal de voltiger. Elles se maintiennent à peu près maintenant. Faute de cette précaution, les fermiers étaient au-

2

paravant, toutes les fois qu'il avait fait du vent, obligés de
déblayer le sable qui envahissait leurs champs pour retrouver la terre qu'il avait recouverte. Des averses sèches
(de sable) tombaient au moment où on y pensait le moins,
au premier souffle de tempête, sur de vastes étendues, et
tout disparaissait sous ce gris linceul.

Un grand nombre de singularités qui distinguent la
Hollande ne servent qu'à démontrer l'économie et la per-
sévérance du peuple qui l'habite. Il n'y a pas dans le monde
entier un jardin mieux cultivé que cette petite terre con-
quise sur l'eau. Il n'existe pas de nation plus brave, de
race plus héroïque que ces Hollandais à l'air apathique.
Peu les ont égalés en découvertes importantes et en inventions utiles; aucune ne les a surpassés dans le commerce et la navigation, dans le savoir, la science ou dans
les arts. Nulle part on n'a donné d'aussi intelligents exem-
ples, soit pour le progrès de l'instruction, soit pour la ré-
partition des charités publiques, et aucun peuple, en pro-
portion du peu d'étendue de la Hollande, n'a dépensé
autant d'argent et de travail pour les choses d'utilité générale. Chacun par là pense à tout. Cette originalité mériterait d'être imitée.

Les annales de la petite Hollande sont toutes brillantes
d'hommes et de femmes nobles et illustres dans la littérature et dans les arts. Elle a ses grandes archives historiques de patience, de résistance et de victoires. On l'a
nommée justement : « le champ de bataille de l'Europe. »
Nous pouvons la considérer avec raison comme l'asile du
monde entier, car les opprimés de toutes nations y ont
trouvé abri et protection. C'est un gouvernement hollandais qui a répondu à l'envoyé d'un despote étranger qui
exigeait qu'on le renseignât sur les actes d'un exilé :

« Les exilés sont sous notre protection et non sous notre surveillance. »

Cette grande parole d'un petit peuple mérite d'être remarquée.

Les habitants des grandes terres peuvent rire des Hollandais, les appeler des castors humains et donner à entendre que leur pays s'en ira, un jour, à la dérive pendant la marée haute ; les esprits équitables, se rappelant leur héroïsme, répondront qu'un tel pays ne s'en ira jamais à la dérive tant qu'il y restera un Hollandais décidé à le retenir de ses propres mains.

On dit qu'il y a au moins neuf mille neuf cents moulins à vent en Hollande, avec des ailes mesurant de quatre-vingts à cent pieds de long. Ils servent à scier le bois, à battre le chanvre, à moudre le grain et à une foule d'autres choses, mais leur utilité principale consiste à pomper l'eau des terres basses pour la déverser dans les canaux et à se précautionner aussi contre les étangs intérieurs d'eau douce qui ne se gênent pas plus que la mer pour inonder souvent le pays. On dit que leur entretien coûte par an environ cinquante millions de francs. Les grands sont d'une extrême puissance. Leur tour énorme et circulaire s'élevant quelquefois du milieu des bâtiments dont se compose quelque vaste usine, est surmontée d'une tour plus petite ayant la forme d'un toit aminci par le haut comme un chapeau. Cette tour supérieure est entourée à sa base d'un balcon, au-dessus duquel se projette l'axe qui est mis en mouvement par ses ailes prodigieuses.

La plupart de ces moulins sont sans doute des machines très-primitives ; elles ont l'air d'avoir grand besoin qu'on y introduise quelques améliorations, mais le progrès se fera, et déjà quelques-uns des nouveaux moulins sont au niveau des découvertes modernes les plus voisines de la perfection. Ils sont construits de manière que, par une combinaison ingénieuse, ils présentent, sans le secours de l'homme, leurs éventails ou ailes au vent, dans la di-

rection voulue pour produire exactement la force requise.
Ils s'orientent d'eux-mêmes, se mesurent le vent avec
précision, ne lui donnant sur eux que la prise nécessaire.
Le meunier peut dès lors dormir sur ses deux oreilles;
il est assuré que le moulin saura se diriger tout seul pendant son sommeil. Si le courant d'air est faible, toutes les
voiles s'étendent, s'offrant d'elles-mêmes à son moindre
souffle. Si le vent est à la tempête, elles se carguent d'elles-
mêmes et se soustrairont à ses violences comme des feuilles de mimosa voulant éviter qu'on les touche.

L'une des vieilles prisons d'Amsterdam est appelée
« Rasphonse » (maison à râper); ce nom lui vient de ce
que les voleurs et vagabonds qui y étaient enfermés étaient
employés à râper du bois. On y voyait une cellule destinée
spécialement aux ouvriers paresseux. Dans un coin de cette
cellule était une pompe et dans un autre une ouverture par
laquelle entrait perpétuellement un cours d'eau. Le prisonnier avait le choix entre rester tranquille et se noyer ou
pomper de toutes ses forces pour préserver sa vie. Ce n'é-
tait que lorsqu'il était converti, par l'argument sans réplique de cette situation péremptoire, à la nécessité du travail, qu'il était permis au geôlier de le délivrer. Il me
semble que du plus au moins tout bon Hollandais en est
là, et que la nature a introduit en Hollande cette petite démonstration sur une grande échelle. Les Hollandais, prisonniers ou non, paresseux ou non, ont toujours été obligés de pomper pour conserver leur existence, et ils devront sans doute continuer à faire ainsi jusqu'à la fin des
temps. C'est l'égalité de la pompe mise en pratique sans
priviléges possibles.

On dépense, tous les ans, des millions de francs pour
réparer les digues et régler les niveaux d'eau. Le pays
serait inhabitable si l'on négligeait pendant un seul jour
ces devoirs importants. Comme je l'ai dit plus haut, des

accidents terribles ont été, malgré cette surveillance assidue, la conséquence du déchirement, impossible à prévoir quelquefois, de ces digues. Des centaines de villes et de villages ont été à plusieurs reprises ensevelis sous les eaux déchaînées, et l'on sait, hélas ! que plus d'un million d'individus ont été victimes de l'une de ces inondations : celle qui se produisit pendant l'automne de l'année 1570. Vingt-huit inondations terribles avaient déjà, avant ce temps, accablé une partie de la Hollande, mais celle-ci fut la plus effroyable de toutes. Le malheureux pays avait longtemps souffert du joug tyrannique des Espagnols, et ceci semblait être le point culminant où ses maux pussent atteindre. Quand nous lisons l'histoire de M. Motby et que nous y voyons la manière dont la république hollandaise s'est formée, nous apprenons à révérer le brave peuple qui a tant enduré, tant souffert et tant osé.

M. Motby, dans son récit émouvant de cette inondation, nous dit qu'une brise violente et continue avait refoulé les eaux de l'Atlantique dans la mer du Nord, les empilant comme des montagnes contre les côtes des provinces hollandaises. Il explique comment les digues éprouvées au delà de leur force s'étaient effondrées simultanément dans toutes les directions. Comment le hand-bos lui-même, ce rempart formé de piliers de chêne entourés de fer, amarrés à de lourdes ancres et fixés à l'aide de graviers et de pierres de granit, s'était brisé en morceaux menus comme des fils. Comment des bateaux de pêche et de grands vaisseaux, flottant au-dessus même du pays, s'étaient embarrassés dans les arbres et avaient été battre contre les toits et les murs des maisons, et comment, enfin, toute la Frise fut transformée en une mer furieuse. Des multitudes d'hommes, de femmes, d'enfants, de chevaux, de bœufs, de moutons se débattaient de tous côtés dans les flots. Toutes les maisons avaient été inondées ; les cimetières eux-

mêmes rendaient leurs morts : le baby encore vivant dans
son berceau, flottait côte à côte avec un cercueil. Les
bateaux et tout ce qui pouvait en tenir lieu avaient été mis
en réquisition. Les anciennes inondations paraissaient être
sur le point de se renouveler. De toutes parts, sur le sommet des arbres, sur les clochers des églises, des êtres
humains accrochés les uns aux autres imploraient Dieu
de les épargner et leurs concitoyens de leur venir en aide.
La tempête s'apaisa à la fin, et les bateaux commencèrent
à circuler, recueillant ceux qui luttaient encore contre les
flots, sauvant les réfugiés des toits et des clochers et
ramassant ceux qui n'étaient plus. Il n'avait pas péri moins
de cent mille créatures humaines dans l'espace de quelques
heures. Des milliers d'animaux flottaient à la surface des
eaux, et le dommage dépassa toute appréciation.

Robles, le gouverneur espagnol, se distingua entre tous
par les efforts qu'il fit pour sauver le plus de vies possibles,
et pour adoucir aux habitants les horreurs de la catastrophe. Les Hollandais l'avaient haï jusque-là à cause du
sang espagnol ou portugais qui coulait dans ses veines,
mais sa bonté et son activité à l'heure du désastre
lui regagnèrent tous les cœurs. Il introduisit bientôt une
grande amélioration dans la manière de construire les digues, et fit une loi qui obligeait les propriétaires du sol à
les entretenir. Il y eut moins d'inondations à partir de
cette époque; cependant, dans l'espace de 300 ans, six des
plus désastreuses désolèrent encore le pays.

Au printemps, les lacs d'eau douce offrent de grands
dangers, surtout par le dégel, car les rivières bloquées par
les glaces débordent avant de pouvoir décharger dans
l'Océan leurs eaux trop subitement surélevées.

Ajoutez à cela la mer battant et pressant les digues et
vous vous étonnerez que la Hollande ne soit pas dans un
état continuel d'anxiétés et d'alarmes. Des ingénieurs et

des ouvriers, sortes de douaniers de l'eau, sont échelonnés le long des endroits menacés qu'on surveille nuit et jour. Lorsqu'on sonne le signal du danger, tous les habitants se précipitent pour porter secours et s'unir contre l'ennemi commun. La paille est de toutes choses la plus utile contre l'eau ; on en fait en Hollande la principale force à opposer à la marée envahissante. Des paillassons immenses sont appliqués contre les digues ; une fois ajustés et consolidés avec des poutres, de la terre glaise et des pierres, ils parviennent à défier les efforts de l'Océan.

Raff Brinker, le père de Gretel et de Hans, avait été pendant de longues années employé aux digues. Un jour, pendant un orage terrible, on était menacé d'inondation ; il travaillait à un poste d'honneur si dangereux, qu'on le lui avait assigné comme au plus brave, au milieu des ténèbres et sur le verglas. Il s'agissait de consolider le point capital de l'empellement d'un lac, lorsque la terre manquant sous lui, il tomba, debout sur ses jambes, d'une hauteur considérable, et fut ramené chez lui dans un état complet d'insensibilité. A partir de cette heure, il ne travailla plus : quoiqu'il fût vivant, son esprit et sa mémoire étaient éteints. La commotion avait été telle que le cerveau fut instantanément paralysé.

Sa fille Gretel ne se le rappelait pas autrement que comme un homme silencieux dont les yeux mornes la suivaient quelque part qu'elle se tournât : mais Hans avait souvenir d'un père vigoureux qui n'était jamais fatigué de le porter sur ses épaules et dont la voix joyeuse lui chantait une chanson, qu'il lui semblait encore entendre résonner à son oreille, pendant les nuits où il ne dormait pas.

Dame Brinker, privée de l'aide de son mari, élevait seule sa famille avec le mince profit qu'elle tirait de la culture d'un petit jardin, ainsi que de ce qu'elle pouvait gagner à tricoter ou à filer. Elle avait, dans les premières années qui avaient suivi la maladie de son mari, travaillé à bord des barques qui montaient et descendaient les canaux, et s'était à l'occasion attelée avec d'autres femmes à la corde d'un packschuyt, faisant le trajet entre Broek et Amsterdam. Mais lorsque son fils Hans avait été assez grand et assez fort, il avait insisté pour se charger seul de ces rudes travaux. D'ailleurs, le père était devenu peu à peu si complétement incapable d'aucun effort, qu'il nécessitait une surveillance de tous les instants. Il n'avait pas plus d'intelligence qu'un nouveau-né ; mais comme il avait encore le bras solide et qu'il se portait bien, dame Brinker avait quelquefois beaucoup de peine à le contenir.

« Ah ! mes enfants, s'écriait-elle souvent, il était si bon et se conduisait si bien ! dur au travail, sobre au plaisir, et avec cela savant comme un homme de loi ; le bourgmestre s'arrêtait lui-même pour le consulter. Et maintenant, hélas ! il ne reconnaît plus ni sa femme ni ses enfants ! Vous vous rappelez votre père, Hans, lorsqu'il avait son bon sens ? C'était un grand et brave homme, n'est-ce pas ?

— Oui, mère, répondait Hans, il savait tout, et pouvait faire n'importe quoi sous le soleil. Et comme il chantait ! Quel souffle ! Vous disiez dans ce temps-là qu'il était dans le cas de remplacer le vent pour les moulins eux-mêmes.

— Je me le rappelle, je me le rappelle ! Dieu le bénisse, quelle mémoire a ce garçon ! — Gretel, mon enfant, retirez cette aiguille à tricoter des mains de votre père ; vite, il pourrait se crever les yeux. Remettez-lui ses souliers à présent ; ses pauvres pieds sont froids comme des glaçons ; mais j'ai beau faire, je ne puis pas venir à bout de les lui tenir chaudement. »

Dame Brinker, moitié gémissant, moitié chantonnant,

s'asseyait alors et remplissait la chaumière des bourdonnements de son rouet.

Presque tout l'ouvrage du dehors et même de l'intérieur était fait par Hans et par Gretel. A certaines saisons de l'année, ils sortaient tous les jours pour ramasser de la tourbe qu'ils empilaient pour la provision d'hiver. Quand les travaux d'intérieur le permettaient, Hans montait les chevaux qui tiraient les lourdes barques le long des canaux et gagnait ainsi quelques stivers (un stiver vaut à peu près deux centimes), tandis que Gretel gardait les oies pour les fermiers du voisinage.

Hans s'était, sans maître, rendu à ses moments perdus habile à sculpter le bois, et d'autre part, ainsi que sa sœur, il s'entendait fort bien au jardinage. Gretel savait chanter, coudre et courir sur de hautes échasses de la fabrique de son père, mieux qu'aucune autre petite fille à dix milles à la ronde. Elle apprenait une ballade en cinq minutes, vous trouvait dans la saison quelque herbe ou fleur que vous puissiez nommer, mais les livres lui faisaient peur, et la vue seule du grand tableau noir appendu aux murs de l'école emplissait ses yeux bleus de larmes. Hans au contraire était lent et sérieux ; plus la tâche était difficile, soit comme étude soit comme travail manuel, mieux elle lui plaisait. Les enfants qui se moquaient de lui à l'école à cause de ses vêtements rapiécés et de ses culottes de peau trop étroites, étaient forcés de lui céder la place d'honneur dans presque toutes les classes. Il fut bientôt le seul qui n'eût pas été envoyé une seule fois dans le coin aux horreurs où pendait un fouet exécré, orné de cette inscription :

« Apprends, apprends, paresseux ! ou le bout de cette corde t'obligera bien à le faire ! »

C'était pendant l'hiver seulement que Hans et Gretel avaient le temps d'aller à l'école ; mais ils étaient, en ce moment, retenus à la maison, parce que leur mère avait besoin d'eux. Raff Brinker ne pouvait plus être laissé à lui-même un instant. Puis il fallait faire le pain noir et tenir la maison en bon ordre, tricoter des bas et autres articles afin de pouvoir les vendre au marché.

Pendant qu'ils aidaient ainsi leur mère par cette froide matinée de décembre, une bande joyeuse de garçons et de filles accouraient effleurant de leurs patins brillants la surface du canal. Il y avait parmi eux d'habiles patineurs et patineuses, et l'on aurait pu se figurer en les voyant défiler légèrement dans leurs costumes bariolés, que la glace avait subitement fondu et qu'un immense parterre de tulipes glissait au cours de l'eau.

HILDA SE RETOURNA, UNE MAIN SUR SES YEUX

# CHAPITRE III

Il y avait là Hilda Van Gleck avec ses riches fourrures
et son ample casaque de velours, et tout près une jolie
paysanne, Annie Bowman, couverte d'une jaquette en gros
drap écarlate et d'une jupe bleue assez courte pour laisser
apercevoir avec avantage ses bas de laine faits à la maison.
Venait ensuite la fière Rychie Korbes, dont le père Mynheer
Van Korbes était l'un des hommes importants d'Amsterdam. On remarquait, empressés autour de cette jeune

beauté, Karl Shummel, les deux frères Peter et Ludwig Van
Holp, Jacob Poot et un très-petit garçon se réjouissant de
posséder le nom énorme de Voostenwalbert Shimmelpennick, suivis ou précédés eux-mêmes d'une vingtaine de
garçons et de filles. Tous, depuis le premier jusqu'au
dernier, semblaient pleins de vivacité et de folie.

Ils parcoururent le canal de haut en bas l'espace d'un
demi-mille, avec toute la vitesse dont ils étaient susceptibles. Le plus léger partait souvent de dessous le nez
même de quelque pompeux législateur ou médecin qui,
les bras croisés, patinait sans se presser, vers la ville.
Une chaîne de jeunes filles, se tenant par la main, se
brisait parfois soudain à l'approche d'un gros et vieux
bourgmestre, lequel, tenant sa canne à pomme d'or en
guise de balancier, soufflait bruyamment tout en poursuivant aussi son chemin vers la ville. Ses patins étaient
merveilleux à contempler avec leurs courroies magnifiques et leurs lames étincelantes, revenant en courbe sur
le pied et terminés par des boules dorées. Il entr'ouvrait
ses petits yeux si l'une des jeunes filles lui faisait par
hasard la révérence, mais il n'osait reconnaître autrement
sa politesse, de peur de perdre l'équilibre.

Il n'y avait pas seulement des chercheurs de plaisir ou
des hommes graves et de haut rang sur le canal, il s'y
trouvait aussi des ouvriers, aux yeux fatigués, qui se hâtaient de retourner à leurs ateliers ou à leurs factoreries.
Des marchandes, leur paquet sur la tête, des colporteurs
courbés sous le poids de leurs balles, des bateliers avec
leurs cheveux incultes et leurs figures barbouillées pour-
suivaient aussi le même chemin. Des prêtres, des pasteurs
à l'œil bienveillant, se hâtaient, courant peut-être au lit
d'un mourant. Puis des groupes d'enfants, leur sac de cuir
plein de livres suspendu à l'épaule, se dirigeant vers l'école
lointaine. Tous étaient portés par des patins, à l'exception

peut-être de quelque fermier bien emmitouflé, dont la charrette excentrique courait cabin-caha sur le bord du canal.

Nos jeunes garçons et nos jeunes filles se confondirent bientôt dans le va-et-vient de la foule, au milieu de ce mouvement incessant. Il nous eût été impossible de rien apprendre sur leur compte, si la société tout entière, pour faire halte, n'avait eu soin de se tenir un peu à l'écart. Les plus jeunes parlaient tous à la fois à une jolie petite fille qu'ils avaient tirée du flot des patineurs qui coulait vers la ville.

« Oh, Katrinka! s'écrièrent-ils tout d'une haleine, avez-vous entendu parler de la course? Il faut que vous soyez des nôtres.

— Quelle course? fit Katrinka en riant. Ne parlez pas tous à la fois, je vous prie; il m'est impossible de vous comprendre. »

Ils s'arrêtèrent essoufflés, et regardèrent Rychie Korbes qui était l'orateur accrédité de la bande.

« Mais, dit-elle, vous ne savez donc rien? Il doit y avoir une grande course aux patins pour le 20, jour anniversaire de la naissance de Mme Van Gleck. On doit donner une magnifique paire de patins, de patins d'argent, s'il vous plaît, au meilleur patineur.

— Oui, reprirent en chœur une demi-douzaine de voix; de superbes patins d'argent avec des clochettes et des boucles.

— Qui a dit qu'il y aurait des clochettes? cria la petite voix du garçon au nom sans fin.

— C'est moi qui l'ai dit, master Voost, répliqua Rychie. Et vraiment ils en auront, des clochettes!

— Non; je suis sûr que non!

— Si fait; vous vous trompez.

— Je ne me trompe pas.

— Comment pouvez-vous affirmer une pareille chose?

Je vous assure que ce doit être des flèches, et non des clochettes.

— Mynheer Van Korbes a dit à ma mère que ce seraient des clochettes ! »

Tout cela sortait à la fois de toutes les bouches. L'excitation était à son comble. Master Voostenswalbert Shimmelpennick essaya de terminer le débat par ces paroles, prononcées d'un ton péremptoire :

« Vous ne connaissez rien à l'affaire ; il n'y aura pas l'ombre d'une clochette, il.…

— Oh ! oh ! Ah ! ah ! »

Le chorus d'opinions contradictoires se fit entendre de nouveau.

« La paire de patins destinée aux filles aura des clochettes, dit tranquillement Hilda Van Gleck, qui n'avait pas encore parlé, et il y aura une flèche gravée sur les côtés de celle destinée aux garçons.

— Là, je vous l'avais bien dit, » s'écrièrent-ils presque tous.

Katrinka, étourdie de tous ces propos, les regardait avec des yeux étonnés.

« Qui sera admis à concourir ? dit-elle.

— Nous tous, donc, répondit Rychie ; ce sera si amusant ! Il faut que vous en soyez aussi, Katrinka. Mais voici la cloche qui nous appelle. A l'école, maintenant. Nous reparlerons de tout ceci à midi. Oh ! vous vous joindrez à nous, cela va sans dire ? »

Katrinka ne répondit pas à cette question, mais faisant une gracieuse pirouette :

« N'entendez-vous pas le dernier coup de la cloche ? dit-elle en riant. Allons, attrapez-moi ! » ajouta-t-elle coquettement.

Et elle partit comme un trait dans la direction de l'école, située à un demi-mille de là, sur les bords du canal.

A ce défi, tous s'ébranlèrent pêle-mêle, mais ils s'efforcè-
rent en vain de rattraper la rieuse fille aux yeux brillants,
dont les cheveux d'or flottaient au soleil. Elle jeta en arrière plus d'un coup d'œil de triomphe, tout en courant légèrement en avant.

Après la classe, à midi, nos jeunes écoliers s'éparpillè-
rent de nouveau sur le canal pour y jouir d'une heure
d'exercice. Ils patinaient à peine depuis un instant, lorsque Karl Shummel dit à Hilda Van Gleck d'un air moqueur :

« Regardez donc le joli couple qui vient là-bas, sur la
glace ! Petits chiffonniers, va ! Le roi lui-même a dû leur
faire présent de leurs patins !

— Ce sont de patientes créatures, dit doucement Hilda.
Cela a dû être une rude affaire que d'apprendre à patiner
avec ces drôles de machines. Vous voyez que ce sont de
pauvres paysans. Il est probable que le garçon a fait ses
patins lui-même. »

Karl demeura un peu confus.

« Ils peuvent bien être patients. Mais quant à ce qui
est de patiner, ils partent assez bien, c'est vrai, mais
avec leurs misérables patins de bois, ils doivent finir
souvent par s'arrêter tout court ! »

Hilda le quitta. Elle rejoignit un autre détachement de
patineurs, et les ayant dépassés, elle s'arrêta à côté de notre amie Gretel, qui regardait les patineurs avec des yeux
remplis d'admiration.

« Comment vous appelez-vous, petite fille ? lui demanda
Hilda.

— Gretel, mademoiselle, répondit l'enfant, saisie de
respect à la vue des beaux atours de son interlocutrice,
bien qu'elle fût à peu près du même âge qu'elle. Et mon
frère s'appelle Hans.

— Hans est un garçon solide, dit gaiement Hilda. Loin

d'avoir froid comme tant d'autres, il semble avoir un poêle caché dans la poitrine. Mais vous paraissez transie, vous, ma mignonne ; vous devriez mieux vous vêtir. »

Gretel, qui portait sur elle toute sa garde-robe, essaya de rire, et répondit :

« Je ne suis pas déjà si petite, j'ai douze ans passés.

— Oh ! je vous demande pardon ; c'est que j'ai quatorze ans, voyez-vous, et je suis si grande pour mon âge que toutes les autres me semblent petites. Mais les unes grandissent vite, les autres lentement, et elles se rattrapent : vous me dépasserez peut-être un jour, mais c'est à la condition que vous vous vêtirez plus chaudement. Les petites filles qui grelottent ne grandissent jamais ! »

Hans rougit, car il vit les yeux de sa sœur se remplir de larmes.

« Ma sœur ne s'est pas plainte du froid, mademoiselle, dit-il. Pourtant, il est vrai, le temps est dur, ajouta-t-il tristement en regardant Gretel.

— Ça ne fait rien, reprit vivement celle-ci ; j'ai souvent chaud, trop chaud même, lorsque je patine. Vous êtes trop bonne, mademoiselle, de vous en occuper.

— Non, non, répondit Hilda qui avait fini par comprendre et qui s'en voulait énormément ; je ne suis qu'une étourdie, et sans le vouloir j'ai été cruelle. Je n'avais pas l'intention de vous faire de la peine ; je voulais seulement vous demander si.... »

Hilda, arrivée à ce point de son exorde, se sentit embarrassée en face de ces enfants pauvrement vêtus, mais à l'air si simple et si digne. Elle ne savait comment leur faire voir qu'elle serait heureuse de leur venir en aide.

Hans la devina.

« Qu'y a-t-il, mademoiselle? dit-il vivement. Pouvons-nous vous rendre quelque service ?

— Oh, non ! fit Hilda en riant et secouant son embarras, je voulais seulement vous parler de la course qui doit avoir lieu le 20, pour le jour anniversaire de la naissance de ma mère. J'espère que vous allez concourir? Vous patinez bien tous les deux, et la compétition est libre ; tout le monde peut se présenter pour gagner le prix. »

Gretel regarda Hans qui, touchant son bonnet, répondit respectueusement :

« Ah ! mademoiselle, même si nous avions la permission de concourir, nous ne pourrions faire que quelques glissades. Nos patins, comme vous voyez, ajouta-t-il en levant le pied pour en montrer le dessous, nos patins sont de bois dur ; mais l'humidité a bientôt fait de les amollir ; alors ils ne glissent plus, et parfois même nous jettent par terre. »

Les yeux de Gretel brillèrent de malice en pensant à l'accident arrivé le matin à Hans ; mais elle rougit et balbutia timidement :

« Oh non ! nous ne pouvons pas nous joindre aux concurrents ; mais nous pourrions venir là pour voir la course, n'est-ce pas, mademoiselle?

— Certainement, » répondit Hilda, regardant avec bonté ces deux figures sérieuses, et regrettant du fond du cœur d'avoir dépensé presque tout l'argent de son mois en dentelles et autres objets de toilette. Elle ne possédait plus que huit kivardjes. C'était tout au plus le prix d'une paire de patins ordinaires.

Elle porta les yeux en rougissant sur les deux paires de pieds de différentes grandeurs qui se tenaient devant elle, et demanda :

« Lequel de vous deux est le meilleur patineur?

— Gretel, répliqua Hans vivement.

— Hans, » avait dit Gretel en même temps.

Hilda sourit.

3

« Je ne puis vous offrir à chacun une paire de patins,
dit-elle, ou même une seule bonne paire. Mais voici huit
kivartjes ; décidez entre vous qui a la meilleure chance de
gagner le prix, et achetez des patins pour l'un ou pour
l'autre, selon votre idée. Je voudrais avoir assez d'argent pour que vous pussiez en acheter de meilleurs. Au
revoir. »

Et, avec un sourire et un signe de tête, Hilda, ayant remis l'argent à Hans, s'éloigna doucement pour rejoindre
ses compagnons.

« Mademoiselle ! mademoiselle ! mademoiselle Van
Gleck ! » cria Hans en courant après elle aussi vite que le
lui permettaient ses patins, dont l'un des cordons venait
de se dénouer.

Hilda se retourna, une main posée sur ses yeux pour se
garantir des rayons du soleil. Elle revint vers lui.

« Nous ne pouvons prendre cet argent, dit-il hors d'haleine, mais nous voulons vous remercier de la bonté avec
laquelle vous venez de nous l'offrir.

— Pourquoi me refusez-vous ? dit Hilda en rougissant.

— Parce que, répliqua Hans, saluant avec la gaucherie
d'un paysan, mais regardant avec dignité la belle jeune
fille, parce que nous ne l'avons pas gagné, ma belle demoiselle. »

Hilda avait l'esprit prompt : elle remarqua une jolie
chaîne de bois au cou de Gretel.

« Sculptez-moi une chaîne comme celle de votre sœur,
Hans.

— De tout mon cœur, mademoiselle. Nous avons du
bois blanc à la maison ; il est fin comme de l'ivoire, vous
en aurez une demain. »

Et Hans essaya encore de lui rendre l'argent.

« Non, non ! dit Hilda d'un ton décidé, cette somme
sera un prix bien minime pour une si jolie chaîne. »

Et elle partit légèrement, dépassant les plus rapides patineurs.

Hans, encore embarrassé, la suivit d'un long regard. Il sentait qu'il y aurait eu mauvaise grâce à faire plus longtemps résistance.

« Soit, murmura-t-il, s'adressant moitié à lui-même, moitié à sa fidèle ombre, Gretel. Mais je n'ai pas une minute à perdre. Si la mère veut me permettre de brûler une chandelle, j'y passerai la moitié de la nuit, et la chaîne sera finie à temps. Je crois que nous pouvons garder l'argent, Gretel.

— Quelle bonne et belle demoiselle ! s'écria Gretel en frappant ses deux mains l'une contre l'autre dans son ravissement. Oh ! Hans, vous voyez, ce n'était pas pour rien que la cigogne s'était fixée sur notre toit, l'été dernier ? La mère disait bien que cela nous porterait bonheur ! Maintenant, Hans, si la mère nous envoie à la ville demain, vous pourrez acheter des patins sur la place du marché. »

Hans secoua la tête.

« La demoiselle voulait nous donner de l'argent pour acheter des patins ; mais si je le gagne, Gretel, ce sera pour acheter de la laine, et pour que vous ayez bientôt une jaquette chaude.

— Oh ! s'écria Gretel, réellement désolée ; quoi ! ne pas acheter les patins ? Mais je n'ai pas souvent froid ! La mère dit que le sang court dans les veines des petits enfants pauvres en bourdonnant sans cesse : « Il faut que je les « réchauffe mes veines, il faut que je les réchauffe, pour « qu'on ne me dise plus que j'ai froid ! » Oh ! Hans, continua-t-elle en poussant un soupir qui ressemblait à un sanglot, ne dites pas que vous n'achèterez pas les patins, cela me donne envie de pleurer. D'ailleurs je veux avoir froid, moi, et je n'y parviens pas : j'ai terriblement chaud. Regardez si ce n'est pas vrai ? »

Hans la regarda. Il avait une véritable horreur toute hollandaise pour les émotions de tous genres, et il craignait par-dessus tout de voir les yeux de sa sœur s'emplir de larmes.

« Écoutez, s'écria Gretel qui vit qu'elle avait gagné un point, je serai horriblement malheureuse si vous n'achetez pas les patins. Je n'en veux pas pour moi, non, je ne suis pas encore si égoïste que ça ; je veux que vous les ayez, vous, et quand je serai plus grande, ça sera pour moi. Comptez un peu les petites pièces de la demoiselle, Hans. En avez-vous jamais vu autant? »

Hans retournait pensivement l'argent dans sa main. Il n'avait de sa vie désiré une paire de patins. Mais il savait qu'il devait y avoir une course, et son cœur saignait à l'idée de ne pouvoir profiter de la chance qui s'offrait à lui de mettre comme les autres son talent de patineur à l'épreuve. Il avait la confiance qu'avec une bonne lame d'acier sous les pieds, il pourrait facilement distancer sur le canal la plupart des garçons. D'un autre côté, il savait que Gretel, quoique mince et élancée, n'aurait besoin que de s'exercer pendant huit jours avec de bonnes lames, pour devenir meilleure patineuse que Rychie Korbes, ou même Katrinka Flack. Cette idée ne lui fut pas plutôt entrée dans la tête comme un éclair, que sa résolution fut prise. Si Gretel ne voulait pas de la jaquette, elle aurait les patins.

« Non, Gretel, répondit-il à la fin, je puis attendre. Peut-être me sera-t-il possible un jour de mettre de côté assez d'argent pour m'acheter une belle paire de patins. Mais vous aurez ceux de l'argent de la demoiselle. »

Les yeux de Gretel brillèrent involontairement de plaisir ; cependant un instant après elle insista, mais plus faiblement qu'elle ne l'aurait voulu.

« La demoiselle vous a donné l'argent à vous, Hans, dit-elle; ce serait bien mal à moi de le prendre. »

Hans secoua la tête d'un air résolu, tout en continuant son chemin. Il marchait si vite, que sa sœur était obligée, pour le suivre, d'aller moitié courant et moitié sautant, car ils avaient ôté leurs patins et retournaient en hâte à la chaumière pour apprendre à leur mère la bonne nouvelle.

« Je sais ce que vous pourrez faire, dit tout à coup Gretel gaiement, vous achèterez une paire de patins un peu trop grands pour moi et un peu trop petits pour vous, de sorte que nous pourrons nous en servir chacun à notre tour. N'est-ce pas que ça sera superbe? » s'écria-t-elle en frappant de nouveau ses mains l'une contre l'autre.

Pauvre Hans ! la tentation était forte, mais il la repoussa comme un brave cœur qu'il était.

« Ce sont des bêtises, Gretel; vous ne pourriez jamais avancer avec de grands patins, vous vous accrochiez déjà comme un poulet aveugle, avant que j'eusse rogné les bouts de ceux-ci. Non, vous en aurez une paire qui ira exactement à vos pieds et il vous faudra profiter de tous les instants pour vous exercer d'ici le 20. Ma petite Gretel gagnera les patins d'argent. »

Gretel ravie ne put s'empêcher de rire à cette idée.

« Hans ! Gretel ! cria une voix bien connue.

— Nous voici, mère. »

Et ils accoururent vers la chaumière, Hans secouant encore dans sa main les pièces d'argent.

Il n'y avait pas le lendemain, dans toute la Hollande, un garçon plus fier que Hans Brinker regardant sa gentille sœur glisser avec une adresse extrême parmi les autres patineurs rassemblés comme à l'ordinaire sur le canal, au lever du soleil. La bonne Hilda avait donné à la petite une jaquette chaude, et dame Brinker avait rafistolé ses souliers percés, de manière à leur donner une apparence décente. La petite créature, inconsciente des nombreux regards qui s'arrêtaient sur elle, parcourait comme un trait, les joues rouges et les yeux animés, le canal de haut en bas ; elle sentait que les lames d'acier qu'elle avait sous les pieds avaient soudainement changé la glace en sol féerique, et le nom de Hans, son cher et bon frère, résonnait comme un écho dans son cœur reconnaissant.

« Par le Donder! s'écria Peter Van Holp, en s'adressant à Karl Shummel, cette petite, là-bas, avec la jaquette rouge et le jupon rapiécé, patine bien. Gunst! elle a des orteils aux talons et des yeux derrière la tête ! Regardez-la, ce sera drôle si elle concourt pour le prix et qu'elle batte Katrinka Flack !

— Chut! pas si haut, répliqua Karl d'un ton un peu moqueur. Cette petite personne en haillons est la favorite spéciale de Hilda van Gleck ; ces brillants patins sont un don de sa main, si je ne me trompe.

— Vraiment? s'écria Peter avec un sourire radieux, car Hilda était sa meilleure amie. Elle a donc semé des bonnes œuvres de ce côté-là aussi? »

Et mynheer van Holp ayant dessiné un double 8 sur la glace, sans parler d'une lettre H superbe, la première lettre du nom de Hilda, ils patinèrent ensemble, riant d'abord, puis causant plus posément et tout bas quelques instants après. Chose étrange, Peter van Holp, après deux minutes de courses, n'avait qu'une idée : c'est que sa jeune sœur avait absolument besoin d'une chaîne pareille à celle que Hans avait faite dans la nuit pour Hilda.

Il en résulta que deux jours après, la veille même de saint Nicolas, Hans ayant brûlé trois bouts de chandelle dans sa nuit, et après s'être coupé le pouce par-dessus le marché, n'avait plus qu'à aller à Amsterdam pour acheter une seconde paire de patins chez le marchand qui lui avait fourni ceux de sa sœur Gretel.

Quelle bonne femme que dame Brinker! Ce midi-là,

aussitôt que les reliefs du maigre dîner avaient été enlevés de la table, elle s'était revêtue de ses habits du dimanche en l'honneur de saint Nicolas. « Cela égayera les enfants, » pensa-t-elle. Et elle ne se trompait pas. Ces habits de fête avaient rarement vu le jour depuis dix ans, mais avant ce temps-là, ils avaient fait bon service et avaient figuré plus d'une fois dans les kermesses, alors qu'elle était connue à dix lieues à la ronde comme la jolie Meitje Klenck. Les enfants avaient eu la permission de jeter de rares coups d'œil sur ces habits, pendant qu'ils reposaient dans toute leur pompe au fond du vieux bahut de chêne. Tout fanés et usés qu'ils étaient, ils leur apparaissaient splendides. La gorgerette de toile blanche fermée autour du cou potelé de la mère et allant se perdre sous le joli corsage de laine filée à la maison; la jupe d'un brun rougeâtre bordée de noir; les mitaines de laine tricotées, et le bonnet mignon laissant voir les cheveux, ordinairement cachés, donnaient à dame Brinker l'air d'une princesse, aux yeux de Gretel du moins.

Maître Hans lui-même devenait grave et contenu en la regardant.

La fillette, qui tressait aussi ses cheveux d'or, se mit bientôt à danser autour de sa mère, dans un transport d'admiration.

« Oh! mère, mère, mère, que vous êtes jolie! Regardez, Hans! N'est-ce pas qu'elle est tout à fait comme un portrait?

— Oui, tout à fait comme un portrait, affirma Hans gaiement, tout à fait! seulement, je n'aime pas beaucoup ces bas sur les mains.

— Ne pas aimer les mitaines, frère Hans! Mais elles sont très-importantes. Voyez, elles couvrent tout le rouge. Oh! mère, que votre bras est blanc à l'endroit où la mitaine finit, plus blanc que le mien, oh! bien plus blanc.

Mais, mère, le corsage est trop serré, n'est-ce pas? Vous grandissez! certainement vous grandissez! »

Dame Brinker se mit à rire.

« Il y a longtemps qu'il est fait, chérie, alors que je n'étais pas plus épaisse de taille que la batte à beurre. Et comment trouvez-vous mon bonnet? ajouta-t-elle en tournant la tête de côté et d'autre.

— Oh! je l'aime tant, tant, mère! Il est magnifique! Voyez! Le père regarde! »

Était-ce vrai que le père regardait? Oui, mais hélas! avec des yeux hébétés. Sa femme se tourna vers lui en tressaillant, et une étincelle, grosse de curiosité, s'alluma dans ses yeux. Mais ce regard brillant s'éteignit aussitôt.

« Non, non, soupira-t-elle, il ne voit rien. Allons, Hans (et un sourire furtif glissa de nouveau sur ses lèvres), ne restez pas ainsi à me regarder, la bouche ouverte, pendant que les patins neufs vous attendent à Amsterdam. »

— Ah! mère, répondit-il, vous avez besoin de bien des choses. Pourquoi achèterais-je des patins?

— Quelle folie! enfant. L'argent ou plutôt l'ouvrage vous a été donné pour cela. Partez, pendant que le soleil est encore haut.

— Oui, et dépêchez-vous de revenir, dit Gretel en riant; nous ferons la course sur le canal ce soir, si la mère le permet. »

Sur le seuil, Hans se retourna :

« Il faudrait une marche neuve à votre rouet, mère, dit-il.

— Vous pourrez en faire une, Hans.

— C'est vrai, il n'y aura pas besoin d'argent pour cela. Mais il vous faudrait de la laine et de la farine, et....

— Là là, c'est assez. Votre argent ne peut pas tout acheter. Ah! mon fils, si l'argent qui nous a été volé revenait, seulement pour cette belle journée, veille de saint Nicolas,

combien nous serions joyeux ! Pas plus tard qu'hier au
soir, j'ai prié le bon saint.

— Et qu'avez-vous demandé au bon saint Nicolas,
mère ?

— Mais de ne pas accorder une seconde de repos aux
voleurs avant qu'ils l'aient rapporté, s'il a été volé, ou
bien d'aiguiser notre esprit de façon que nous le dé-
couvrions nous-mêmes, si votre père, peut-être, avant
d'avoir perdu la raison, avait eu l'idée de le cacher. Vous
savez bien, Hans, que je ne l'ai plus revu, cet argent, depuis le jour où le cher père s'est blessé.

— Je sais cela, mère, répondit-il tristement, quoique
vous ayez presque démoli la maison à force de chercher.

— Ah ! c'était bien inutile, gémit la bonne femme, ceux
qui cachent savent seuls trouver. »

Hans tressaillit.

« Pensez-vous que le père pourrait en dire quelque
chose ? demanda-t-il mystérieusement.

— Oui, vraiment, fit dame Brinker en remuant la tête,
oui je le pense, mais ça ne prouve rien. Je ne pense pas
la même chose deux jours de suite. Peut-être le père l'a-
t-il donné en échange de la grosse montre d'argent que
nous avons gardée depuis ce jour. Mais non, je ne croirai
jamais ça.

— La montre ne valait pas le quart de l'argent,
mère.

— Non, vraiment, et jusqu'au dernier moment votre
père s'est montré un homme sensé. Il était trop raisonnable et trop économe pour faire de sots marchés.

— Je me demande d'où cette montre aurait pu lui venir ? » murmura Hans à part.

Dame Brinker secoua la tête et regarda tristement son
mari, qui fixait sur le sol ses yeux sans expression. Gretel
était assise à côté de lui et tricotait.

« C'est ce que nous ne saurons jamais, Hans. Je l'ai montrée bien des fois au père, mais il ne fait pas de différence entre elle et une pomme de terre. Lorsqu'il est rentré pour souper, ce soir terrible, il m'a donné cette montre et m'a recommandé d'en avoir grand soin, jusqu'au jour où il me la redemanderait. Au moment où il ouvrait la bouche pour m'en dire davantage, Broom Kletterboost est accouru en criant que la digue était en danger. Ah! les eaux ont été terribles pendant cette semaine sainte! Mon pauvre homme, hélas, saisit ses outils et courut en hâte. A partir de ce moment là, je ne l'ai plus revu dans son bon sens. On le ramena presque mort à minuit. La fièvre s'en alla avec le temps, mais l'hébétement, jamais! Au contraire, cela empira de jour en jour. Nous ne saurons jamais la vérité. »

Hans connaissait tout cela ; il avait plus d'une fois vu sa mère, aux jours où le besoin se faisait cruellement sentir, sortir la montre de sa cachette, presque résolue à la vendre. Mais elle avait toujours résisté à la tentation.

« Non, Hans, disait-elle, il faudra que nous soyons plus près que cela de mourir de faim pour manquer de parole au père! »

Une scène de ce genre traversa alors l'esprit du fils. Ayant soupiré profondément et lancé à Gretel, à travers la table, une boulette, il dit :

« Ah! mère, vous avez bien fait de la garder. Plus d'une à votre place l'aurait échangée depuis longtemps contre de l'or.

— Honte sur celles-là, alors! s'écria la bonne femme avec indignation. Quant à moi, je ne le ferai pas. Et puis les gens sont si durs que s'ils voyaient jamais dans nos mains une chose d'une telle valeur, même si nous racontions tout, ils pourraient soupçonner le père de.... »

Hans rougit de colère.

« Ils n'*oseraient* pas dire une chose pareille, mère!...
S'ils le faisaient, je.... »

Il ferma les poings et sembla penser que le reste de sa
phrase était trop terrible pour qu'il pût le prononcer en
présence de sa mère.

Dame Brinker sourit d'orgueil à travers ses larmes à
cette interruption.

« Ah! Hans, tu es vraiment un brave garçon. Nous ne
nous séparerons jamais de la montre. Le cher père pourrait se réveiller à l'heure de la mort et nous la rede-
mander.

— Pourrait se réveiller, mère! répéta Hans comme un
écho, se réveiller et nous reconnaître!

— Ah! garçon, dit la mère presque bas, on a vu de
ces choses-là. »

Hans en était presque arrivé à oublier le voyage projeté
à Amsterdam. Sa mère lui ayant rarement parlé d'une
manière aussi intime, il se sentait devenu maintenant non-seulement son fils, mais son ami et son conseiller.

« Vous avez raison, mère, il ne faudra jamais nous séparer de la montre. Nous la garderons toujours pour l'a-
mour du père. L'argent peut nous revenir cependant, au
moment où nous y penserons le moins.

— Jamais! s'écria dame Brinker, enlevant d'un mouvement brusque la dernière maille de son aiguille, et laissant tomber sur ses genoux le tricot inachevé, il n'y a pas
d'espoir! mille écus! toute notre épargne disparue en
un jour! mille écus!... Votre éducation, votre avenir,
mes enfants, notre bien-être à tous.... Que sont-ils
devenus, mon Dieu? S'ils avaient été dérobés, bien
sûr le voleur l'aurait déjà confessé à son lit de mort; il
n'aurait jamais osé mourir avec un tel péché sur la conscience.

— Il n'est peut-être pas encore mort, dit Hans doucement, nous pouvons un de ces jours entendre parler
de lui.

— Ah! garçon, répondit-elle d'une voix altérée, quel
voleur aurait pu pénétrer ici? La maison était toujours
bien gardée, toujours propre et en bon ordre, Dieu merci,
quoiqu'elle ne fût pas belle! Le père et moi nous éco-
nomisions, pour pouvoir mettre quelque chose de
côté. Peu et souvent eût bientôt rempli la sacoche. Nous
nous en aperçûmes, sans compter que le père avait déjà
reçu une bonne somme pour des services rendus lors de
la grande inondation des terres de Heernocht. Nous avions
toutes les semaines un écu de reste, quelquefois plus, car
le père faisait des heures extra et recevait une haute paye
pour son travail. Tous les samedis nous mettions quelque
chose dans la bourse, excepté lorsque vous eûtes la fièvre,
Hans, et lorsque Gretel vint au monde. A la fin, la sacoche se remplit tellement que je raccommodai un vieux
bas et que je recommençai à nouveau. A présent que je regarde en arrière, il me semble qu'en quelques semaines
de soleil l'argent avait déjà atteint le talon du bas. On
payait bien, alors, celui qui s'entendait aux travaux d'ingénieur. Le bas continuait à se remplir de cuivre et d'argent, ah! d'or aussi, même! Vous pouvez bien ouvrir les
yeux, Gretel. Je riais quelquefois en disant au père que ce
n'était pas par pauvreté que je portais une vieille robe.
Et le bas continuait à se remplir, et il se remplissait si
bien que je me levais quelquefois au milieu de la nuit
pour aller le toucher au clair de lune. Et alors, me
mettant à genoux, je remerciais le Seigneur, car je pensais que mes chers petits recevraient avec le temps une
bonne instruction et que le père pourrait, dans sa vieil-
lesse, se reposer de son labeur. Quelquefois, à souper,
nous parlions, l'homme et moi, d'une cheminée neuve et

d'une bonne étable d'hiver pour la vache ; mais par ma foi, le père était encore plus ambitieux que cela : Une grande voile attrape le vent, disait-il, nous ferons ce que nous voudrons, bientôt. Et alors nous chantions ensemble pendant que je rangeais le ménage. Ah! à mer calme, gouvernail facile. Rien ne me chagrinait, dans ce temps-là, j'étais gaie du matin au soir. Toutes les semaines, le père sortait le bas, y laissait tomber son argent, riait et m'embrassait pendant que nous le rattachions tous les deux. Allez-vous-en, Hans, allez-vous-en! Pourquoi restez-vous là comme ça, devant moi, bouche béante, pendant que le temps passe? ajouta d'un air mécontent dame Brinker, qui rougit en s'apercevant qu'elle avait parlé d'une manière trop libre devant son garçon. Il est grand temps que vous vous mettiez en route. »

Hans, qui s'était assis et fixait ses yeux sérieux sur le visage de sa mère, se leva en parlant presque bas :

« Avez-vous jamais essayé, mère?... » dit-il.

Elle le comprit.

« Oui, mon enfant, souvent; mais le père se contente de rire, ou bien, il me regarde d'une manière si étrange que je n'ose plus en demander davantage. Lorsque vous et Gretel avez eu la fièvre, l'hiver dernier, que le pain était sur le point de manquer à la maison, que je ne pouvais rien gagner, par crainte que vous ne vinssiez à mourir pendant que je ne vous regardais pas, oh! j'ai essayé alors! Je lui passais la main dans les cheveux, je lui parlais tout bas de l'argent, d'une voix aussi douce que celle d'un jeune chat. Où était-il? Où était l'argent?... Hélas! il me tirait par la manche en disant tant de choses qui n'avaient pas de portée, que mon sang se figeait dans mes veines. A la fin, un jour que Gretel était là, étendue, blanche comme un suaire, et que vous, Hans, divaguiez aussi sur votre couche, je me mis à lui crier — il me semblait qu'il devait

m'entendre — « Raff, où est notre argent? l'argent, Raff,
« l'argent de la sacoche et du bas, l'argent qui était dans
« le grand coffre? Il me le faut pour guérir tes enfants. »
J'aurais aussi bien pu m'adresser à une pierre, j'aurais
aus.... »

La voix de sa mère résonnait si étrangement et son œil
était si brillant, que Hans, saisi d'une nouvelle crainte,
lui posa la main sur l'épaule.

« Allons, mère, lui dit-il, tâchons d'oublier cet argent.
Je suis grand et fort. Gretel est intelligente et remplie de
bonne volonté. Avec l'aide de Dieu la fortune ne peut
manquer de nous sourire de nouveau ; nous serons encore
heureux. Gretel et moi, nous aimerions mille fois mieux
vous voir gaie et l'esprit en repos que de posséder tout
l'or du monde. N'est-ce pas, Gretel ?

— La mère le sait bien, » répondit Gretel en sanglotant.

LE GRAND HOMME S'ARRÊTA

# CHAPITRE IV

RAYONS DE SOLEIL. — HANS EN ARRIVE A SES FINS.

Dame Brinker fut saisie et contente aussi de voir l'émotion de ses enfants, car cela prouvait combien ils étaient aimants et sincères.

De belles dames, dans leurs riches maisons, sourient souvent, doucement et soudainement, et leur sourire répand la joie jusque dans l'air qui les entoure; mais leur sourire ne saurait avoir plus de prix aux yeux de Dieu que celui qui vint tout à coup réjouir ces enfants pauvrement vêtus dans cette humble chaumière. Dame Brinker se dit qu'elle avait été égoïste. Elle rougit; ses traits reprirent leur sérénité, et s'essuyant les yeux à la hâte, elle regarda ses enfants comme une mère seule peut le faire.

« Ta, ta, ta, fit-elle, une jolie conversation pour la veille de saint Nicolas. Quel miracle que la laine que je tricote me pique les doigts! Allons, Gretel, prends ce centime et va acheter une crêpe, pendant que Hans fera l'acquisition de ses patins.

— Permettez-moi de rester ici avec vous, mère, dit Gretel dont les yeux brillèrent à travers ses larmes, Hans m'achètera le gâteau.

— Comme vous voudrez, mon enfant. Ah! Hans, attendez un instant : deux ou trois tours d'aiguilles, et j'aurai fini ce bas. Et vous pourrez vendre au bonnetier une des meilleures paires de bas qui aient jamais été tricotées (j'avoue que la laine est un tout petit peu rude). Cela nous rapportera bien les trois quarts d'un écu, si vous avez l'esprit de faire un bon marché; et comme ce temps-là donne de l'appétit, vous pouvez acheter quatre gâteaux. Nous fêterons tous les quatre la Saint-Nicolas. »

Gretel battit des mains : c'était son geste de joie.

« Oh! quel bonheur! dit-elle; Annie Bouman m'a raconté les belles choses qui vont se passer dans les grandes maisons, ce soir. Mais nous nous amuserons aussi. Hans aura une belle paire de patins, et puis il y aura des gâteaux! Père les aime tant! Il a gardé le goût des enfants pour les bonnes choses, et je crois que je suis gourmande aussi. Surtout! ne les cassez pas, frère Hans. Enveloppez-les bien, cachez-les sous votre jaquette et boutonnez-la soigneusement.

— Certainement, répliqua Hans, tout gonflé de plaisir et d'importance.

— Oh! mère! s'écria Gretel en veine d'expansion, vous

serez bientôt occupée après le père ; mais maintenant vous n'avez qu'à tricoter. Racontez-nous l'histoire de saint Nicolas, voulez-vous ? »

Dame Brinker se mit à rire en voyant Hans suspendre son bonnet au clou et se disposer à écouter.

« Quels enfants vous êtes ! dit-elle, je vous l'ai racontée tant de fois !

— Racontez-nous-la encore ! oh ! racontez-nous-la encore ! s'écria Gretel, en s'asseyant sur le merveilleux banc de bois que, dans le bon temps, son père avait fabriqué pour le dernier jour anniversaire de la naissance de sa mère. Hans, qui craignait de paraître enfant, mais qui désirait pourtant entendre l'histoire, s'appuya négligemment au manteau de la cheminée en faisant balancer ses patins.

— Eh bien, mes enfants, vous l'entendrez de nouveau : mais c'est la dernière fois que je permettrai qu'on gaspille ainsi la lumière du jour. Ramassez votre pelote, Gretel, et que votre chaussette grandisse pendant que je parle. Vous n'avez pas besoin de fermer les doigts parce que vous ouvrez les oreilles.

« Vous saurez que saint Nicolas est un saint extraordinaire. Il tient les yeux ouverts pour veiller sur les marins ; mais c'est surtout des enfants qu'il a soin. Il y a bien longtemps de cela, alors qu'il vivait encore sur la terre, un négociant d'Asie envoya ses trois fils dans une grande ville nommée Athènes, pour acquérir de la science.

— Athènes, est-ce en Hollande, mère ? demanda Gretel.

— Je ne sais pas, mon enfant ; probablement.

— Oh non, mère, dit Hans respectueusement. Il y a longtemps que j'ai lu cela dans ma leçon de géographie. Athènes est en Grèce.

4

— Eh bien, reprit la mère, qu'importe ? La Grèce peut appartenir au roi pour ce que nous en savons. Quoi qu'il en soit, ce riche marchand envoya ses fils à Athènes. En route, ils s'arrêtèrent pour passer la nuit dans une misérable auberge, avec l'intention de continuer leur voyage le lendemain matin. Ils étaient couverts de riches habits, du velours et de la soie, peut-être, comme les enfants des riches en portent dans le monde entier. Leurs ceintures étaient aussi pleines d'argent. Que pensez-vous que fit le méchant aubergiste ? Il résolut de tuer les enfants et de s'approprier leur argent et leurs beaux habits. De sorte que la nuit venue, tandis que tout le monde était endormi, il se leva et mit à mort les trois jeunes gens. »

Gretel joignit les mains et frissonna. Mais Hans essaya de montrer qu'il était assez grand pour tout entendre sans sourciller.

« Ce ne fut pas là le pis, continua dame Brinker, tricotant lentement et essayant de retenir le compte de ses points tout en parlant. Non, ce ne fut pas là le pis. Le misérable aubergiste alla jusqu'à couper en petits morceaux le corps des pauvres jeunes gens, et les jeta dans une grande cuve pleine de saumure, avec l'intention de les vendre pour du porc salé.

— Oh ! » s'écria Gretel, frappée d'horreur, bien qu'elle eût déjà entendu raconter plusieurs fois l'histoire.

Hans restait toujours froid en apparence.

« Oui, reprit dame Brinker, il les sala ! On aurait pu croire qu'il ne serait plus question de ces jeunes messieurs, après un procédé pareil. Pas du tout : saint Nicolas eut cette nuit-là une vision extraordinaire, et il vit l'aubergiste coupant par morceaux les enfants du marchand. Il n'avait pas besoin de se presser, vous entendez bien, car c'était un saint, mais le lendemain matin il se rendit à l'auberge et reprocha son crime abominable à l'auber-

giste. Le méchant, épouvanté de voir que son terrible secret était connu, confessa tout depuis le commencement
jusqu'à la fin, et tomba à genoux en demandant pardon.
Il éprouvait un tel remords de ce qu'il avait fait, qu'il supplia le saint de rappeler les jeunes maîtres à la vie et de
prendre la sienne.

— Est-ce que le saint a fait cela? demanda Gretel
ravie, bien qu'elle sût à l'avance ce que sa mère répon-
drait.

— Certainement qu'il le fit. Les morceaux, tout salés
qu'ils étaient, se réunirent instantanément, et les jeunes
messieurs sautèrent gaiement hors de la cuve de saumure.
Ils se jetèrent aux pieds de saint Nicolas qui leur donna
sa bénédiction, et.... Dieu ait pitié de nous, Hans, il fera
nuit avant que vous soyez de retour, si vous ne partez
pas à l'instant. »

Dame Brinker était passablement hors d'haleine et en
oubliait ses points. Elle ne se rappelait pas avoir jamais
vu ses enfants gaspiller ainsi une seule des heures de la
journée, et l'idée d'un luxe si inaccoutumé l'effrayait. Elle
s'était levée et courait vivement, comme quelqu'un qui a
à rattraper le temps perdu, dans chaque recoin de la chaumière, jetait une motte de tourbe sur le feu, enlevait de
la table un grain de poussière invisible et présentait à
Hans la paire de bas terminée, tout cela dans la même
minute.

« Allons, Hans, dit-elle au jeune garçon qui s'attardait
sur le seuil, qu'est-ce donc qui te retient? »

Hans baisa la joue rebondie de sa mère, rose et fraîche
encore en dépit de ses chagrins.

« Ma mère est la meilleure de toutes les mères et je serais vraiment content d'avoir une paire de patins, dit-il;
cependant.... »

Et tout en boutonnant sa jaquette, il jeta des regards

troublés vers une étrange figure accroupie devant le foyer.

« Cependant, si mon argent pouvait amener un meester d'Amsterdam pour voir le père, on pourrait peut-être faire quelque chose.

— Un meester ne voudrait pas venir, Hans, pour deux fois autant d'argent, et d'ailleurs cela ne servirait de rien. Ah ! combien d'écus n'ai-je pas dépensés pour cela, autrefois ! Rien n'y a fait ! L'esprit du cher bon père n'a pas voulu s'éveiller. C'est la volonté de Dieu. Va, Hans, achète-toi des patins. »

Hans partit, le cœur triste. Mais ce jeune cœur battait dans la poitrine d'un vaillant garçon. En moins de cinq minutes il se mit à siffler. Sa mère l'avait tutoyé, elle lui avait dit : « tu » et c'était bien assez pour faire d'un jour triste un jour ensoleillé. Les Hollandais ne s'adressent pas la parole d'une manière aussi intime que les Français et les Allemands; mais dame Brinker avait, dans sa jeunesse, brodé pour une famille française et elle en avait rapporté dans sa chaumière rustique les « tu » et les « toi » pour s'en servir dans les grands moments, dans les moments où son cœur ému avait besoin d'expansion.

Par conséquent, ce « qu'est-ce qui *te* retient, Hans, » chantait comme un écho sous le joyeux sifflet du jeune homme, et lui faisait regarder sa mission à Amsterdam comme une mission bénie.

Broek avec ses rues tranquilles et sans taches, ses ruisseaux gelés, son pavé de briques jaunes et ses maisons de bois verni, était tout proche. C'était un village où la propreté et l'apparat étaient en pleine floraison, mais dont les habitants étaient si endormis qu'on eût pu les croire morts.

Aucune empreinte de pas ne déparait jamais les sentiers sablés où des cailloux et des coquilles de mer for-

maient des dessins fantastiques. Tous les volets étaient
hermétiquement fermés, comme si l'air et le soleil eussent été du poison; les lourdes portes d'entrée n'y étaient
jamais ouvertes que pour un mariage, un baptême ou un
enterrement.

Des nuages jaunes de fumée de tabac flottaient en silence dans les appartements secrets, et les enfants, de peur
de réveiller les échos, étudiaient en cachette dans des
coins, ou patinaient sans bruit sur le canal voisin. Quelques paons et même des loups se tenaient bien dans les
jardins, mais ils n'avaient jamais joui du luxe de posséder de la chair ou du sang; ils étaient taillés avec art
dans le buis et semblaient garder les propriétés avec une
immobile férocité. Certains automates susceptibles de
mouvement, des canards, des femmes, des chasseurs,
avaient été remisés dans les pavillons d'été et y attendaient le printemps pour se faire remonter et rivaliser
d'animation avec leurs possesseurs, tandis que les toits
de tuiles brillantes, les cours pavées en mosaïque et les
ornements polis des maisons où un grain de poussière ne
pouvait séjourner, lançaient vers le ciel leur hommage
silencieux en une brillante réverbération.

Hans jeta un coup d'œil sur le village tout en faisant
sauter ses kivartjes dans sa main. Il se demandait si ce
qu'il avait souvent entendu raconter était vrai; c'est-à-dire
que quelques-uns des habitants étaient si riches qu'ils se
servaient d'ustensiles de cuisine en or massif.

Il avait vu, au marché, les fromages doux de dame Van
Stoop, et il savait que la fière bourgeoise gagnait plus
d'un écu d'argent brillant à les vendre. Mais faisait-elle
lever la crème dans des jattes d'or? se servait-elle d'une
écumoire d'or? Et lorsque ses vaches avaient pris leurs
quartiers d'hiver, étaient-elles réellement attachées avec
des rubans de soie?

Ces pensées lui traversaient l'esprit, pendant qu'il se dirigeait vers Amsterdam, située à moins de cinq milles sur l'autre branche de l'Y[1] gelé. La glace du canal était parfaite, mais ses patins de bois, si près d'être admis à la retraite, lui grinçaient un triste adieu.

Pendant qu'il traversait l'Y, mais était-ce bien possible, mais ne se trompait-il pas? il crut apercevoir, il aperçut le célèbre docteur Boekman qui arrivait vers lui en patinant.

Le docteur Boekman! Ah! que de fois il avait pensé à lui. Le docteur Boekman était le plus fameux médecin et chirurgien de la Hollande. Hans ne l'avait jamais rencontré jusque-là, mais il avait souvent vu son portrait aux fenêtres des boutiques d'Amsterdam. C'était une de ces figures qu'on ne peut oublier : longue et maigre, quoique hollandaise, avec des yeux bleus froids et sévères; de drôles de lèvres serrées l'une contre l'autre et qui semblaient dire : « Il est défendu de sourire. » Ce personnage n'avait l'air ni joyeux, ni sociable; il n'était pas non plus de ceux qu'un garçon bien élevé se fût permis d'accoster sans y être autorisé.

Mais Hans s'y *sentait* autorisé, et cela par une voix qu'il méconnaissait rarement : celle de sa conscience.

« Voici le plus grand médecin du monde entier, lui soufflait la voix, c'est Dieu qui te met en sa présence, c'est Dieu qui te l'envoie; tu n'as pas le droit d'acheter des patins quand tu pourrais, avec cet argent, payer peut-être la guérison de ton père. C'est le moment ou jamais de tout oser. »

Ses patins de bois poussèrent un cri de triomphe. Des centaines de magnifiques patins apparaissaient et reluisaient dans les airs, au-dessus de la tête de Hans. Il sentit

---

1. Prononcez Aï; c'est un bras du Zuiderzée.

le tintement de l'argent qu'il tenait dans sa main lui répondre jusqu'au bout des doigts. Le vieux docteur avait l'air effroyablement refrogné. Le cœur de Hans lui sauta dans la gorge, mais il trouva assez de force pour crier :

« Mynheer Boekman ! »

Le grand homme s'arrêta, et, poussant sa mince lèvre inférieure jusqu'à ce qu'elle dépassât de beaucoup l'autre, il regarda autour de lui en fronçant le sourcil.

Il n'y avait pas à reculer.

« Mynheer, balbutia Hans en se rapprochant du terrible docteur, je savais bien que vous ne pouviez être autre que le fameux Boekman. J'ai une grande faveur à vous demander.

— Hum ! marmotta le docteur, se disposant à continuer son chemin. Place, je n'ai pas d'argent. Je ne donne jamais aux mendiants.

— Je ne demande pas l'aumône, mynheer, répondit Hans fièrement, montrant en même temps son obole, d'un geste superbe. Je voudrais vous consulter pour mon cher père. Il est vivant et reste immobile comme un mort. Il ne peut plus penser. Ses paroles n'ont plus de sens, mais il n'est pas malade. Il est tombé un jour, se sacrifiant pour le salut des autres, à bas des digues.

— Hein ? Quoi ? parle clairement, » s'écria le docteur qui commençait à écouter.

Hans raconta toute l'histoire, d'une manière peut-être incohérente, car il essuyait une larme de temps en temps pendant qu'il parlait, et finit par dire à la fin, d'un ton suppliant :

« Oh ! voyez-le, mynheer, voyez-le ! Son corps est sain, c'est seulement son esprit.... Je sais bien que cet argent ne suffit pas, mais prenez-le toujours, j'en gagnerai davantage — je suis sûr de cela. — Oh ! je travaillerai pour

vous le reste de mes jours, si vous voulez seulement essayer de guérir mon père ! »

Qu'avait donc le vieux docteur? Une lueur semblable à
un rayon de soleil éclairait sa figure ; ses yeux étaient humides et exprimaient la bonté ; la main qui un instant auparavant serrait la canne comme pour frapper, était maintenant posée doucement sur l'épaule de Hans.

« Mettez votre argent dans votre poche, mon garçon,
lui dit-il, je n'en veux pas. Nous irons voir votre père.
C'est un cas désespéré, j'en ai peur. Combien dites-vous
qu'il y a d'années qu'il est dans cet état ?

— Dix ans, mynheer, répondit Hans en sanglotant,
quoiqu'il sentît son cœur inondé d'une espérance soudaine.

— Dix ans, c'est beaucoup, c'est trop, mais c'est égal ;
écoutez : je pars aujourd'hui pour Leyde, je ne reviendrai
que dans huit jours, comptez sur moi pour cette époque.
Où demeurez-vous ?

— A un mille sud de Broek, mynheer, près du canal.
Ce n'est qu'une pauvre cabane démantelée ; le premier enfant venu vous l'indiquera là-bas, mynheer, ajouta Hans
avec un soupir. Ils ont tous un peu peur de la chaumière ;
ils l'appellent, hélas ! tous l'appellent la maison *de
l'idiot!*

— Cela suffit, dit le docteur en s'éloignant et en jetant
à Hans un bon regard d'adieu. Je serai chez vous dans
huit jours, mon enfant. Un cas désespéré, murmura-t-il,
mais le garçon me plaît ; ses yeux ressemblent à ceux de
mon pauvre Laurens. Le ciel confonde le jeune misérable!
Je ne pourrai donc jamais l'oublier ? »

Et prenant un air plus sombre et plus menaçant que
jamais, le docteur poursuivit solitairement son chemin.

Hans avait aussi remis ses patins de bois en mouvement, et courait vers Amsterdam. Le tintement de l'argent qu'il avait dans sa poche lui répondait de nouveau jusqu'au bout des doigts ; de nouveau le sifflet insouciant monta à ses lèvres.

« Me dépêcherai-je de retourner à la maison, pensait-il, pour apprendre plus tôt la bonne nouvelle à la mère, ou bien irai-je acheter les gâteaux et les patins d'abord ? »

Il n'avait pas encore pris son parti, quand il aperçut Amsterdam.

Il recommença alors à siffler, puis à courir, et c'est ainsi que Hans acheta des patins.

Hans et Gretel firent une jolie partie dans la soirée, veille de saint Nicolas. La lune brillait pure et claire au ciel ; et dame Brinker, qui se croyait pourtant sans espérance quant à la guérison de son mari, s'était sentie si heureuse à l'annonce de la visite du meester Boekman, qu'elle n'avait pu refuser à ses enfants la permission de patiner pendant une heure, sur le canal, avant d'aller se coucher.

Hans était si ravi de ses patins neufs, que, dans son ardeur à montrer à Gretel avec quelle perfection ils *travaillaient*, il décrivit sur la glace une foule de dessins devant lesquels la petite fille tombait en extase. Ils n'étaient pas seuls, bien qu'ils passassent inaperçus près des groupes variés assemblés sur la glace.

Les deux Van Holp et Karl Schummel étaient là, luttant de vitesse. Peter Van Holp était sorti vainqueur trois fois sur quatre. De sorte que Karl, qui n'était jamais très-aimable, se montrait de fort mauvaise humeur. Il s'était un peu soulagé en taquinant le jeune Schimmelpennick, plus petit que les autres, et qui se tenait pourtant près d'eux sans prétendre précisément à faire partie de leur société. Une idée nouvelle s'empara de la tête de Karl. Il s'agissait

de diriger une attaque contre ce qu'il appelait la condescendance par trop égalitaire de quelques-uns de ses
amis.

« Dites donc, camarades, fit-il, empêchons, voulez-
vous, ces jeunes chiffonniers de la cabane de l'idiot de se
joindre à nous pour la course. Il faut qu'Hilda ait perdu
la tête d'y avoir pensé. Katrinka Flack et Rychie Korbès
sont furieuses à l'idée de concourir avec la fille, et pour
ma part je ne les blâme pas. Quant au garçon, si nous
possédons la moindre étincelle de courage, nous repous-
serons avec dédain la seule pensée de....

— Certainement, interrompit Peter Van Holp, feignant
de se méprendre sur le vrai sens des paroles de Karl, qui
en doute? Il n'existe pas un patineur ayant en lui une
étincelle de virilité qui refusât d'admettre deux bons patineurs parce qu'ils sont pauvres? »

Karl, furieux, fit plusieurs tours sur lui-même.

« N'allez pas si vite, maître, dit-il. Je vous serais fort
obligé si vous vouliez bien ne pas faire parler les gens
contre leur sentiment. Je vous conseille de ne pas recommencer. »

Le petit Voostenwalbert Schimmelpennick, ravi à la
perspective d'une bataille, se mit à rire. Il était sûr que si
l'on en venait aux coups, son favori Peter Van Holp était
capable de battre une douzaine d'individus comme l'irri-
table Karl.

Un certain je ne sais quoi que Karl aperçut dans l'œil
de Peter lui fit saisir avec empressement l'occasion de
s'en prendre à plus faible que lui. Il se retourna brusquement sur Voost :

« Qu'est-ce que tu as à crier comme ça, toi, petit furet!
hareng maigre! petit singe! avec ton nom d'un mètre pour
te servir de queue? »

Une demi-douzaine de spectateurs et de patineurs ap-

plaudirent à ces pointes courageuses, et Karl, sentant que
les rieurs étaient pour lui, reprit sa bonne humeur. Cependant il remit prudemment à plus tard de reprendre le
complot qu'il méditait contre Hans et Gretel. Il serait
temps le jour où Peter serait absent.

LE GRAND SAINT NICOLAS LUI-MÊME ÉTAIT LÀ !

# CHAPITRE V

On aperçut en ce moment l'ami Jacob Poot qui s'approchait. On ne put d'abord pas distinguer ses traits ; mais comme c'était le plus gros garçon du voisinage, il n'y avait pas à se tromper sur son identité.

« Holà ! voici le gros qui arrive ! s'écria Karl, et il y en a un autre avec lui long et mince. Il a tout l'air d'un étranger.

— C'est le cousin anglais de Jacob, dit maître

Voost, ravi de pouvoir annoncer cette nouvelle. Il a un si drôle de petit nom : Ben Dobbs. Il doit rester ici jusqu'après la grande course. »

Jusqu'alors tous les jeunes gens avaient tourné, viré et accompli toutes sortes de mouvements d'une manière toute paisible sur la glace, ce qui ne les avait pas empêchés de causer ; mais ils s'arrêtèrent tous, se raidissant contre l'air glacial de la nuit, pour attendre l'arrivée de Jacob Poot et de son ami.

« Je vous présente mon cousin, camarades, dit Jacob un peu hors d'haleine. Il arrive d'Angleterre, c'est un John Bull, et il désire se joindre aux concurrents pour la course, si vous le trouvez bon.

— Accepté ! accepté ! » s'écria toute la bande.

Tous se pressèrent à la façon des écoliers autour des nouveaux venus. Benjamin Dobbs, le jeune Anglais nouvel arrivé, conclut bien vite que les Hollandais, malgré leur jargon impossible, formaient un assortiment de vraiment bons garçons.

A dire vrai, Jacob, grâce à son accent hollandais, avait annoncé son cousin comme un « Schon Pull » et prononcé son nom : « Penchamin Topp ». Mais comme je me suis chargée de traduire la conversation de nos jeunes amis, il est juste, après l'avoir indiqué une fois, que je corrige pour la suite leurs façons de prononcer l'anglais.

Maître Ben Dobbs se sentit d'abord assez embarrassé en la compagnie des amis de son cousin. Quoique la plupart eussent étudié l'anglais et le français, ils n'étaient pas très-hardis à parler l'une ou l'autre de ces deux langues, et Ben, de son côté, faisait de très-drôles de bévues en essayant de converser en hollandais. Il avait appris que vrouw veut dire « femme » et ya « oui » ; spoorweg « chemin de fer » ; kanaals « canaux » ; stoomboot « ba-

teaux à vapeur » ; ophaalbruggen « pont-levis » ; buiten-
plasten « maisons de campagne » ; Mynheer « Monsieur » ;
tweegewegt « duel » ; koper « cuivre » ; zadel « selle » ;
mais il lui était impossible de faire de vraies phrases avec
ce petit nombre de mots-là, et il ne trouvait pas non plus
occasion de se servir de la longue liste de phrases toutes
faites qu'il avait apprises dans son « Manuel de dialogues
de langue hollandaise ». Les sujets traités dans ce livre
étaient variés; mais la mauvaise chance voulait que l'occasion de les placer ne se présentât presque jamais. Il s'ensuivit que son bagage de science toute faite tirée du livre
hollandais ne lui servit pas, comme il avait osé l'espérer.
Il éprouva même bientôt une profonde colère à la pensée
que Jan Van Gorp, un auteur hollandais et belge, avait
osé écrire un gros livre latin pour prouver que c'était le
flamand que *notre premier père et notre première mère
parlaient dans le paradis, et que, par conséquent, le flamand
était la langue mère de toutes les autres*. Le hollandais !
C'était le pur anglais, assurément. Un Allemand aurait
tenu pour l'allemand. Un Français aurait ri de la question.

Cependant le plaisir du patinage finit par lui faire
oublier ce problème philologique. Ben se figura bientôt
qu'il connaissait intimement tous les écoliers, et quand
Jacob fut parvenu à lui faire comprendre qu'ils avaient
projeté une grande excursion pour lui faire voir le pays, il
put, de temps en temps, placer un « ya » ou un signe de
tête d'une façon toute familière.

Le projet en question était vraiment un « grand projet »
et il se présentait une magnifique occasion de l'exécuter.
Outre les congés habituels de la Saint-Nicolas, on avait
été obligé d'accorder à tous les écoliers quatre jours de
congé extra pour un nettoyage à fond des bâtiments de
l'école, qui était devenu nécessaire.

Jacob et Ben en devaient profiter pour faire un long voyage sur la glace. Ils devaient parcourir en patinant la distance qui sépare Broek de la Haye, pas moins de cinquante milles (à peu près soixante-quatre kilomètres).

« Maintenant, camarades, ajouta Jacob quand il eut dévoilé le plan, qui veut venir avec nous? Qui veut faire partie de notre expédition ?

— Moi ! moi ! s'écrièrent-ils avec empressement.

— Moi aussi, » hasarda timidement Voostenwalbert.

Jacob se mit à rire en tenant ses côtes rebondies et en secouant ses grosses joues.

« Vous ! venir avec nous ? Un petit bout d'homme comme vous ? Mais, jeune novice, vous n'avez pas encore quitté votre bourrelet ! »

L'insulte de Jacob blessa au delà de toute expression celui auquel elle s'adressait.

« Faites attention à ce que vous dites, lui cria-t-il de sa voix flûtée ; ce sera tant mieux pour *vous* quand *vous* pourrez quitter *vos* bourrelets, car *vous* êtes ouaté du haut en bas. »

Tous les jeunes gens, à l'exception du jeune Anglais qui ne comprit pas, poussèrent des éclats de rire ; le bon Jacob eut l'esprit de rire d'aussi bon cœur que les autres. Il n'avait pas la prétention d'être svelte. Il joignit son vote sans rancune à tous ceux de ses camarades pour que le petit Voost fût agréé compagnon de voyage, et l'on décida à l'unanimité que le jeune Voost devenu populaire se réunirait à la société.... si ses parents le permettaient.

« Bonsoir, chanta l'heureux enfant en patinant de toutes ses forces pour regagner sa demeure.

— Nous pourrons nous arrêter à Haarlem, Jacob, pour montrer le grand orgue à votre cousin, dit vivement Peter Van Holp, et à Leyde aussi, il y a un monde de choses à voir là. Nous pourrons aussi passer un jour et une nuit à la Haye ; j'ai une sœur mariée qui y demeure et elle sera ravie de nous voir. Nous pourrons repartir le lendemain pour revenir ici.

— Bien, bien ! » répondit Jacob qui n'était pas grand parleur.

Ludwig regardait son frère avec une admiration pleine d'enthousiasme.

« Bravo, Peter. Il n'y a pas votre pareil au monde pour organiser une affaire, dit-il. Notre mère sera enchantée quand elle apprendra que nous avons l'intention de lui servir d'intermédiaire pour transmettre à la sœur Van Gend l'expression de sa tendresse maternelle. Brrr ! Mais il fait froid, ajouta-t-il, un froid assez coupant pour enlever à un pauvre garçon la tête de dessus les épaules. Si nous retournions à la maison?

— Qu'importe qu'il fasse froid, monsieur Peau-Tendre ? cria Karl qui était très-occupé à étudier un pas qu'il appelait le « double tranchant »; nous aurions une jolie saison de patinage s'il faisait aussi chaud qu'en décembre dernier ! Ne savez-vous pas que si l'hiver n'était extraordinairement dur et hâtif par-dessus le marché, nous ne pourrions pas faire notre partie?

— Je sais que la soirée est extraordinairement froide, dans tous les cas, répondit Ludwig. Et je rentre à la maison ! »

Peter Van Holp sortit de son gousset une grosse montre d'or, et la tenant aussi bien que ses doigts engourdis le lui permettaient, de manière que le cadran fût éclairé par la lune, s'écria :

« Allons ! il est près de huit heures ! saint Nicolas doit être en route. Pour ma part je tiens à voir les yeux étonnés des petits tout grands ouverts par l'attente de ce qui va se passer à la maison. Bonsoir !

5

— Bonsoir ! » crièrent-ils tous.

Et ils partirent, criant, riant et chantant le long du canal.

Où étaient Hans et Gretel pendant ce temps ? Hélas ! que la joie est de courte durée ! Ils avaient patiné pendant une heure, se tenant un peu à l'écart des autres, contents d'être ensemble. Gretel s'était écriée :

« Oh ! Hans, quelle bonne chose d'avoir tous les deux des patins ! Je vous répète que la cigogne nous a porté bonheur ! »

Tout à coup ils crurent entendre quelque chose.

C'était un cri, mais un cri bien faible ! Personne ne le remarqua sur le canal ; mais Hans ne pouvait s'y tromper, il en connaissait trop bien la signification. Gretel le vit pâlir au clair de lune, pendant qu'il arrachait ses patins de ses pieds.

« Le père ! cria-t-il. Il aura effrayé la mère ! »

Et Gretel le suivit de toute la vitesse de ses jambes, pendant qu'il courait vers la maison.

Le jour de Noël est en Hollande, comme dans toute la chrétienté, consacré à des cérémonies religieuses, et donne lieu à des réunions de famille ; mais la grande fête des enfants en Hollande c'est la fête de saint Nicolas. Dès la veille, et dans toutes les familles, filles et garçons sont pris d'une sorte de fièvre, fièvre de joie et d'impatiente attente. Pour quelques-uns, cependant, c'est une époque redoutable. Le saint est fort sincère, et les enfants qui ne se sont pas bien conduits dans le courant de l'année savent d'avance qu'aucune vérité ne leur sera épargnée ce jour-là. Saint Nicolas sait tout, rien ne lui est caché ; les fautes les plus secrètes, il les connaît et les punit d'une réprimande publique. Quelquefois même on a vu le saint apparaître dans les maisons où il se trouve des enfants véritablement méchants, avec des verges, de grandes verges sous le bras. Sont-elles trempées dans le vinaigre ? je l'ignore, mais ce n'est pas impossible. Sans doute le saint n'use pas lui-même de cette arme vengeresse, mais il en recommande, quand il y a lieu, l'usage aux parents.

Les jeunes gens avaient bien fait de se hâter de regagner leurs demeures, car moins d'une heure après leur rentrée, le saint avait fait son apparition dans la moitié des maisons hollandaises. Il a le privilége de pouvoir être partout à la fois.

En même temps qu'il rendait visite au roi dans son palais, il se présentait chez les parents d'Annie Bowman. Je crois bien qu'un petit écu d'argent eût suffi à payer tout ce que le bon saint porta ce soir-là chez le paysan Bowman. Mais un petit écu peut quelquefois faire autant de plaisir dans la maison du pauvre que des centaines et des milliers de francs dans les palais des princes.

Les petites sœurs et les petits frères de Hilda Van Gleck étaient dans un état de surexcitation qu'ils essayaient en vain de dissimuler. Ils avaient été admis dans le grand salon. Ils étaient vêtus de leurs beaux habits. Leur bonheur éclatait en rires joyeux, leurs inquiétudes en exclamations pittoresques. Dans la rue, les passants s'arrêtaient pour surprendre les murmures confus qui perçaient à travers rideaux et stores. Le grand-père, qui avait entrepris de cacher sous son grand foulard l'envie de s'isoler de ce tapage et qui aurait voulu dormir à l'abri de ce drapeau, avait dû y renoncer. Quel vieux monsieur aurait pu reposer au milieu d'un tel tapage !

Le baby lui-même donnait des signes de la plus vive impatience ; ses petits poings fermés devenaient menaçants. Tout à coup le père le posa à terre sur le tapis au centre du salon. La solennité de cette situation lui fit juger qu'il allait enfin se passer quelque chose d'inusité.

Il regarda tout le monde en fronçant innocemment le sourcil comme le ferait un grave et consciencieux président au début d'une audience. Bientôt, au signal donné par la maman, les autres enfants se prirent par la main et formèrent une ronde autour de lui en chantant de leurs voix claires l'invocation à saint Nicolas. C'était un appel à l'aimable patron de l'enfance.

« Venez parmi nous, grand saint Nicolas, notre ami. Vous y serez le bienvenu. Ne vous faites pas trop attendre. Apportez-nous des jouets et des bonbons — mais oubliez les verges, si c'est possible.

— Reprochez-nous nos fautes, nous supporterons vos gronderies méritées; mais pour que nous suivions vos conseils, bien vrai, les verges ne sont pas nécessaires.

— Nos souliers, nos paniers sont dans la chambre à côté; remplissez-les de belles et bonnes choses. Vos petits amis vous en prient. C'est encore le moyen le plus sûr de les rendre sages que de leur faire d'agréables surprises.

— Entrez donc, saint Nicolas; nulle part vous ne serez mieux accueilli qu'ici. N'entendez-vous pas le baby lui-même qui chante avec nous? Venez, venez, saint Nicolas! »

Le chant était à peine terminé que trois coups étaient frappés à la porte. Le cercle fut rompu en un instant, et les plus petits se pressèrent avec un mélange de crainte et de curiosité contre les genoux de leur mère, et grand-père lui-même, devenu très-attentif et le menton posé sur sa main, se pencha en avant. Grand'mère avait affermi ses lunettes, Mynheer Van Gleck, assis près du feu, avait déposé sa pipe sur le marbre du poêle, Hilda et les autres enfants serrés autour de lui composaient un groupe tout rempli de douce émotion. Le baby ouvrait encore la bouche, mais il ne chantait plus. Un frisson passa dans l'assemblée. Le grand saint Nicolas lui-même était là ! — Comment était-il entré, c'était sans doute par la porte à laquelle il avait frappé, mais personne n'aurait osé l'affirmer, tant les yeux et les esprits étaient troublés. Il portait son beau vêtement traditionnel d'évêque. Il avait sa mitre en tête et sa crosse à la main.

« Enfants, je vous salue tous, dit-il d'une voix grave et pleine de majesté. Je suis heureux de me retrouver au milieu de vous. Je sais que vous vous êtes conduits, somme toute, en bons petits enfants depuis que je n'ai eu le plaisir de vous voir ; aussi ai-je laissé derrière la porte, dans mon grand char à quatre roues, tout mon paquet de verges. Je n'ignore pas, cependant, car il faut dire la vérité à tous, que Diedrich a été impoli et maussade à la foire de Haarlem, l'automne dernier, mais depuis il a réparé sa faute. Mayken ne s'est guère distinguée à l'école depuis quelque temps ; trop de bonbons ont touché ses lèvres, tout son argent y a passé, et elle n'en a pas gardé assez pour faire la part des pauvres. La petite Katy est taquine, j'ai plus d'une fois entendu son petit chat crier quand elle lui tirait la queue dans le corridor. Je pardonnerai cependant à Katy, si elle veut se dire à l'avenir que le plus petit des animaux ressent la douleur aussi bien que le plus grand, et qu'il ne faut jamais abuser de la faiblesse. »

La pauvre petite Katy, stupéfaite de voir saint Nicolas si bien informé d'une chose qui s'était passée dans l'ombre, se mit à sangloter. Le saint, touché de son repentir, n'insista pas en ce qui la concernait.

« Quant à toi, Hendrick, tu t'es distingué au tir à l'arc, tu patines habilement, tu rames bien, mais tu donnes à

ces exercices jusqu'au temps qui devrait appartenir à tes
études. Ceci est un mauvais aménagement de tes journées,
il ne faut pas oublier l'esprit pour le corps.

« Hilda est une bonne créature. Elle aime les humbles,
elle les secourt. Elle aura cette nuit le sommeil béni qui
est dû aux bonnes consciences et aux bons cœurs. Qu'elle
ne craigne rien, je ne trahirai pas le secret de ses charités
— mais je les connais toutes. »

Le joli visage de Hilda s'était couvert d'une subite rougeur. Le saint, qui ne voulait pas l'embarrasser, continua :

« Je me déclare en somme satisfait. La perfection est
un but difficile à atteindre. Que chacun de vous y tende
selon ses forces. Aimez Dieu, vos parents, votre devoir,
votre prochain, votre patrie. Vous trouverez demain matin dans vos souliers et dans vos paniers des preuves plus
substantielles de l'amitié que saint Nicolas a pour vous.
Adieu. »

Je crois que si le dicours de saint Nicolas ne fut pas
plus long, cela tient à ce que sa belle barbe blanche s'était
un peu dérangée. Toujours est-il que son départ fut aussi
étonnant que son arrivée. On s'aperçut tout à coup que
saint Nicolas n'était plus là. Par où avait-il disparu ? Sans
doute par où il était venu.

Après un instant donné à la surprise, la parole revint
peu à peu à chacun. Que de confidences s'échangèrent à
mi-voix sur la personne, les discours et les promesses du
saint pour le lendemain ! Ah ! ce lendemain, il tardera
toujours trop à venir ! En attendant, on se résignera sans
se faire prier à passer dans la salle à manger. La table était
mise et couverte de bonnes choses. C'était le moment de
la collation du soir. Après avoir fait honneur aux gâteaux,
il fallut se dire bonsoir, et le silence régna enfin dans la

maison des Van Gleck. Chacun savait que saint Nicolas
serait de parole, on s'endormit confiant dans ses promesses.

Le lendemain, dès l'aube, les enfants purent s'assurer,
en trouvant leurs souliers et leurs paniers remplis jusqu'au
bord, que jamais le bon saint n'avait mieux fait les
choses.

Les parents l'y avaient-ils aidé? Je n'oserais pas dire le
contraire; toujours est-il que chacun des enfants trouva
dans son lot les choses les plus appropriées à ses secrets
désirs. Pour ne parler que de la part d'Hilda, les dix
beaux volumes qui lui échurent étaient précisément ceux
qu'elle aurait choisis si elle avait eu le droit de les trier
elle-même dans la librairie de Van Bakkenes, si bien pourvue de livres français et anglais.

Hendrick, qui était observateur et qui avait eu la joie de
tirer du fond de ses souliers une lunette d'approche excellente dont il avait précisément grande envie, était fort
préoccupé d'une vague ressemblance qu'il prétendait avoir
remarquée entre saint Nicolas et son professeur Mynheer
Kolb. Mais bien sûr il se trompait : le professeur Kolb
était jeune et presque imberbe, et saint Nicolas était un
beau vieillard à barbe blanche. On ne peut être jeune et
vieux, blanc et noir tout ensemble. Cependant, disait-il,
c'était presque la même voix aussi…. Il est vrai, ajou-
tait-il, que saint Nicolas était encore plus grand que
Mynheer Kolb.

Hilda souriait aux curiosités de son frère, et cependant
une secrète tristesse avait pesé, tout de suite après le départ de saint Nicolas, sur son cœur. Elle avait pensé à la
différence d'aspect que pouvait présenter au même moment
la cabane des Brinker avec le brillant salon de ses parents,
et tout en écoutant Hendrick le lendemain matin, elle se
disait encore qu'elle eût été très-heureuse la veille si elle

avait pu conduire saint Nicolas dans la sombre demeure
des pauvres gens, et s'il avait pu lui être donné de l'éclairer d'un peu de bonheur inattendu.

Hélas! pourquoi fut-elle la seule peut-être, la cabane
des Brinker, où ce soir-là le bon saint ne put pénétrer?

« SOYEZ LES BIENVENUS ! »

# CHAPITRE VI

CE QUE LES JEUNES GENS VIRENT A AMSTERDAM.
GRANDES MANIES ET PETITES EXCENTRICITÉS.
SUR LA ROUTE DE HAARLEM.

L'heure fixée pour la fameuse expédition sur la glace
avait sonné. Les camarades de Peter, fidèles au rendez-
vous, étaient réunis sur le canal. Peter Van Holp, comme
c'était son devoir, y était arrivé le premier.

« Sommes-nous prêts, tous les patins sont-ils bouclés,
êtes-vous équipés au complet? s'écria le jeune capitaine.

— Ya, ya, répondirent en chœur tous les voyageurs.

— Sommes-nous tous présents ? » dit-il encore.

Et pour plus de sûreté, il procéda à l'appel.

« Jacob Poot ?

— Ya.

— Karl ?

— Ya ! dit Karl, que l'appel de son nom avait surpris au moment où il étouffait ce dernier bâillement qui proteste contre un réveil un peu prématuré.

— Ben Dobbs ?

— Yes ! ya ! Oui ! Si ! répondit le jeune polyglotte pour être plus sûr d'être compris.

— Lambert Van Mounen ?

— Ya.

— C'est fort heureux, dit le capitaine Peter. Notre jeune ami Ben, quoiqu'il sache dire oui en quatre langues, serait peut-être embarrassé pour marcher sans vous, mon cher Lambert. Vous parlez anglais de façon à lui épargner les efforts qu'il aurait à faire pour se faire comprendre en hollandais.

— Ludwig Van Holp ?

— Ya.

— Voostenwalbert Schimmelpennick ? »

Pas de réponse.

« On aura empêché le petit coquin de sortir, » dit Karl, qui ne perdait jamais l'occasion de lancer une pointe, même à un absent.

Celle-ci n'étant pas bien méchante, personne ne la releva.

« L'heure est passée, dit le capitaine. Il a été dit qu'on n'attendrait personne ; tant pis pour les retardataires. Allons, camarades, il est huit heures et le quart d'heure de grâce va sonner. La glace est solide. L'Y est ferme comme un roc, le temps est admirable, nous serons à Amsterdam dans trente minutes. Une, deux, trois, partons.... »

La petite troupe s'envola.

Moins d'une demi-heure après, elle faisait halte un instant devant une digue solidement maçonnée, et se trouvait bientôt, après l'avoir traversée, au cœur de la grande métropole des Pays-Bas.

Bien qu'Amsterdam ne soit pas le siège du gouvernement, lequel réside à la Haye, elle est de fait la capitale de la Hollande. La rivière l'Amstel qui a donné son nom à Amsterdam divise la ville en deux parts. Toute la cité est entourée d'une ceinture de murailles défendues extérieurement par un large canal semi-circulaire. Ces remparts, qui autrefois pouvaient servir à protéger la ville, ont été convertis en promenades publiques, et ne sont plus qu'un lieu de plaisir pour ses trois cent mille habitants. Amsterdam, bâtie tout entière sur pilotis, renferme quatre-vingt-dix îles reliées entre elles par trois cent trente-quatre ponts. Pour qui n'a pas vu Venise, c'est certes la ville la plus singulière et la plus étonnante de l'Europe. Tout intéressait le jeune Anglais Ben dans le spectacle qu'elle lui offrait. Il aurait voulu tout voir, s'arrêter partout. Les canaux, les navires, les ponts, les tours, le palais-royal (le plus bel édifice moderne de la Hollande), l'école de marine, etc., etc., il ne put apercevoir tout cela qu'en courant. Mais la physionomie étrange de la ville, ses rues étroites, ses trottoirs entre deux eaux, ses hautes maisons à toits reluisants avec leurs cheminées en fourchette et leurs pignons avançant sur la voie; les magasins en gros perchés au dernier étage, communiquant avec le sol et les acheteurs au moyen de grues faisant office de longs bras, montant et descendant les marchandises le long des fenêtres des étages inférieurs, les ponts, les écluses, les costumes, variés à l'infini, d'une population à laquelle se mêlent des gens que leur négoce amène de tous les points du monde, les boutiques et les habitations accroupies tout

près des porches des églises et dont les longues cheminées
s'élevaient bien haut le long des murailles sacrées, tout
lui était objet d'étonnement.

Son œil s'était arrêté avec surprise sur de petits miroirs
accrochés à l'extérieur de toutes les fenêtres par des méca-
nismes assez compliqués. Il lui fallut réfléchir pour se
rendre compte que ces petits miroirs n'étaient autre chose
que des espions, une espèce particulière de surveillants
commodes, incorruptibles, muets et d'un entretien peu
dispendieux, destinés à remplacer pour les habitants des
maisons les portiers bavards en usage dans d'autres pays,
et permettant en outre aux bonnes gens des appartements supérieurs de voir, sans se déranger, qui frappait
à leur porte et même un peu ce qui se passait dans la rue
ou chez le voisin.

Les charrettes chargées de bois traînées par des chiens;
des ânes portant des paniers remplis de verrerie, de pote-
rie, trottinant d'un pied sûr à travers les embarras du
chemin; les traîneaux incessamment arrosés d'huile, glissant avec aisance sur le rude pavé des rues; de loin en loin
un lourd carrosse de famille aux couleurs voyantes, attelé
de chevaux du brun le plus foncé, faisant voltiger la plus
blanche des queues; il vit tout cela, malgré la rapidité de
sa course.

La ville avait revêtu ses plus beaux habits de fête. Les
boutiques resplendissaient en l'honneur de saint Nicolas.
Le capitaine Peter fut plus d'une fois obligé de rappeler à
l'ordre *les hommes* de sa compagnie et de leur enjoindre,
d'une voix qui ne permettait pas de réplique, de s'éloigner
des étalages tentateurs, où brillait à leurs yeux tout ce qui
a été, est ou peut être inventé en fait de jouets. La Hollande est célèbre pour ce genre d'industrie. Tout y est
imité en miniature pour le plaisir des petits enfants. Les
jouets mécaniques qu'un petit Hollandais manie insou-

cieusement pourraient servir de modèles de démonstration
pour les écoles scientifiques de tout autre pays. Il n'est
machine, engin utile, bateaux, traîneaux, appareils d'usine
qui ne deviennent joujou dans ce pays où tout a son côté
pratique. L'enfant se familiarise ainsi, sans s'en douter,
avec la plupart des choses qui, plus tard, seront les instruments de son travail ou de sa fortune. Ben pensait à
son petit frère. Il aurait voulu lui rapporter en Angleterre
un spécimen de chacune de ces réductions de grandes
choses. Mais le moyen? Les jeunes voyageurs, avec une
prudence toute hollandaise, avaient décidé avant de partir qu'on n'emporterait en fait d'argent que la somme absolument nécessaire à chacun pour défrayer les dépenses
de la route. Il avait été, de plus, entendu que cette somme
serait la même pour tous, de façon qu'aucun des membres de la communauté n'eût à souffrir de l'inégalité
de fortune pendant toute la durée de l'expédition. En outre et comme dernière garantie, le capitaine Peter avait été
chargé de la bourse. Comme aucune dépense ne pouvait
être faite que par ses mains, force fut donc au bon Ben de
se contenter de penser platoniquement à son pauvre petit
frère.

Par courtoisie pour l'étranger Ben, la gaie caravane avait
traversé le plus curieux quartier de la ville, le quartier des
juifs; je dis curieux, mais non le plus beau, ni surtout le
plus propre. C'est dans ce quartier qu'habitent les célèbres
lapidaires d'Amsterdam, et ces ouvriers habiles et probes
qui manient des millions pour un salaire relativement peu
élevé. Ben aurait bien voulu s'arrêter dans un de ces ateliers; il fut obligé comme pour le reste de s'en tenir aux
renseignements que la complaisance de Lambert lui fournit
sur ce sujet comme sur le reste. C'est ainsi qu'il apprit
qu'au début de cette industrie de la taille et de la vente du
diamant (qui atteint aujourd'hui à un chiffre annuel de

plus de cent millions) et jusqu'à la fin du quinzième siè-
cle, on n'employait que des diamants bruts. Les plus re-
cherchés alors étaient ceux qui affectaient naturellement
une figure pyramidale. On les nommait : *pointes naïves.*
Ce ne fut que vers 1576 que Louis de Berguem découvrit
l'art de tailler et de polir le diamant au moyen de sa propre poussière, et qu'on l'amena à pouvoir se monter sous
la forme de rose et de brillant. Le plus habile de ces tail-
leurs est un vieux Juif; sa besogne lui est payée à la tâche
et il gagne deux cent cinquante francs par semaine. C'est
lui qui a taillé le fameux Ko-hi-noor, et ce travail lui a
valu dix mille florins.

« Je voudrais bien vous faire passer devant l'hôtel de ville,
lui dit Lambert, mais notre itinéraire ne nous le permet
pas. C'est là que vous auriez pu vous étonner tout à votre
aise. Les fondations seules en sont déjà une merveille.
Près de quatre mille pilotis enfoncés à soixante-dix pieds
dans le sol, ce n'est pas une petite affaire, mais il n'en
fallait pas moins pour supporter un tel monument. »

Au cri de : Halte! prononcé par Peter, Lambert s'interrompit.

« Otez les patins, dit Peter, voici le musée. Il ne sera
pas dit que les Hollandais auront passé devant la *Ronde de
nuit* de Rembrandt sans la faire connaître à leur hôte.
Ben,... dix minutes pour vous, vous ne regarderez que ce
tableau, mais je suis tranquille, vous ne l'oublierez plus. »

Ben ravi aurait embrassé Peter, si le temps n'avait pas
été si précieux. Il sortit au bout de dix minutes, ébloui,
émerveillé, enthousiasmé.

« Quel effet de nuit! s'écriait-il, quelle lumière et quelles
ténèbres !

— Je suis fâché, lui dit Lambert, de contredire à votre
exclamation, mais la vérité m'oblige à vous confesser,
mon cher Ben, deux choses graves à propos de la *Ronde*

*de nuit.* La première, c'est que ce n'est d'abord pas une ronde de nuit; et la seconde, c'est que ce n'est pas une ronde du tout. La scène a lieu le jour. La lumière est celle du jour, d'un jour bizarre qui tombe du côté gauche de fenêtres invisibles au spectateur et produisent le clair-obscur surprenant qu'on s'obstine encore à prendre pour un effet de nuit. Ce chef-d'œuvre de Rembrandt, auquel je crois que je préfère la *Leçon d'anatomie* qui est au musée de la Haye, ce chef-d'œuvre représente la compagnie du capitaine français Banning au sortir de la maison de corporation.

— Ne nous disputons pas pour si peu, dit Ben gaiement, effet de nuit ou effet de jour, cette page de votre plus grand peintre est merveilleuse et je ne l'oublierai de ma vie.

— Bravo, Ben! Hourra pour Ben! s'écria toute la caravane transportée de voir un Anglais rendant une justice si complète à un des joyaux de la Hollande.

— Quel malheur, dit Ben, quel malheur d'être si pressé, car, au fait, je ne serais pas fâché d'aller admirer comme effet de jour ce que je viens d'admirer comme effet de nuit. Mais tout vient à point à qui sait attendre. Aux prochaines vacances je reviendrai, et cette fois ce ne sera pas pour dix minutes.

— Allons, camarades, s'écria le capitaine, dix heures sonnent, il est temps que nous partions. »

Ils se hâtèrent de courir sur le canal.

« Remettez les patins! Êtes-vous prêts? Une, deux! Eh mais! où est donc Poot? »

Oui, où était Poot? On venait de couper dans la glace à dix pas plus loin une ouverture carrée. Peter la remarqua, et, saisi d'un funeste pressentiment, il patina rapidement jusque-là.

Ses amis l'avaient suivi comme de juste. Peter regarda

dans le trou. Les autres regardèrent à leur tour, puis fixèrent simultanément leurs regards inquiets les uns sur les autres.

« Poot! Poot! » cria Peter se couchant sur la glace, la tête au-dessous du trou pour mieux voir le fond même de l'eau.

Rien ne répondit à cet appel, rien ne bougea, l'eau noire ne s'émut pas. Sa surface demeura immobile, elle se glaçait déjà à la surface.

Lambert se tourna vers Ben :

« Votre cousin est bien gros, il a le tempérament un peu apoplectique, serait-il possible qu'un coup de sang....

— Oui, oui, s'écria Ben très-effrayé. Ah! mon pauvre Poot! Il faisait si chaud dans le musée.... La course avait été trop rapide pour un garçon de son embonpoint.

— S'il était resté au musée? » dit Ben.

Les jeunes gens comprirent tout de suite la significa-tion de ces paroles. Les patins furent enlevés en un clin d'œil et ils partirent tous à la recherche de leur cama-rade.

Ils trouvèrent, hélas, le pauvre Jacob Poot dans un état d'insensibilité complète, affaissé sur un banc. Mais comme il ronflait de tout son souffle, il était clair qu'il n'était qu'endormi.

« Quelle peur j'ai eue! s'écriait Ben, secouant le pauvre Jacob de la belle façon. Et monsieur dormait!...

« Après ça, ajouta-t-il, c'est encore bien heureux. Ne dirait-on pas que je vais lui reprocher de ne nous avoir fait qu'une fausse peur. »

Peter et tous les autres se mirent à tirailler le malheu-reux Poot, qui par un bras, qui par un autre.

« Poot! Ohé! Poot! Réveillez-vous donc. Un musée n'est pas un dortoir!

— Laissez-moi dormir, murmura Poot d'une voix

dolente. Quelle heure est-il? Il ne fait pas jour encore.

— Pas jour! s'écria Peter. Ah! si j'avais un verre d'eau.

— De l'eau, s'écria Poot, un verre d'eau! Pas de bêtise, Peter, vous ne ferez pas cela à un ami. »

Ce fut seulement alors qu'il fit l'effort d'ouvrir de gros yeux indignés.

« Ah ça, dit-il en se détirant les bras, je ne suis pas dans mon lit? Où m'avez-vous déjà porté? Où suis-je donc? Des tableaux! s'écria-t-il, qu'est-ce que ça signifie?

— Ça signifie, lui dit un gardien, que vous vous êtes endormi dans le musée et que ça n'est pas permis. Allez dormir dans la rue, si vous voulez, mais ça n'est pas ici la place des tonneaux de bière.

— Tonneaux de bière! s'écria Poot, réveillé pour de bon. Tonneaux de bière toi-même! »

Et déjà son poing était levé.

Un chorus d'éclats de rire répondit seul au pauvre Poot. Il était si drôle dans sa fureur, que le gardien lui-même ne put tenir son sérieux.

Les amis de Jacob l'avaient entouré, puis entraîné du côté de la porte.

Le grand air lui ayant rendu ses esprits, sa colère se tourna contre lui-même, et dans sa confusion il ne savait quelle attitude prendre.

Peter n'était pas d'un caractère à s'amuser de l'embarras d'un ami. Il donna, pour couper court à l'aventure, le signal du départ.

« La glace me paraît très-forte, dit le capitaine à sa troupe, continuerons-nous à suivre le canal? ou prendrons-nous la rivière?

— Prenons la rivière, s'écria Karl. Ce sera plus amusant de cotoyer la route. C'est un peu plus long, mais qu'importe? »

Jacob Poot se sentit tout à coup fort intéressé dans la question.

« Je vote pour le canal, pour le plus court, dit-il d'un air suppliant.

— Eh bien, ce sera le canal, répondit le capitaine qui comprit que le pauvre Poot, moins alerte qu'eux, avait besoin de ménager ses forces.

— Va pour le canal, » dirent les autres, avec une bonne grâce parfaite. »

Karl seul avait haussé les épaules.

Le capitaine Peter prit la tête.

« En route, dit-il, nous serons à Haarlem dans une heure. »

Pendant qu'ils patinaient à toute vitesse, ils entendirent le bruit des wagons du chemin de fer, tout près derrière eux.

« Ho! hé! camarades! s'écria Ludwig en se retournant, qui battra la locomotive? Hop! pour la course! »

Le sifflet du chemin de fer se mit à crier à ce défi. Les jeunes gens en firent autant et partirent.

Pendant un moment ils tinrent la tête, poussant des hurrahs frénétiques, un moment seulement, mais c'était déjà quelque chose.

Un peu calmés, ils voyagèrent avec plus de loisir, tout en causant et badinant. Ils s'arrêtaient parfois pour échanger quelques mots avec les gardiens stationnés de distance en distance, sur le canal. Ces hommes sont chargés, en hiver, de veiller à ce que la surface gelée ne s'encombre pas d'immondices. Après une tombée de neige, ils sont tenus de balayer cette couverture ouatée, très-jolie à voir, mais fort désagréable aux patineurs et de l'empêcher de devenir de marbre. Les jeunes gens s'oubliaient de temps à autre jusqu'à escalader, comme des écoliers en vacances, les bateaux prisonniers dans la glace et rassemblés dans des espèces de bassins formés par un élargissement du canal. Les gardiens vigilants les apercevaient bientôt et les en chassaient en grondant.

Rien n'était plus droit que le canal sur lequel nos jeunes gens patinaient, si ce n'est les rangées de saules, en cette saison dépouillés de tout feuillage, plantés le long des bords. De l'autre côté, et dominant tout ce qui l'entourait, passait la grande route pour les voitures. Elle courait sur le sommet de l'immense digue construite pour contenir dans de justes bornes le lac de Haarlem. Ce lac s'allongeait au loin jusqu'à ce qu'il n'apparût plus que comme un point. Ses patineurs, sa surface gelée unie comme un miroir, ses bateaux-traîneaux aux voiles brunes, ses fauteuils ambulants, ses petites schlittes excentriques aussi légères que le liége et que leurs conducteurs faisaient voler sur la glace à l'aide de deux bâtons ferrés terminés en pointe ; tout cela intéressait au dernier point l'anglais Ben.

Ludwig Van Holp s'était étonné que le jeune anglais fût si bien au courant de tout ce qui intéressait la Hollande. Selon ce que disait Lambert, il en savait plus sur ce pays que beaucoup de Hollandais. Ceci ne plaisait qu'à moitié à notre jeune homme. Il chercha quelque sujet qui pût prendre au dépourvu le jeune étranger et lui fit demander s'il savait l'histoire des tulipes.

« La folie des tulipes qui s'empara de votre pays il y a environ deux cents ans après que le premier spécimen en eût été apporté de Turquie ! Personne n'ignore cela en Europe, répondit Ben, c'est un lieu commun d'en parler aussi bien que de votre curaçao et de votre anisette d'Amsterdam que nous n'avons même pas goûtés en passant dans cette ville. Qui est-ce qui ne sait pas que le semper Augustus s'est vendu chez vous jusqu'à 5500 florins ? Cette spéculation sur les tulipesétait devenue, pour vos ancêtres et principalement à Haarlem, une rage. Cela dégénéra en une sorte de jeu de bourse qui mit en péril la fortune des riches aussi bien que celle des pauvres, car tout le monde s'en mêlait. Il fallut l'intervention des États-Généraux pour mettre fin à cette monomanie. « La tulipe a du bon, c'est une fleur charmante; mais qu'elle ait passionné un peuple aussi flegmatique que le vôtre, ce serait à ne pas croire si ce n'était un fait irrécusable.

— Nous sommes devenus sages, répondit Lambert, tout en restant amateurs de tulipes.

— Ce diable de petit anglais sait tout, dit Ludwig, quand Lambert lui eut fait part de la réponse de Ben.

— Quand vous embarrasserez mon cousin Ben, répondit en riant le gros Poot, je remettrai un plumet à votre chapeau. »

Et s'adressant lui-même à Ben :

« Qu'est-ce qui vous a le plus surpris chez nous, Ben?

— Cela a été, dit Ben, de voir ma tante Poot, toute riche et toute grande dame qu'elle est, passer la moitié de son temps à nettoyer sa maison elle-même. J'ai écrit à ma mère hier que le parquet de son salon est plus brillant qu'un miroir et que jusque dans sa salle à manger, j'ai vu ma contre-partie, mes pieds contre mes pieds.

— Votre contre-partie? dit Poot.

— Et oui, la réflexion de ma propre personne, un second moi-même, mon sosie. Seulement ce second Ben avait la tête en bas et les pieds en l'air.

— Combien de fois êtes-vous entré dans le salon de madame Poot, Ben, mon ami? dit Ludwig.

— Une seule, répondit Ben, et le cousin Poot, étonné qu'on m'eût fait un tel honneur le jour même de mon arrivée, a eu grand soin de m'avertir que je ne reverrais plus le parquet magique, que le jour où l'on marierait sa sœur.

— Bah, répondit Poot, tous les salons de Broek ressemblent à celui de maman. On ne les ouvre que pour les faire reluire, mais personne n'y entre dans l'intervalle.

— Vous n'avez pas eu l'air très-étonné, dit Lambert, de voir les automates qui ornent les petits pavillons et les jardins qui sont semés dans nos campagnes. C'est pourtant une de nos particularités.

— J'avais été prévenu, répondit Ben; vos cygnes de bois sculpté quand ils flottent sur l'eau doivent faire illusion, mais le mandarin qui remue la tête comme un imbécile, dans le grand maronnier du jardin de tante Poot, n'a pu obtenir mes respects. Vos arbres peints et parés ne sont pas de mon goût non plus.

— Cela viendra, dit Lambert, vous finirez par vous y faire. Notre Hollande vous captivera peu à peu.

— Comme m'a captivé mon Angleterre, comme le beau pays de France charme le Français. Je comprends votre amour pour votre pays, mon cher Lambert, bien qu'à première vue il soit étrange qu'on soit si chaud pour un pays si froid. »

Lambert se mit à rire.

« Bah! votre sang anglais se fige plus facilement que le nôtre. Je n'ai pas froid, moi. Regardez ces patineurs-là sur le canal, ils sont rouges comme des pivoines et heureux comme des lords. Ho! hé! capitaine! cria-t-il en hollandais, que pensez-vous de l'idée de nous arrêter à cette ferme, là-bas, pour nous y réchauffer un peu les pieds.

— Qui a froid? fit Peter en se retournant.

— Benjamin Dobbs.

— Eh bien, on réchauffera l'Angleterre, » répondit Peter avec bonne humeur.

Et il fut décidé que toute la société allait se permettre un temps d'arrêt.

En approchant de la ferme, les jeunes gens se trouvèrent tout à coup au milieu d'une scène d'intérieur pleine
d'intérêt. Un gros et solide Hollandais, qui aurait pu
servir de modèle à Téniers, se précipitait hors de la maison, suivi de près par sa femme qui le frappait à tour
de bras avec le long manche d'une poêle à frire, sans
que le bon mari semblât songer à se révolter. L'expression de physionomie de la virago contenait si peu de
promesses de réception cordiale, que nos jeunes gens résolurent prudemment d'aller se chauffer les pieds un peu
plus loin.

La chaumière la plus proche avait une apparence plus
engageante. Son toit bas, de tuiles rouges, s'étendait jusque sur l'étable qui se pressait tout contre le bâtiment
principal.

Une vieille femme très-propre, à l'extérieur paisible, tricotait assise près de l'une des fenêtres. Contre l'autre se
voyait le profil de la figure grasse et rebondie d'un homme
assis, la pipe à la bouche, derrière les carreaux brillants
et le rideau blanc comme la neige.

En réponse au coup modeste frappé par Peter, une jeune
fille aux joues roses et aux cheveux blonds, revêtue de ses
habits du dimanche, lui ouvrit la moitié supérieure de la
porte verte coupée en deux et lui demanda ce qu'il désirait.

« Pouvons-nous entrer un instant dans votre demeure
pour nous chauffer, mademoiselle? » demanda respectueusement Peter.

« Soyez les bienvenus ! » répondit la belle enfant.

L'autre moitié de la porte roula doucement sur ses
gonds pour aller rejoindre sa camarade. Chacun, avant
d'entrer, frotta longtemps et consciencieusement ses pieds
sur le gros paillasson, et tous saluèrent de leur mieux la
vieille dame et le vieux monsieur assis près des fenêtres.

Ben se sentait presque enclin à croire que ce n'étaient que deux automates comme ceux du jardin de Broek, car ils firent tous deux et au même instant un signe de tête identique et continuèrent leur besogne d'une manière aussi raide et aussi régulière qu'auraient pu le faire deux machines. Le vieil homme envoyait ses bouffées de fumée et sa femme faisait claquer ses aiguilles l'une contre l'autre comme si elles avaient été mues par des roues intérieures. La fumée elle-même qui s'échappait de la pipe immobile, quelque réelle qu'elle fût, ne prouvait rien en faveur de l'hypothèse de la vitalité du fumeur. L'automate fumeur n'est pas une impossibilité.

Mais la fillette aux joues roses ! C'est elle qui se donnait du mal ! Quel empressement à offrir aux jeunes gens des chaises à hauts dossiers polis ! Quelle vivacité à ranimer le feu ! Elle faillit faire pleurer d'attendrissement Jacob Poot, en plaçant devant lui un énorme morceau de pain d'épice et un broc de vin aigre. Elle rit de bon cœur et secoua gaiement la tête à la vue de l'appétit féroce déployé par les écoliers qui dévoraient le pain d'épice avec la gloutonnerie d'animaux sauvages, tout en essayant de déployer leur savoir-vivre des dimanches. Mais où elle eut la mine déconfite, ce fut lorsque Peter refusa poliment, mais avec fermeté, la choucroute et le pain noir qu'elle leur offrait !

Pour se consoler sans doute, elle tira la mitaine de Poot, déchirée au pouce et se mît à la raccommoder sous ses yeux, cassant le fil avec ses blanches dents et disant, tout en le mordillant, au bon garçon tout confus d'être l'objet d'une si gentille attention : « Ce sera plus chaud, Mynheer. » Finalement elle donna une poignée de main à chacun des jeunes gens, et demandant d'un regard à l'automate femelle sa permission, elle insista pour qu'ils remplissent leurs poches de pain d'épice.

Pendant tout ce temps-là les aiguilles à tricoter continuaient à cliqueter et la pipe à envoyer des bouffées de
fumée.

Les jeunes gens ravis d'un si aimable accueil remer-
cièrent à qui mieux mieux leur hôtesse d'un instant et se
remirent en route. Ils arrivèrent bientôt en vue du château de Swanenburgh au portail de pierre massive, aux
deux tourelles formant poterne, chacune surmontée d'un
cygne en pierre.

« Nous sommes à moitié chemin, camarades, » dit Peter, « ôtez les patins. »

« C'est que, » expliqua Lambert à son compagnon,
« l'Y et le lac de Haarlem se rencontrent ici, ce qui rend
le patinage presque impossible. La rivière est de cinq pieds
plus élevée que le sol, et il nous a fallu construire des
digues et des écluses d'une force extraordinaire pour éviter les inondations. On regarde l'installation des écluses en
cet endroit comme quelque chose d'extraordinaire. Nous
allons les traverser à pied, et vous en verrez suffisam-
ment pour être surpris, je l'espère. On dit que les eaux de
source du lac sont les meilleures du monde entier, à cause
de leurs propriétés blanchissantes. Toutes les grandes
blanchisseries de Haarlem en font usage, et la célébrité de
nos toiles de Hollande vient peut-être de là. Je n'entends
pas grand chose à tout cela, mais il est un autre détail que
je sais par expérience : le lac est plein des plus grosses
anguilles que vous ayez jamais vues. J'en ai souvent
attrapé de prodigieuses, ici même. Je vous assure qu'il
n'est pas facile de s'en rendre maître; elles vous déman-
cheraient parfaitement le poignet si vous n'y preniez garde.
Mais si la question des anguilles vous intéresse médiocre-
ment, regardez le château. Il est habité par un homme que
toute la Hollande révère : le célèbre ingénieur Brunnings.
Nous autres Hollandais, nous regardons nos grands ingé-

nieurs comme nos bienfaiteurs. N'est-ce point à eux que
la Hollande doit d'être ce qu'elle est en dépit des éléments?
On a élevé un monument à Brunnings dans la cathédrale
de Haarlem.

— C'est une noble coutume, » dit Ben, « que d'honorer
ses grands hommes et de conserver leur mémoire. »

« ADIEU, PATRIE DE RUYSDAEL! »

# CHAPITRE VII

UNE CATASTROPHE — HANS

Il était près d'une heure lorsque le capitaine Peter et sa compagnie arrivèrent dans la magnifique cité de Haarlem. Ils avaient franchi en patinant près de dix-sept milles depuis le matin et se sentaient encore aussi vigou-reux que de jeunes aigles. Depuis le plus jeune (Ludwig Van Holp, âgé de quatorze ans juste), jusqu'au plus vieux qui n'était autre que l'important personnage agissant en qualité de capitaine, Peter Van Holp, âgé de dix-sept ans, tous étaient d'avis qu'ils ne s'étaient jamais tant amusés.

Il est vrai que Jacob Poot s'était montré un peu *court d'haleine* pendant les derniers milles parcourus et qu'il n'eût pas été fâché de refaire un somme; cependant il y avait encore en lui assez de jovialité pour en fournir à une douzaine d'écoliers. Karl Schummel lui-même, qui était devenu très-intime avec Ludwig pendant la route, en oubliait d'être désagréable. Quant à Peter, il était le plus heureux d'entre les heureux. Il avait chanté et sifflé si joyeusement tout en patinant, que les passants les plus graves n'avaient pu s'empêcher de sourire en l'écoutant.

« Allons, camarades, c'est bientôt l'heure de déjeuner, dit-il en s'approchant d'un café situé dans la rue principale. Il nous faut quelque chose de plus substantiel que le pain d'épice de la jolie fille. »

Il plongea les mains dans ses poches comme pour dire : « Il y a assez d'argent ici pour nourrir une armée entière.

— Ho ! ho ! s'écria Lambert, qu'est-ce qu'il a donc ? »

Peter, devenu subitement pâle et les yeux démesurément ouverts, se palpait les côtes et la poitrine, de l'air d'un homme dont le cerveau aurait tout d'un coup déménagé.

« Il est malade ! s'écria Ben.

— Non, il a perdu quelque chose, dit Karl. »

Peter ouvrit la bouche comme une carpe hors de l'eau.

« Ma bourse de cuir, notre bourse à tous, avec tout notre argent, a disparu, parvint-il à dire. »

Nos jeunes voyageurs restèrent un instant immobiles et comme pétrifiés ! Ils étaient trop saisis pour parler.

« C'était insensé, s'écria enfin Karl rudement. Quelle folie de confier tous les fonds à un seul individu ! Je l'ai dit depuis le commencement. — Regardez dans votre autre poche, Peter....

— Je l'ai déjà fait; la bourse n'y est pas !

— Déboutonnez votre jacquette de dessous. »

Peter obéit machinalement. Il ôta même son bonnet et

regarda dedans, puis fourra de nouveau les mains dans
ses poches, d'un geste désespéré.

« Elle n'y est plus, camarades, soupira-t-il d'un ton
désolé. Ni déjeuner ni diner!... Qu'allons nous faire ?
Nous ne pouvons continuer notre voyage sans argent. Si
nous étions à Amsterdam, je m'en procurerais facilement;
mais il n'y a pas à Haarlem une seule personne à qui je
puisse décemment emprunter un stiver. Aucun de vous
ne connaît-il ici quelqu'un qui pourrait nous prêter quelques guilders ? »

Les jeunes gens se regardèrent avec découragement. Une
espèce de sourire fit bientôt le tour du cercle, mais il se
changea en grimace en arrivant à Karl.

« Impossible, dit-il en colère, je connais pas mal de
gens riches ici; mais mon père m'administrerait une cor-
rection si je me permettais d'emprunter seulement un
centime à aucun d'eux. Vous connaissez la devise qu'il a
fait inscrire au-dessus de son pavillon d'été : « Un honnête homme ne fait pas de dettes. »

— Hum! fit Peter qui n'était pas en situation d'admirer beaucoup pareille devise en ce moment. »

Il faut croire que cela creuse étonnamment l'estomac
de n'avoir pas de quoi dîner. Les jeunes gens se sentirent
tout à coup envahis par une faim dévorante.

« C'est ma faute, dit Jacob à Peter d'un ton de repentir. C'est moi qui ai dit : tous les participants
du voyage mettront leur bourse entre les mains de Peter.

— Quelle bêtise, Jacob. Vous avez fait pour le mieux,
vous. Je suis le seul coupable.

— Ce n'est pas le coupable qu'il faut chercher, c'est de
l'argent, ou tout au moins une forte miche. »

Ben prononça ces mots d'un ton si gai, que les autres
se sentirent tout à coup certains qu'il avait un plan à pro-
poser pour remédier aux difficultés présentes.

« Quoi ? Quoi ? Qu'a-t-il à dire ? Si vous avez une idée, expliquez-vous tout de suite, Ben, s'écrièrent-ils tous à la fois.

— Des idées qu'on puisse faire cuire, des idées qu'on puisse grignoter, j'en manque absolument, » répondit Ben. Mais j'en ai une pourtant qui peut y suppléer. Nous n'avons pas de quoi manger : ne mangeons pas. Serrons nos ceintures, et pour une fois restons sur notre appétit. Il y en a d'autres que nous, et par centaines de mille en ce monde, qui n'ont pas plus que nous de quoi se mettre sous la dent. C'est bien le moins qu'on soit un peu philosophe quand on ne peut pas faire autrement.

— Est-ce là tout ? fit tristement le jeune Ludwig. Ben n'avait pas besoin de faire un si long discours pour ne dire que cela. Combien avons-nous perdu ?

Ne le savez-vous pas ? répondit Peter. Nous avions mis chacun dix guilders dans la bourse ; elle en contenait donc soixante. Je suis l'individu le plus stupide du monde. Le petit Schimmelpennick vous aurait fait un meilleur capitaine que moi. Je me battrais volontiers pour vous avoir causé un tel désappointement.

— Ne vous gênez pas, battez-vous, grommela Karl. Il nous faut de l'argent, Peter, ajouta-t-il, quand même vous devriez vendre votre merveilleuse montre...

— Vendre la montre de mon père, jamais ! s'écria Peter. Je vendrai mon habit, mon chapeau, n'importe quoi, pour réparer ma sottise, mais pas cette montre-là. Tenez-vous-le pour dit, Karl.

— Allons, allons, dit Jacob Poot avec bonne humeur, nous faisons aussi de cela une trop grande affaire. Ben avait raison, nous pouvons parfaitement retourner chez nous et recommencer le voyage dans un jour ou deux.

— Vous en parlez bien à votre aise, Poot, reprit Karl d'un ton aigre. Vous, Jacob, vous pouvez vous procurer dix nouveaux guilders ; quant à nous, nous pouvons bien être certains que nos poches ne les reverront pas de long-temps et que nous resterons à la maison. »

Le capitaine, dont le bon naturel s'était soutenu jusque-là, se sentit tout à coup déborder d'indignation :

« Que dites-vous là ? s'écria-t-il. Croyez-vous que je souffrirai que vous portiez la peine de ma négligence ? J'ai soixante guinées dans mon secrétaire à la maison.

— Oh ! je vous demande pardon, dit Karl vivement. »

Puis il ajouta, mais d'un ton hargneux :

« Je ne vois en effet d'autre moyen de sortir d'embarras que de retourner piteusement chez nous le ventre vide.

— Il y a quelque chose de mieux à faire que cela, suggéra le capitaine.

— Qu'est-ce que c'est ? s'écrièrent-ils tous.

— C'est de faire contre fortune bon cœur, et au lieu de nous lamenter, de nous en retourner, en chantant, comme des hommes supérieurs à la fortune, dit Peter, tournant sa belle figure franche vers ses camarades et fixant sur eux ses yeux bleus. Je le dis après Ben, et c'est à l'honneur du caractère anglais, Ben, seul, jusqu'ici a parlé sagement. »

L'attitude de Peter, à laquelle Poot et Ben avaient applaudi, redonna du courage aux autres.

« Hurrah pour le capitaine ! cria la troupe tout entière. Nous dînerons demain.

— Maintenant, camarades, ajouta Peter, nous pouvons bien nous figurer que Broek n'a pas son pareil au monde, et que nous sommes décidés à y être d'ici deux heures. Est-ce convenu ?

— Oui, oui ! crièrent-ils tous en courant vers le canal.

— Remettez les patins ! Êtes-vous prêts ? Venez, Jacob Poot, que je vous aide. Maintenant, une, deux, trois, partons ! »

Et les physionomies en quittant Haarlem étaient presque

aussi joyeuses qu'elles l'avaient été en y entrant, alors que
nul ne soupçonnait encore que le trésor de la compagnie
du capitaine Peter fut si malheureusement perdu.

Le seul incident notable du départ fut une allocution
de l'Anglais Ben à Haarlem :

« Adieu, capitale des tulipes! s'était-il écrié. Il était
sans doute écrit dans le livre des Destins que le temps
me serait refusé d'admirer tes beautés et de t'aider à retrouver ta fameuse tulipe noire. Adieu, patrie de Ruysdaël
et de l'organiste chrétien Muller! Je ne verrai pas tes tableaux, je n'entendrai pas ton orgue incomparable. Je ne
pourrai pas dire à mes compatriotes que j'ai compté
moi-même les cinq mille tuyaux que le souffle de Haendel
et de Mozart a fait vibrer. Je me rappellerai que, tout en
me passant de te voir, j'ai eu la mauvaise chance aussi
d'être obligé de me passer de dîner. »

Lambert, qui seul comprit cette allocution prononcée
par Ben en anglais, perdit en l'écoutant l'air tragique que
les tiraillements de son robuste estomac étaient en train
de lui donner et retrouva du coup sa bonne humeur.

« Qu'est-ce que cela signifie? s'écria Karl avec indignation avant qu'ils n'eussent donné vingt coups de patin. N'est-ce pas ce vagabond aux patins de bois, avec
ses culottes de cuir rapiécées, que j'aperçois là-bas? Le
ciel confonde ce mendiant! On le trouve partout! Nous
aurons de la chance, ajouta-t-il d'un ton moqueur, si le
capitaine ne nous ordonne pas de nous arrêter pour lui
donner une poignée de main.

— Votre capitaine est un garçon terrible, dit en riant
Peter. Mais ce doit être une fausse alarme, Karl; je ne
découvre pas votre bête noire parmi les patineurs. Ah!
vous avez raison, le voici. Mais qu'est-ce qu'il a donc? »

Pauvre Hans! il était absolument à bout de souffle et
avait les lèvres toutes blanches. Il patinait comme sous

l'influence d'un cauchemar. On l'eût cru poussé par le vent. Peter l'appela comme il passait.

« Bonjour, Hans Brinker, dit-il, ne nous voyez-vous pas?

— Ah! mynheer! s'écria-t-il, est-ce vous? Quel bonheur de vous rencontrer!

— Quelle insolence! marmotta Karl entre ses dents. »

Et il s'élança vivement en avant, laissant derrière lui ses camarades qui paraissaient disposés à s'arrêter avec le capitaine.

« Je suis bien aise aussi de vous voir, Hans, lui répondit Peter d'une manière encourageante. Mais vous paraissez dans la peine. Puis-je vous servir à quelque chose?

— Je suis dans la peine, mynheer, il est vrai, répondit Hans en baissant les yeux, dans une grande peine qui ne cessera pas de sitôt! Pour l'instant, ce n'est pas de ma peine qu'il s'agit, mais bien d'un embarras inattendu que le hasard a mis en travers de ma route. »

Relevant alors les yeux et regardant Peter avec une expression presque heureuse, il ajouta :

« Cependant, si je ne me trompe, c'est Hans qui cette fois peut rendre service à Mynheer van Holp.

— Et comment cela? s'écria Peter avec sa brusquerie hollandaise et ne faisant aucun effort pour cacher sa surprise.

— En vous restituant « *ceci* », mynheer. »

Et, en même temps, Hans lui présentait la bourse perdue.

« Hurrah! crièrent tous les jeunes gens sortant de leurs poches leurs mains froides pour les faire tourner joyeusement en l'air.

— Merci, Hans Brinker, dit Peter d'un ton qui rendit le jeune homme plus fier que si le roi s'était agenouillé devant lui.

— Hurrah pour Hans Brinker! s'écria Ben.

— Hurrah! hurrah! répondit toute la bande. »

7

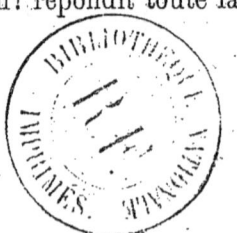

Les cris de joie poussés par les écoliers arrivèrent jusqu'aux oreilles emmitouflées du beau Karl qui, sous la pression d'une colère intérieure, filait à toute vitesse vers Amsterdam. Un autre aurait fait immédiatement volteface et serait accouru pour satisfaire sa curiosité. Mais Karl se contenta de s'arrêter, et restant le dos tourné au reste de la société, il se demanda ce qui avait bien pu arriver. Il demeura donc ainsi sans bouger jusqu'au moment où il eut fait la réflexion que rien, si ce n'est la perspective inattendue d'un bon repas, n'avait pu faire pousser à ses camarades de si joyeux hurrahs. Il daigna alors se retourner, mais par dignité il se contenta de patiner lentement pour les rejoindre.

Pendant ce temps, Peter avait attiré Hans un peu à l'écart.

« Comment avez-vous deviné, mon cher Hans, que cette bourse était ma bourse? lui demanda-t-il.

— Vous vous rappelez que vous m'avez donné trois guilders hier, monsieur, pour la chaîne de bois blanc que vous m'avez commandée, et que vous m'avez conseillé d'acheter des patins avec.

— Oui, je me le rappelle.

— Eh bien! c'est pendant que vous tiriez ces trois guilders de votre bourse, que j'ai remarqué qu'elle était de cuir jaune.

— Et où l'avez-vous trouvée aujourd'hui?

— J'ai quitté la maison en grande peine, ce matin, monsieur, et je patinais sans faire attention à rien, lorsque je buttai contre quelque chose qui me fit tomber tout de mon long. Comme je me frottais les genoux en me relevant, j'aperçus un objet jaune; c'était votre bourse qui disparaissait presque sous une planche qui provenait peut-être du débris d'un vieux bateau enfermé dans les glaces.

— Ah! je me rappelle l'endroit à présent! Comme nous passions auprès de ce vieux bateau, j'ai tiré mon cache-

nez de ma poche; j'aurai probablement tiré ma bourse en
même temps sans m'en apercevoir. Ma foi, mon cher Hans,
vous nous rendez bien à point un grand service; la perte
de cette bourse nous avait mis dans un grand embarras,
et nous allions renoncer à la fin de notre expédition. Tenez! Il faut que vous nous fassiez le plaisir de partager
avec nous la somme que vous avez sauvée.

— Pour cela non, mynheer, répondit Hans. Je ne puis
accepter votre proposition. »

Hans dit cela si tranquillement que Peter se sentit plus
repoussé par ce « pour cela non » que par le refus le plus
énergique. Son cœur était familier avec toutes les délica-
tesses. Il remit l'argent dans sa poche sans insister.

« J'aimerais ce garçon-là riche ou pauvre, pensa-t-il. Puis
tout haut : Dites-moi donc ce qui vous fait de la peine, Hans.

— Ah, mynheer, c'est une triste histoire, et je me suis
même arrêté ici trop longtemps. Je vais à Leyde en grande
hâte pour trouver le grand docteur Boekman.

— Le docteur Boekman! répéta Peter très-étonné.

— Oui, mynheer, et je n'ai pas un instant à perdre.
Bonjour donc, et permettez-moi de reprendre ma course,
sans perdre une minute de plus.

— Attendez un peu; je vais de votre côté. Dites donc,
camarades, retournerons-nous à Haarlem?

— Oui ! s'écrièrent aussitôt les jeunes gens qui reprirent aussitôt la direction de la ville. »

Peter se rapprochant de Hans, tous deux patinant côte
à côte, effleuraient si légèrement la surface glacée du canal, qu'ils semblaient glisser sans faire aucun effort.

« Mais, dit Peter à Hans, je n'y songeais pas; nous devons nous arrêter à Leyde. Si ce n'est qu'un message que
vous portez au docteur, je puis très-bien vous épargner la
peine d'y aller et faire votre commission pour vous. Il n'est
pas impossible que mes camarades se sentent trop fatigués

ce soir, mais je vous promets de voir le docteur de bonne
heure demain matin, s'il est dans la ville.

— Ah ! mynheer, cela me rendrait un véritable service.
Ce n'est pas la distance qui m'effraye, c'est de laisser ma
mère pendant si longtemps.

— Serait-elle malade?

— Non, mynheer, c'est le père. Vous en avez peut-être
entendu parler? Il a perdu la raison, le père, depuis
l'époque où l'on a construit le moulin de Schlossen. Son
corps est resté sain et fort, mais l'esprit n'y est plus, il
ne sait plus ce qu'il fait. Hier au soir, la mère était age-
nouillée devant le foyer pour souffler la tourbe — (le
seul plaisir du père est de voir la flamme bien brillante,
et la mère souffle le feu vingt fois par jour pour le contenter) — et, avant qu'elle pût se relever, il sauta sur elle
comme un géant, la poussa et la maintint presque dans le
feu, malgré les efforts qu'elle faisait pour se dégager. Elle
appelait au secours, la pauvre femme; lui, riait et secouait
la tête sans avoir conscience du mal qu'il faisait. J'étais
sur le canal, j'entendis crier la mère. Ah, quels cris! Et
je courus vers elle. Le père ne la lâchait pas; déjà le feu
était à sa robe, son vêtement fumait. Je me précipitai pour
l'éteindre, mais le père est si fort que d'un coup d'épaule
il me rejeta bien loin. S'il y avait eu de l'eau dans la maison, j'aurais pu de loin en jeter sur le foyer et sur ma
pauvre mère. Pendant tout ce temps, le visage du père
était contracté par un rire affreux que je n'avais jamais vu
sur sa bonne figure; on l'entendait à peine, mais quelle
expression dans ses yeux! J'essayai d'attirer la mère à moi,
de l'arracher à l'étreinte du père, mais cela ne fit qu'em-
pirer les choses. Alors — ce fut épouvantable — mynheer!
quel fils aurait pu garder son sang-froid en voyant sa mère
brûler?... Je perdis la tête, et je me jetai sur le père, armé
d'un tabouret, je l'en frappai pour le faire lâcher prise.

Une fois encore il me rejeta. Cependant les jupes de notre mère étaient en feu; à tout prix il fallait la sauver. Je ne me rappelle plus rien à partir de ce moment, sinon qu'après une lutte avec le père, je me retrouvai étendu sur le sol.

« Je ne me rendais pas compte de ce qui s'était passé. Il me semblait que notre mère était tout en flammes! Et tout le temps j'entendais ce rire cruel de mon malheureux père! Il tenait toujours la mère tout contre les charbons ardents. La pauvre femme priait, oui, elle priait, elle sentait bien que c'en était fait d'elle, et recommandait son âme à Dieu. Heureusement Gretel rentra tout à coup. Ah! quel esprit! et comme elle connaissait notre malade! Elle se précipita sur le buffet, remplit un bol de la soupe qu'il aimait et le posa à terre. Alors, mynheer, le père abandonna la mère et se glissa vers le bol, comme un petit enfant. Dieu merci, la mère n'avait qu'une partie de ses vêtements brûlée. Elle n'était pas atteinte gravement. Elle se releva sans faire entendre une plainte, et alors avec quelle bonté, quelle tendresse elle soigna et veilla le reste de la nuit celui qui avait failli être son bourreau! Il finit par s'endormir, mais il avait une fièvre ardente et tenait sa main pressée sur son front, comme s'il y avait ressenti une grande douleur. Ah! mynheer, je n'avais pas l'intention de vous raconter tout cela. C'est un chagrin que j'aurais dû garder pour moi. Il me reste à vous dire que tout le monde sait bien que, si le père n'était pas malade, il ne ferait pas de mal à une mouche. Il ne faut penser aucun mal de lui pour cela. »

Ce récit de Hans avait tellement ému Peter, le malheur qui pesait sur les Brinker était si grand, qu'il sentait bien que les meilleures paroles auraient été impuissantes à consoler le pauvre Hans. Aussi n'avait-il trouvé rien à lui répondre. Mais sa main amie s'était posée sur son épaule et la pressait affectueusement.

Les deux jeunes gens patinèrent quelques instants en silence.

« Oui, c'est terrible ! mon pauvre bon Hans, dit Peter à la fin. Comment va votre père aujourd'hui ?

— Très-mal, mynheer.

— Pourquoi allez-vous chercher le docteur Boekman, Hans ? Il y a, à Amsterdam, d'autres médecins qui pourraient peut-être le soulager. Boekman est célèbre, il ne soigne que les riches, et ceux-ci l'attendent quelquefois en vain.

— Il m'a *promis*, mynheer, il m'a promis hier de venir voir le père dans huit jours. Mais à présent qu'il s'est fait un tel changement dans son état, nous ne pouvons pas attendre si longtemps. Le pauvre père va mourir. Oh ! mynheer, oserez-vous supplier le docteur de venir bien vite ? Il ne restera pas toute une semaine sans venir pendant que le père se meurt ! Le meester est si bon !

— Bon ! répéta Peter surpris. Il a la réputation de posséder le plus mauvais caractère de toute la Hollande.

— Il a cet air-là parce qu'il est maigre et bourru, et que sa tête travaille toujours; mais il a très-bon cœur, j'en suis sûr; je l'ai vu dans ses yeux quand il m'a dit : « Sois tranquille, mon garçon, j'irai ! » Répétez au meester ce que je vous ai raconté, mynheer, rappelez-lui sa promesse, et bien vrai il viendra.

— Je l'espère de tout mon cœur pour vous, Hans. Je comprends que vous ayez hâte de retourner chez vous. Promettez-moi que, si vous avez besoin d'un ami, vous irez trouver ma mère à Broek. Dites-lui que je vous ai ordonné d'aller la voir. Ma mère est de bon conseil, elle peut vous être d'un grand aide. Mais, avant de nous séparer, Hans Brinker, acceptez ces quelques guilders, non comme une récompense de votre probité, mais comme le don d'un ami qui ne peut plus être refusé. »

Hans secoua résolûment la tête.

« Non, non, mynheer, dit-il, je n'ai rien gagné, je ne puis rien prendre. C'est la devise dans notre maison ; la mère la tient du père, alors qu'il était un homme. Par exemple, si je trouvais de l'ouvrage soit au Broek, soit au Moulin-Sud, je serais bien content. Mais c'est la même histoire partout ; il m'a été répondu qu'il faut que j'attende jusqu'au printemps.

— Que je suis heureux que vous m'ayez parlé de cela, répondit Peter vivement ; justement mon père a besoin d'un ouvrier ; il lui en faudrait un tout de suite. Votre jolie chaîne lui a beaucoup plu. « Ce garçon coupe remarquablement le bois, a-t-il dit ; je suis sûr qu'il ferait no- « tre affaire. » Mon père veut faire un portail sculpté à notre pavillon d'été, et payerait bien ce travail, si vous vouliez vous en charger.

— Dieu soit loué ! s'écria Hans, éclairé d'une joie soudaine. Oh, mynheer ! avoir un tel travail, ce serait trop beau ! Je n'ai jamais essayé d'aussi grandes choses. Mais je crois que j'en viendrais à bout à la satisfaction de vo- tre père, oui, je le crois fermement. Je m'appliquerai tant...

— Je n'en doute pas, Hans. Dites bien à mon père que vous êtes le Hans Brinker dont je lui ai déjà parlé, et il sera heureux de vous donner la préférence.

— Merci, mynheer, dit Hans. Ce sera une bonne nou- velle à porter à la maison.

— Eh bien, capitaine ? s'écria Karl, essayant cette fois de paraître d'aussi bonne humeur que possible, nous voici dans Haarlem, et vous ne dites rien. Nous attendons vos ordres, cependant.... et nous sommes affamés comme des loups.

Peter répondit gaiement. Puis se tournant vers Hans :

« Venez du moins manger un morceau avec nous, Hans, et je ne vous retiendrai pas longtemps. »

Quel regard lui jeta Hans ! Peter se demanda comment

il ne s'était pas aperçu plus tôt que le pauvre garçon semblait épuisé, et qu'il avait peut-être grand'faim.

Évidemment un combat se livrait entre le cœur de Hans et son estomac en ce moment. Mais il ne fut pas long.

« Ah! mynheer, dit-il, en ce moment même la mère peut avoir plus besoin de moi que je ne puis avoir besoin de manger. Le père est peut-être plus mal. Je me suis déjà trop attardé. Que Dieu vous garde! »

Faisant alors un dernier signe de remercîment à Peter, Hans se retourna vivement sans doute pour être plus sûr de fuir la tentation et disparut dans la direction de Broek.

« Voilà certes un garçon qui vaut son pesant d'or, » murmura Peter en regardant Hans s'éloigner.

Quand il l'eut perdu de vue :

« Allons, camarades, dit-il en soupirant, allons déjeuner, nous. Nous n'avons rien de mieux à faire. »

« CHUT, ENFANT ! »

# CHAPITRE VIII

INTÉRIEURS — HAARLEM — LES ÉCOLIERS ENTENDENT DES
VOIX — L'HOMME A QUATRE TÊTES

Nos lecteurs supposent peut-être que nos jeunes Hollandais ont oublié la grande course à patins qui devait avoir
lieu le 20 ? Il n'en était rien ; ils en avaient au contraire
parlé très-souvent pendant la journée. Ben lui-même, qui
ressentait plus vivement que les autres le plaisir nouveau
pour lui de ce genre de voyage, n'avait pas, au milieu des
choses nouvelles que rencontrait son regard, perdu de
vue un seul moment une certaine paire de patins d'argent

qui l'avaient poursuivi nuit et jour depuis une semaine.
En vrai John Bull qu'il était, il ne doutait pas un instant
que sa « légèreté anglaise, » sa « force anglaise, » son
« tout anglais, » en un mot, ne le missent à même de
battre sur la glace la Hollande elle-même et le monde entier! Il est de fait que Ben patinait admirablement. Il n'a-
vait pas eu moitié autant d'occasions de s'exercer que ses
compagnons, mais il avait tiré tout le parti possible de celles qui s'étaient présentées. Il était, de plus, construit si
solidement et d'une telle souplesse de membres, si ferme,
si bien ajusté, si vif et si gracieux de sa personne, et depuis son enfance si heureusement rompu aux exercices
gymnastiques qu'il s'était mis, dès le premier jour, à patiner aussi naturellement que le chamois à sauter et l'aigle
à s'élever dans les airs.

Le pauvre Hans, pendant cette nuit étoilée et le jour plus
brillant encore qui lui succéda, tout entier à ses inquiétudes, était le seul à dix lieues à la ronde qui eût complétement oublié les patins d'argent. Gretel elle-même les
avait vus flotter devant ses yeux, en dépit de toutes ses
autres préoccupations, pendant ses heures de veille pénible
auprès de son père.

Rychie, Hilda et Katrinka n'avaient pensé qu'à cela :
« La course aura lieu le 20! »

Ces trois jeunes filles étaient amies. Quoique à peu près
du même âge, du même monde et de capacités identiques,
elles différaient entre elles autant qu'il est possible à des
jeunes filles de le faire.

Vous savez déjà que Hilda Van Gleck, âgée de quatorze
ans, avait le cœur compatissant et des sentiments élevés.

Rychie Korbes était fort belle, beaucoup plus étincel-
lante, sinon plus jolie que Hilda, mais d'un caractère bien
moins aimable. Des nuages d'orgueil, de vanité toujours
en éveil et toujours mécontente, et par suite d'envie, s'é-

taient déjà amassés dans son jeune cœur et menaçaient de
jour en jour de devenir plus sombres. Il va sans dire que
ces nuages se dissipaient de temps en temps à la façon
des vrais orages. Mais personne ne voyait la pluie ou les
pleurs, personne n'entendait les éclats, si ce n'est sa
femme de chambre, son père, sa mère et son jeune frère,
ceux en un mot qui l'aimaient le mieux. C'est sur les êtres
aimants que par privilége tout retombait. Il en est ainsi
trop souvent. Comme les vapeurs qui flottent au-dessus de
nos têtes, celles qui obscurcissaient l'esprit de Rychie affectaient, au moment où l'on y pensait le moins, des formes excentriques; un point dans l'espace pouvait amener
une tempête; la plus petite contradiction se transformait
en griefs monstrueux, la plus simple contrariété en difficultés grosses comme des montagnes. Pour elle comme
pour Karl, un préjugé, si sot fût-il, avait toujours raison.
C'est ainsi que Gretel, la pauvre petite paysanne, n'appartenait pas, selon Rychie, à la même espèce que sa personne; ce n'était pas une créature créée par Dieu au
même titre qu'elle-même. Elle ne la considérait que
comme une chose désagréable, signifiant : misère, saleté
et haillons. Des gens comme Hans et Gretel n'avaient pas
le droit de sentir, d'espérer, de croire comme des personnes de son rang à elle. Il devrait leur être interdit de
souiller par leur présence le chemin foulé par une classe
supérieure. Elle leur permettait de travailler pour elle à
distance respectueuse, de l'admirer de très-loin au besoin, pourvu qu'ils le fissent humblement, mais rien de
plus. « S'ils se révoltent, pensait-elle, qu'on les écrase.
S'ils souffrent, tant pis pour eux, ne m'en parlez pas! »
Et cependant, combien elle était spirituelle! avec quelle
grâce elle s'habillait! Qu'elle chantait agréablement!
Qu'elle montrait de sensibilité pour ses chats, ses chiens,
ses oiseaux et même pour ses lapins! Et avec quel art

elle savait ensorceler d'honnêtes jeunes gens, intelligents cependant, comme Lambert Van Mounen et Ludwig Van Holp!

Karl ressemblait trop, intérieurement, à Rychie pour l'admirer beaucoup. Il préférait Katrinka, dont la nature était faite d'un millier de clochettes argentines. Elle avait été coquette en naissant, coquette en son enfance, et elle était coquette aujourd'hui qu'elle était une des grandes de sa pension. Sans penser un instant à mal, elle coquetait avec ses études, ses devoirs et même ses petites contrariétés. Ces dernières ne devaient pas savoir qu'elles avaient le pouvoir de l'ennuyer. Oh non! Elle coquetait avec sa mère, avec son agneau favori, avec son frère, un baby; elle coquetait même avec les boucles de ses cheveux dorés, les rejetant en arrière comme si elle en faisait peu de cas. On aimait sa société, mais qui aurait éprouvé pour elle une tendresse sérieuse? Elle ne l'était jamais, sérieuse, elle-même. Une figure agréable, un cœur facile, des manières sociables, tout cela plaît une heure. Pauvre et heureuse Katrinka! Celles qui lui ressemblent font gaiement résonner leurs clochettes au jour de la jeunesse, mais la vie ne leur rend que ce qu'elles lui donnent, et n'est que trop disposée à coqueter avec elles à son tour, et à fausser ou réduire au silence ces clochettes argentines.

Quelle énorme différence il y avait entre les jolis et somptueux appartements de ces trois jeunes filles et la hutte démantelée où demeurait Gretel! Rychie habitait une magnifique maison près d'Amsterdam, où les buffets sculptés étaient chargés de vaisselle plate d'or et d'argent, et où des tentures de soie pendaient du plafond à terre.

Le père de Hilda était propriétaire de la maison la plus importante de Broek; son toit étincelant de tuiles vernies, son portail, son vestibule décoré de sculptures précieuses, rehaussées d'ornements d'or et de couleurs, œuvres d'artistes de goût, faisaient l'admiration de tout le voisinage.

La demeure de Katrinka, située à un mille de distance, était la plus belle des maisons de campagne. Le jardin, partagé en petits carrés et en petits sentiers d'une régularité mathématique, avait l'air si peu naturel, que les oiseaux devaient le prendre pour un jeu d'énigmes chinoises. Mais en été ce jardin était magnifique ; les fleurs tiraient le meilleur parti possible de leurs raides parterres soumis au cordeau ; elles brillaient toutefois, parfumaient l'air et allaient jusqu'à se mêler et s'enlacer sans façon, lorsque, par grand bonheur pour elles, le jardinier oubliait pendant vingt-quatre heures de les ramener au bon ton, c'est-à-dire à la régularité symétrique que leur imposaient d'inflexibles tuteurs. Les soldats du roi de Prusse ne sauraient mieux faire l'exercice. Katrinka préférait pourtant les plates-bandes d'hyacinthes roses et blanches. Elle aimait leur fraîcheur et leur parfum, ainsi que la façon légère dont leurs têtes en clochettes se permettaient parfois de se balancer sous le souffle de la brise.

Karl avait tout à la fois raison et tort lorsqu'il disait que Katrinka et Rychie seraient furieuses si Gretel concourait pour les patins. Il avait entendu dire à Rychie que ce serait « trop fort ! Une honte enfin ! » Ce qui en toutes langues exprime pour les jeunes filles l'indignation la plus profonde. Il avait vu aussi Katrinka secouer sa jolie tête et répéter comme un écho : « Ce serait trop fort ! ce serait une honte ! » Mais l'intonation n'était pas la même, ce n'était qu'un petit coup de sifflet se mêlant aux colères des éléments. Cela cependant avait suffi à le convaincre. Il ne se doutait pas que si Hilda avait la première parlé de Gretel à la place de Rychie, les clochettes de Katrinka auraient tinté aussi volontiers à l'écho de cette douce voix.

Elles auraient chanté : « Certainement, il faut que cette
petite se joigne à nous. » Et Katrinka serait partie en dan-
sant, sans plus songer à l'affaire. Mais, grâce au diapason
donné à cet incident par l'altière Rychie, la frivole jeune
fille répétait aujourd'hui avec une sorte d'emphase que
« c'était une véritable honte qu'on permît à une gardeuse
d'oies, à une petite créature désolée comme Gretel, de concourir avec des jeunes personnes du meilleur monde,
comme elles, et de gâter leur plaisir. Le moins qu'il en
pût arriver, ce serait une tache disgracieuse dans un charmant tableau. »

Rychie, qui était riche et puissante (à la façon dont
peut l'être une écolière), avait, outre Katrinka, ses courti-
sans qui partageaient ses opinions, les uns parce qu'ils
étaient indifférents, les autres parce qu'ils étaient trop
poltrons pour avoir une opinion à eux.

Pauvre petite Gretel ! Son intérieur était assez sombre et
assez triste aujourd'hui ! Raff Brinker, tout gémissant, était
étendu sur sa couche grossière, et sa femme oubliant, par-
donnant tout, lui baignait les tempes et les lèvres, et priait
en pleurant pour qu'il ne mourût pas.

C'était pendant ce temps-là que Hans, au désespoir, était
sur la route de Leyde, afin de chercher le docteur Boekman
et de l'engager à avancer la visite promise à son père, et
à venir tout de suite, si cela était possible. Gretel, fris-
sonnant d'une crainte indéfinissable, avait néanmoins fait
de son mieux l'ouvrage de la maison. Elle avait balayé le
sol de la chaumière composé de briques raboteuses, mis
tout en ordre dans la chambre, empilé la tourbe pour l'entretien du feu, et fait fondre de la glace pour les besoins
du ménage.

Tous ces devoirs accomplis, elle s'assit sur un petit
banc tout près du lit, et supplia sa mère de dormir et de
se reposer un peu :

« Vous êtes si fatiguée, lui dit-elle tout bas. Vous n'a-
vez pas fermé les yeux un instant depuis l'heure terrible.
Voyez, mère, j'ai arrangé le lit d'osier, là, dans le coin,
j'ai mis dessus tout ce que j'ai pu trouver de choses meilleures pour que vous y reposiez doucement. Voici votre
casaque. Otez cette jolie robe, je la reploierai bien soigneusement et je la mettrai dans le grand coffre avant que
vous vous endormiez. »

Dame Brinker secoua la tête sans détourner les yeux du
visage de son mari :

« Je puis veiller, mère, ajouta Gretel avec instance, je
vous avertirai chaque fois que le père bougera. Vous êtes
si pâle et vos yeux sont si rouges. Je vous en prie, mère,
couchez-vous. »

Mais l'enfant plaida en vain. Dame Brinker ne voulut
pas quitter son poste.

Gretel la regarda en silence, pleine de trouble; elle se
demandait si c'était bien mal d'aimer un parent plus que
l'autre. Et sûrement oui, bien sûrement elle avait peur de
son père, tandis qu'elle éprouvait pour sa mère un sentiment qui approchait de l'adoration.

« Hans aime tant le père, pensait-elle, pourquoi ne puis-
je l'aimer autant que lui? Et pourtant je n'ai pas pu m'empêcher de pleurer lorsque j'ai vu sa main toute en sang
ce mois dernier, le jour où il a fallu lui arracher le couteau avec lequel il venait de se blesser, et maintenant encore combien je souffre lorsque je l'entends se plaindre.
Peut-être que je l'aime bien, après tout, et que Dieu verra
que je ne suis pas la méchante fille que je crois être quand
à tout je préfère notre mère. Oui, j'*aime* le pauvre père —
presque autant que Hans lui-même — pas tout à fait pourtant, car Hans est plus fort que moi et n'est pas forcé d'a-
voir peur de lui. Oh! mon Dieu! il faut qu'il souffre bien
dans son lit pour toujours se plaindre comme ça! Pauvre

mère! qu'elle est patiente! Elle vaut bien mieux que moi,
elle ne montre pas comme moi le vain regret de cette
grosse somme, si étrangement disparue le jour de la chute
de mon père, et jamais, même par un regard, elle ne le
reproche à celui qui a perdu la raison. Ah! si le père pouvait seulement ouvrir les yeux pendant un instant et nous
dire enfin où sont passés les guilders d'autrefois, tout le
reste me serait égal. — Égal? Oh! non, tout ne peut m'être
égal tant que le père est en danger. Je ne veux pas que le
pauvre père meure et qu'il devienne tout froid comme la
pauvre petite sœur d'Annie Bowman.

Et pliant les genoux et joignant les mains :

« Oh! mon Dieu! faites que le pauvre père ne meure
pas! »

Combien de temps dura sa fervente prière? C'est ce que
la pauvre enfant aurait eu de la peine à dire. Elle se surprit guettant attentivement une petite flamme qui apparaissait par intervalles au fond du foyer que, sans ces ap-
paritions, on aurait pu croire éteint. Elle ne chauffait guère,
la petite flamme, mais elle était la preuve qu'au cœur
même de la tourbe sombre existait encore un foyer incan-
descent. Il lui sembla que cette petite flamme attestait que
la flamme de la vie n'était pas éteinte non plus dans le
corps inerte de son père.

Elle se leva sans bruit, remplit de tourbe un vase de
terre, l'alluma et le posa près du lit pour « empêcher le
père de mourir tout à fait, » pour éloigner de lui le froid
suprême.

La chambre s'était éclairée du côté du lit. Gretel
sentit quelque soulagement à contempler ces traits fatigués, adoucis par les lueurs fugitives de cette chaude
braise. Son esprit assoupi se porta vaguement vers d'autres objets.

Elle se mit à compter les carreaux des vitres; presque

tous avaient été cassés ; mais Hans les avait si bien rac-
commodés ! Puis lorsqu'elle eut parcouru de l'œil toutes
les fissures, toutes les fentes calfatées par Hans, du mur
vermoulu, elle regarda, elle admira une planche très-bien
sculptée, toujours par son Hans. Cette planche, accrochée
au mur, à une hauteur que Gretel ne pouvait atteindre,
avait pour destination spéciale de supporter une grosse
Bible couverte de cuir. C'était pour que le livre saint fût à
l'abri, que Hans l'avait fixé si haut. La reliure avait des
fermoirs de cuivre. C'était le présent de noces de la famille
de Heidelberg à dame Brinker.

« Comme Hans est adroit ! se dit Gretel. S'il était ici, il
arrangerait si bien le père dans son lit, qu'il cesserait de
se plaindre. »

L'esprit de Gretel, allégé, se hasarda alors à sortir un peu
de la chambre :

« Mon Dieu ! mon Dieu ! si cette maladie continue, nous
ne pourrons plus jamais patiner, se dit l'enfant. Je serai
obligée de renvoyer mes patins à la jolie demoiselle. Hans
et moi nous ne verrons pas la course. »

Et les yeux de la petite fille s'humectèrent.

Il paraît que Gretel sans le vouloir avait, cette fois, parlé
tout haut.

« Ne pleure pas, mon enfant, dit la mère dont les yeux
se rouvrirent doucement, cette maladie n'est peut-être pas
si dangereuse que nous le craignons. Le père a déjà été
comme cela. »

Surprise dans le regret involontaire d'un plaisir auquel
elle n'aurait pas dû penser, Gretel essaya d'étouffer un
sanglot.

« Oh ! mère, ajouta-t-elle, je ne suis pas bonne et vous
ne savez pas tout encore. Je suis bien, bien mauvaise ! J'ai
quelquefois de mauvaises pensées.

— Vous, Gretel ! vous si patiente et si courageuse ! »

8

Un regard plein d'amour et exempt d'inquiétude se posa, pour un instant, sur l'enfant :

« Vous vous calomniez, ma chérie, la fatigue surexcite vos pensées, calmez-vous. Calmez-vous. Vous pourriez éveiller le père. »

Gretel cacha sa figure sur les genoux de sa mère et tâcha de ne plus pleurer.

Sa petite main brune et fluette reposait dans celle plus rude de sa mère, durcie qu'elle était par des années de constant labeur. Rychie aurait frissonné au contact de l'une ou de l'autre. Cependant, que l'étreinte réciproque de ces deux mains était tendre ! Après un long silence, le visage de Gretel, à bout de forces sans doute, prit cet air dur, presque cruel dont l'excès de la souffrance marque parfois le front des enfants vraiment misérables, et d'une voix où tremblait une sorte de colère :

« Le père a essayé de vous brûler, mère. Oui, oui, il l'a fait — je l'ai vu — et il riait !

— Chut ! enfant ! »

La mère prononça ces paroles si vivement et d'une voix si ferme, que Raff Brinker, tout mort qu'il était à ce qui se passait autour de lui, se tordit légèrement sur son lit.

Gretel ne dit plus rien et se mit à éfiler distraitement les bords d'une déchirure à la robe des dimanches de sa mère. C'était l'endroit qui avait été brûlé. Heureusement pour dame Brinker, cette robe était en laine.

Rafraîchis et reposés, nos jeunes gens sortirent du café au moment où la grosse horloge du square sonnait deux coups, à la façon hollandaise, pour indiquer qu'il était deux heures et demie.

Peter était absorbé dans ses pensées, car la triste histoire de Hans résonnait encore à ses oreilles. Il ne reprit son poste de brave conducteur de la bande joyeuse que lorsque Ludwig l'eut rappelé à lui-même en lui disant en riant :

« Réveillez-vous donc. Vous rêvez tout éveillé, capitaine !

— Au fait, dit-il, tu as raison, Ludwig, j'étais loin d'ici. »

Et montrant le chemin aux jeunes gens :

« Prenons par-là, » leur dit-il.

Ils traversaient les rues de la ville, non sur une chaussée en dos d'âne, chose qui se voit rarement en Hollande, mais sur le chemin briqueté, s'allongeant à côté et à niveau de la route pierreuse réservée aux voitures.

Haarlem, comme Amsterdam, était plus brillant que d'habitude en l'honneur de saint Nicolas.

Un singulier personnage s'approchait d'eux. C'était un petit homme vêtu de noir et couvert d'un manteau court; il avait la tête couverte d'une perruque et d'un chapeau à trois cornes, d'où pendait un long voile de crêpe.

« Qui vient là ? s'écria Ben. Quel drôle d'individu !

— C'est le aansprecker, répondit Lambert, il est sans doute mort quelqu'un dans une des maisons de la rue.

— Est-ce ainsi qu'on porte le deuil en ce pays ?

— Oh ! non. Le aansprecker assiste aux funérailles et a pour profession de prévenir auparavant les parents et les amis du défunt. La ville est trop petite pour nécessiter les billets de faire part ou les avis dans les journaux comme dans vos capitales. Mais tenez, voilà quelque chose qui m'indique que tout se compense en ce monde, et qu'un enfant est né très à propos pour remplir la place vide laissée par le défunt. »

Ben ouvrit les yeux : Comment le savez-vous ? demanda-t-il.

— Ne voyez-vous pas cette jolie pelotte rouge appendue à cette porte là-bas ? demanda Lambert en manière de réponse.

— Oui.

— Eh bien, cela veut dire : un garçon.

— Un garçon ! A quoi le jugez-vous ?

— A Haarlem, les parents suspendent à leur porte une pelote rouge lorsqu'un garçon leur est né. Si le nouveau-né avait été une fille, au contraire, la pelote eût été blanche. En quelques endroits les pelotes sont très-fantaisistes ; j'en ai souvent vu qui étaient ornées de dentelles à la porte des riches ; mais à la porte même des pauvres, vous verriez, le cas échéant, un bout de ruban ou même un cordon attaché au loquet de la porte.

— Regardez là bas, cria Ben à haute voix, il y a une pelote blanche à la porte de cette maison, tenez, celle qui a un si drôle de toit.

— Je ne vois pas de maison avec un drôle de toit.

— Naturellement, dit Ben, j'oubliais que vous êtes du pays. Tous vos toits me paraissent drôles à moi. Je vous parle de la maison qui avoisine le bâtiment vert.

— C'est vrai, c'est une fille. Dites donc, capitaine, continua Lambert en glissant tout naturellement de l'anglais dans sa langue maternelle, il nous faut sortir de cette rue aussitôt que possible, elle est pleine de babies! Ils vont tous faire chorus tout à l'heure. »

Le capitaine se mit à rire.

« Je vous ferai entendre de meilleure musique que cela, dit-il. Nous arrivons juste à temps pour entendre l'orgue de Saint-Bavon. L'église est ouverte aujourd'hui.

— Quoi, le grand orgue de Haarlem ? demanda Ben. Ce sera pour moi un régal. J'en ai souvent entendu parler, ainsi que de ses immenses et innombrables tuyaux et de son « *vox humana* » (une clef produisant l'effet de la voix humaine qui ressemble au chant d'un géant).

Peter avait raison, l'église était ouverte, et même, quoique ce ne fût pas l'heure du service religieux, quelqu'un jouait de l'orgue. Des sons d'une puissance extraordinaire s'en élancèrent comme pour venir au-devant des jeunes gens. Ces sons semblaient les soulever et les entraîner dans les profondeurs sombres de l'église.

Ils grossirent et s'enflèrent de plus en plus, et finirent par ressembler au bruit d'une tempête puissante ou à celui de la mer en fureur se ruant sur une plage. On entendit résonner une cloche au milieu du tumulte ; une autre lui répondit, puis une troisième, et la tempête s'apaisa comme pour écouter. Les cloches s'enhardirent, elles résonnaient haut et clair. Des sons plus profonds s'y joignirent, formant un concert solennel. Ding ! Dong ! ding ! dong ! La tempête redoubla de furie, faisant rouler un tonnerre lointain. Les jeunes gens se regardaient, mais n'osaient parler. Cela devenait sérieux. Qu'était-ce ? Qu'entendait-on ? Qui donc poussait ce cri terrible et harmonieux ? Était-ce un homme ou n'était-ce pas plutôt un démon enfermé dans cette prison de cuivre, et suppliant qu'on lui rendît la liberté ? C'était le « *vox humana.* »

A la fin, une réponse lui fut donnée, douce, tendre, affectueuse comme le chant d'une mère. La tempête se tut ; des oiseaux invisibles emplirent l'air d'harmonies joyeuses et extatiques. Il semblait à Peter et à Ben que c'était le chant des anges. Oubliant leur fatigue, ils s'envolaient avec la musique, n'éprouvant d'autre désir que celui d'écouter éternellement ces sons divins. Peter van Holp se sentit tout à coup tiré par la manche et une voix impatiente lui dit :

« Combien de temps allez-vous rester ici ? Il est temps de partir.

— Chut ! fit tout bas Peter, à demi réveillé seulement.

— Allons, allons, capitaine, arrivez, » dit Karl en tirant de nouveau sur la manche de Peter.

Le capitaine se décida, mais à contre cœur, à partir.

« Voici la chose la plus magnifique que j'aie vue ou entendue depuis mon arrivée en Hollande! s'écria Ben avec
enthousiasme. C'est admirable! »

Après avoir quitté l'église, les jeunes gens s'arrêtèrent
sur la place découverte du Marché pour regarder la statue
de bronze de Laurens Janzoon Coster, considéré par les
Hollandais comme l'inventeur de l'imprimerie. Ce fait est
nié par ceux qui attribuent cette invention à Gutenberg
et qui soutiennent que c'est à Strasbourg ou à Mayence que
les premières applications en furent faites. Ben, qui n'était
pas d'accord avec Lambert sur ce fait encore obscur, ne
voulut lui faire qu'une concession, mais sur un point bien
différent. Il tomba d'accord avec lui que l'art de saler et
de préparer les harengs avait été découvert par William
Benkles, un Hollandais, et il ajouta que le pays avait parfaitement raison d'honorer Benkles comme un bienfaiteur
public, puisque la Hollande est en grande partie rede-
vable de sa richesse et de sa prospérité à son commerce
de harengs.

« C'est une chose vraiment extraordinaire, dit Ben, que
le nombre prodigieux de ces poissons. Je ne sais pas comment cela se passe ici, mais sur les côtes anglaises, du
côté de Yarmouth, on en a vu des bancs qui avaient de
six à sept pieds de profondeur.

— C'est prodigieux, en effet, répondit Lambert. Vous
savez que votre mot anglais « herring » (hareng) vient
d'un mot allemand « heer » (armée) à cause de l'habitude qu'ont ces poissons de se présenter en grand
nombre? »

Comme ils passaient devant l'échoppe d'un savetier,
Ben s'écria :

« Ho! hé! Lambert, voici le nom d'un de vos plus

grands hommes sur l'échoppe de ce savetier : Herman
Boerhaave! C'est un nom bien gros à porter pour un savetier. Serait-ce un descendant du grand homme ? »

Mais sans attendre la réponse, Ben avait hâté le pas en
criant :

« Parbleu, voilà qui est singulier !

— De qui ou de quoi parlez-vous à présent? lui dit
Lambert. Votre esprit marche à la façon des kanguroos,
Ben, on ne sait jamais quel bond il va faire.

— Avec votre permission, reprit Ben en riant, je parle
de cette pancarte que je vois sur la porte en face. Ne la
voyez-vous pas vous-même ? Trois ou quatre personnes la lisent en ce moment. J'ai déjà remarqué plusieurs de ces pancartes depuis que je suis ici, et cela
m'intrigue.

— Ceci? c'est un bulletin de santé. Il indique qu'il y a
un malade dans la maison et a pour but d'empêcher qu'on
ne frappe continuellement à la porte du malade. La famille écrit ce bulletin et l'accroche à la porte pour rensei-
gner ses amis sur la marche de la maladie. C'est une mesure sensée et qui n'a rien d'étrange à mon sens. —
Marchez plus vite, je vous prie, ou nous n'arriverons jamais.

— Comme on s'habille d'une façon comique ici! Regardez donc ces hommes et ces femmes avec leurs chapeaux
en pain de sucre. Avez-vous jamais rien vu de si drôle?
Sur ma parole, ils sont à peindre!

— Ce sont des paysans, répondit Lambert avec une
certaine impatience. Aimez-vous mieux vos mendiantes
anglaises avec leurs chapeaux fanés et fleuris et encore
prétentieux de lady et leurs châles en loques, marchant
pieds nus dans vos boues noires avec des airs de prin-
cesses tombées dans le ruisseau. Laissez la vieille Hollande tranquille ou bien fermez les yeux.

— Là, là, dit Ben, ne vous fâchez pas, ami Lambert ;
elle est trop curieuse, votre Hollande, pour que l'idée me
vienne de la traverser en aveugle. Mais, si je ne me trompe,
les autres se sont arrêtés. Eh bien, capitaine Peter, de
quel côté faut-il virer maintenant ?

— On propose de passer outre, répondit le capitaine.
Il n'y a rien à voir en cette saison dans la Bosch. La Bosch
est une noble forêt, Ben, un grand parc où se trouvent des
arbres magnifiques, protégés par la loi.

— Qui pourrait vouloir du mal à un bel arbre ? dit
Ben.

— Quand ce ne serait que ceux qui gèlent, répartit
Peter. Est-ce que cela ne vous soucie pas en Angleterre de
penser qu'il y a des gens qui meurent de froid à vingt pas
du feu des autres.

— Nous voudrions pouvoir penser à tout, remédier à
tout, répondit Ben. Je sais que la Hollande a plus d'institutions de charité et moins de pauvres qu'aucun autre
pays, Peter. De ceci vous pouvez être fiers.

— C'est bien heureux, dit Karl, que vous en conve-
niez. »

Peter pour couper court à un entretien qui, avec Karl,
aurait pu tourner à l'aigre, l'interrompit :

« Vous préféreriez peut-être, mon cher Ben, visiter le
musée d'histoire naturelle. Nous retournerions au canal,
si nous en avions le temps ; cela vous intéresserait de voir
l'Escalier Bleu.

— Qu'est-ce que c'est que cela, Lambert ? demanda Ben,
qui n'était pas sûr d'avoir compris le capitaine.

— C'est ainsi qu'on appelle le point le plus élevé des
dunes. On a, de là, une vue admirable de l'Océan ; de nul
autre point on ne peut mieux juger combien nos dunes
sont merveilleuses. Il faut l'avoir vu pour croire que le
vent puisse amonceler d'aussi incroyables quantités de

sable. Mais il nous faudrait traverser Blocmendal pour y
arriver, et c'est loin! Qu'en dites-vous?

— Oh! je ferai ce que l'on voudra. Pour ma part, j'aimerais mieux gouverner tout droit vers Leyde; mais nous
obéirons au capitaine, n'est-ce pas, cousin Poot?

— C'est cela, répondit Poot qui se sentait beaucoup plus
disposé à faire un somme qu'à grimper les « Escaliers
Bleus. »

Le capitaine opta pour Leyde.

« Il y a quatre milles hollandais d'ici à Leyde (ce qui
équivant à seize de vos milles anglais, Ben). Nous n'avons
pas de temps à perdre si nous voulons y arriver avant minuit. Décidez promptement la question, camarades : l'Escalier Bleu ou Leyde?

— Leyde, Leyde! répondit-on. »

Un instant après ils avaient quitté Haarlem et admiraient
ce qu'un écrivain français a appelé « l'essaim de moulins
qui bourdonnent incessamment aux alentours des villes en
Hollande. »

« Si vous voulez voir Haarlem dans toute sa beauté, dit
Lambert à Ben après qu'ils eurent patiné quelque temps
en silence, il faut le visiter en été. C'est l'endroit où l'on
trouve les plus magnifiques fleurs du monde. Les promenades autour de la ville qui sont superbes et le « bois » avec
ses nobles arbres couvrant mille après mille de terrain, tous
en pleine floraison, valent la peine qu'on se les rappelle.
L'orme hollandais dépasse tout ce qu'on peut imaginer de
plus beau; c'est l'arbre le plus magnifique du monde, Ben,
si vous en exceptez pourtant le chêne anglais et le chêne
de Fontainebleau. »

Mais depuis quelques instants c'était à peine si Ben
apercevait le canal. Sa pensée par un insensible retour
l'avait conduit jusqu'à Londres, elle errait dans la maison maternelle. L'image de Robby et de Jenny, son

petit frère et sa petite sœur, dansait dans l'air devant ses yeux.

« Je les amènerai certainement en Hollande, se disait-il, non pas l'hiver, mais l'été. Comme cela les amusera, les petits ! Et je ferai une tirelire pour eux d'ici là, et je leur achèterai tout, tout ce qu'ils voudront, des bateaux de deux pieds, des moulins grands comme eux, et le reste.... »

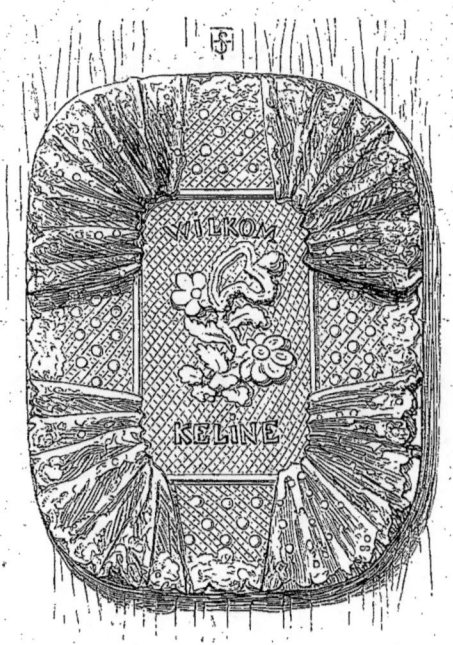

ILS LAISSÈRENT PASSER RESPECTUEUSEMENT
L'HÉROÏQUE FEMME

# CHAPITRE IX

### DES AMIS DANS LE BESOIN — SUR LE CANAL

Pendant ce temps les autres jeunes gens écoutaient le récit que leur faisait Peter. Bien des années auparavant, non loin de la cité s'élevait un vieux château dont l'orgueilleux seigneur s'était arrangé de façon à être si mal avec les bourgeois de la ville, qu'ils l'assiégèrent un jour dans ses vieilles tours et le forcèrent à capituler. La châtelaine, au moment où son mari allait se rendre et sans conditions, puisque les vainqueurs irrités n'en voulaient accorder aucune, s'avança sur les remparts et demanda

aux assiégeants qu'on lui permît du moins de se retirer
avec ce qu'elle pourrait emporter sur son dos.

Considérant qu'ils n'avaient pas contre la femme, qui
s'était toujours montrée humaine et charitable, les mêmes
griefs que ceux qu'ils avaient contre son mari, ce qu'elle
demandait lui fut accordé.

A leur grand étonnement, ils virent alors la dame descendre le grand escalier portant son mari sur ses épaules.
Ce beau trait les toucha. Fidèles à leur promesse, ils laissèrent passer respectueusement l'héroïque femme avec son
fardeau qu'elle put déposer sain et sauf au delà du terri-
toire de la ville qui, heureusement pour elle, n'était pas
fort étendu.

« Est-ce que vous croyez à cette histoire-là, Peter? demanda Karl d'un ton incrédule.

— Certainement que j'y crois. Est-ce parce qu'elle fait
honneur à une Hollandaise que vous refuseriez d'y
croire?

— Non certes, répondit Karl troublé de s'être attiré
cette réplique, mais c'est parce qu'il n'existe pas de
femme qui puisse accomplir une chose pareille. »

Le gros Jacob Poot qui, en dépit de sa nature endormie,
était sentimental, avait écouté l'anecdote avec un profond
intérêt.

« C'est un beau trait, dit-il, et j'y crois absolument.
Quant à moi, je n'épouserai jamais qu'une femme qui serait
disposée à en faire autant pour moi.

— Dieu lui vienne en aide! s'écria Karl en se retournant
pour le considérer. Comment, Poot, mais trois hommes ne
vous porteraient pas !

— Peut-être bien, repartit tranquillement le brave Poot.
Ce serait sans doute exiger beaucoup de la future madame
Poot. Cependant je désirerais qu'elle fût tout au moins
disposée à le tenter.

— Celle qui l'essayerait mériterait déjà une mention honorable, dit Peter en riant. Et d'ailleurs, mon cher Poot, le proverbe aurait peut-être cette fois encore raison : « A cœur fort, poids léger. »

— Peter, demanda Ludwig en changeant de sujet, ne m'avez-vous pas dit hier au soir que le peintre Wouvermans était né à Haarlem ?

— Mais oui, et Ruysdaël aussi, et aussi Berghem. »

La course avait repris de plus belle.

Au moment où les pieds de Ben faisaient machinalement assaut de vitesse avec ceux de ses compagnons, sa tête s'embarquait, une fois encore, pour Londres. Si nous voulons faire la traversée avec elle, nous pourrons, sans sortir de notre sujet, constater un effet curieux de cette sympathie qui défie les distances et peut rapprocher par la pensée, au même instant, les êtres les plus séparés. Au moment même où Ben songeait à son petit frère et à sa sœur, les deux enfants pensaient à lui. Il faut dire que depuis qu'ils le savaient en Hollande, la Hollande était devenue l'objet favori de la préoccupation des deux aimables enfants et le sujet préféré de leurs études.

Robby et Jenny assis devant leur table en face de leur précepteur dans leur jolie salle de travail, prenaient leur leçon de lecture.

« Nous en étions, maître Robby, à la page deux cent quarante-deux. Faites attention aux points et même aux virgules, monsieur ; il ne suffit pas de lire, il faut montrer par la façon dont on lit que l'on comprend ce qu'on lit, pour être compris à son tour par ceux qui vous écoutent. Sur ce : commencez, maître Robby. »

Et Robby, de sa voix claire et enfantine, montée au diapason écolier le plus élevé, commença ainsi :

« Leçon 62. — *Le petit héros de Haarlem.* »

« Il y a bien des années, vivait à Haarlem un petit garçon aux cheveux d'or, du meilleur naturel. Son père était éclusier, c'est-à-dire qu'il était chargé d'ouvrir et de fermer les écluses placées à intervalles égaux à l'entrée des canaux, pour régler la quantité d'eau qu'on doit y laisser pénétrer. Les petits enfants eux-mêmes savent en Hollande que ce n'est qu'à force de surveillance, de soins constants et d'exactitude qu'on empêche l'Océan et les rivières d'accabler le pays, et qu'un seul instant de négligence de la part de l'éclusier, dans l'accomplissement de son devoir, peut causer la ruine et la mort de tous. »

« Très-bien, dit le professeur. A votre tour, Jenny. »

« Par une admirable après-midi d'automne, dit la petite fille d'une voix un peu plus posée que celle de son frère, alors que le petit garçon dont nous parlons n'avait encore que huit ans, il obtint de ses parents la permission d'aller porter des provisions à un pauvre aveugle qui demeurait à la campagne, au delà des digues. L'enfant partit, le cœur joyeux. Il resta une heure avec son vieil ami reconnaissant et reprit le chemin de sa demeure.

« Tout en trottant le long du canal, il remarquait combien les pluies d'automne avaient gonflé les eaux. Mais la solidité des écluses confiées à la garde de son père le rassurait, et l'étonnement que lui causait la prompte élévation du canal n'interrompait ni sa course, ni la chanson enfantine qu'il fredonnait tout en marchant.

« Cependant, se disait-il tout en continuant et sa chanson et son inspection, que deviendraient le père et la mère? et aussi la verdure des prés et les moissons des champs, si les écluses venaient à céder ? »

« C'était à faire frémir, car c'est terrible la colère des eaux.

« Oui, mais papa est le plus fort, et c'est bien ce qui fâche les eaux! Si elles se mettent en colère, c'est précisément parce qu'il les empêche de passer. »

« Chemin faisant et sans être tout à fait absorbé par ces idées, l'enfant se baissait pour cueillir les jolies fleurs bleues qui égayaient le bord de la route. Il comptait bien amasser un bouquet pour sa mère. Parfois il s'arrêtait aussi sur la rive du canal pour jeter en l'air quelques feuilles arrachées à un arbuste ; la brise s'en emparait, les élevait très-haut ; à les voir voler on eût dit des feuilles ailées. Ou bien, il suspendait brusquement sa marche ; c'est qu'il avait cru entendre le bruit d'un lapin se faufilant à travers les herbes. Ils sont peureux les lapins, ils fuyaient devant lui. Le plus souvent il souriait en se rappelant l'expression qui avait éclairé le visage de son vieil ami l'aveugle, quand il lui avait fait son petit cadeau :

« Il a été bien content de trouver mon gâteau à côté du pain de maman, » pensait-il.

« Tout à coup, l'expression de la figure de l'enfant changea :

« Il jeta autour de lui des regards effrayés. Il n'avait pas remarqué que le soleil se couchait, et il s'apercevait maintenant que les grandes ombres ne s'allongeaient plus sur le gazon. Il commençait à faire noir ; il se trouvait encore assez loin de la maison et dans un ravin solitaire où les fleurs bleues elles-mêmes paraissaient toutes grises. Il pressa le pas et son cœur battit au souvenir d'aventures d'enfants attardés dans des forêts affreuses. Au moment où, prenant son courage à deux mains, il allait se mettre à courir, il tressaillit. D'où pouvait provenir ce bruit d'eau tombant goutte à goutte ? Ouvrant tout grands ses bons yeux, il chercha dans toute l'étendue de la digue et aperçut dans une des planches épaisses qui la composaient un petit trou d'où s'échappait un mince filet d'eau. N'importe quel enfant en Hollande frissonne à l'idée d'une fissure dans les digues. Le fils de l'éclusier comprit immédiatement le danger. Si l'on permettait à l'eau de filtrer à travers ce trou insignifiant, elle ne tarderait pas à l'agrandir et causerait une terrible inondation.

« Prompt comme l'éclair, il comprit ce qu'il avait à faire.
Jetant ses fleurs, il grimpa sur les hauteurs, se mit à
cheval sur l'écluse, atteignit le trou et y fourra son
doigt mignon avant même de s'être rendu compte de
son action. Son doigt suffit à l'œuvre. L'écoulement s'arrêta.

« Ah ! pensa-t-il avec un éclat de rire exprimant sa joie
enfantine, que les eaux se fâchent si elles veulent, mais
elles resteront de l'autre côté. Haarlem ne sera pas inondé
tant que je serai là ! »

« Cela alla assez bien d'abord, mais la nuit venait rapidement, l'air s'emplissait de vapeurs glaciales. Notre petit
héros commença à trembler de froid et de peur. Il appela
bien haut ; il cria : « Accourez vite ! accourez vite ! » Mais
personne ne vint. Le froid redoubla d'intensité ; un engourdissement partant du mignon petit doigt et s'étendant
à la main et au bras l'envahit bientôt en entier et il souffrit
dans tout son corps. Il appela de nouveau : « Personne
ne viendra-t-il ? Père ! venez, venez ! Je n'en puis plus ! »
Il appela sa mère aussi : « Mère ! mère ! » Hélas ! sa mère,
en bonne Hollandaise pratique, avait déjà fermé toutes les
portes, bien décidée à gronder son fils sérieusement le
lendemain pour le punir d'avoir passé la nuit avec Jansen,
l'aveugle, sans permission. Il essaya de siffler ; qui sait
si quelque écolier errant n'entendrait pas le signal ; mais
ses dents claquaient tellement qu'il ne put en venir à
bout.

« Alors il pria Dieu de venir à son secours, et la réponse
lui arriva sous forme de résolution :

« Je resterai là jusqu'à demain matin, » se dit-il.

« Maintenant à vous, Robby, » dit le professeur.

Les yeux de Robby brillaient sous les larmes, mais il

fit un effort et commença d'une voix un peu troublée par
l'émotion :

« La lune de minuit put voir la silhouette solitaire de
l'enfant, non plus à cheval sur la crête de la digue comme
au début de sa faction, mais couché sur cette crête, le bras
étendu, immobile, le doigt toujours dans le trou. Le petit
martyr avait la tête baissée, mais il ne dormait pas, car,
de temps en temps, sa main gauche frottait fiévreusement
son bras droit rivé à la digue, et parfois aussi le visage
de Robert, c'était le nom de l'innocent, se retournant vivement à quelque bruit réel ou imaginaire, apparaissait
pâle et couvert de larmes à l'astre des nuits.

« Qui saura jamais les douleurs de cette longue et cruelle
veillée ! Qui pourra dire les alternatives de courage et de dé-
faillances de ce petit cœur intrépide, quand durant cette
nuit terrible, il songeait à son bon lit qui l'attendait à la
maison, à son père, à sa mère, à ses sœurs et à ses frères
endormis. S'il retirait son doigt de ce trou, les eaux ren-
dues plus furieuses par sa longue résistance, — il le pensait ainsi, — se précipiteraient soudain et ne s'arrêteraient
que lorsqu'elles auraient balayé la ville entière. Oh oui ! il
resterait là jusqu'au jour — s'il n'était pas mort avant ! —
Certes, il n'était pas assuré de vivre jusque-là. Que signi-
fiait cet étrange bourdonnement dans ses oreilles ? Et puis
ces douleurs aiguës qui semblaient le traverser des pieds à
la tête ? Son doigt aussi avait enflé. Est-ce qu'il pourrait le
retirer quand même il le voudrait ?

« Cependant il demeurait pour le salut de tous.

« Au point du jour, un bon prêtre qui revenait de passer
la nuit au chevet du lit de l'une de ses ouailles malades,
crut entendre dans le silence du matin et tandis qu'il
marchait sur la partie supérieure de la digue, de sourds et
faibles gémissements. Se penchant en avant, il vit l'enfant
qui paraissait se tordre dans la douleur.

« Au nom du ciel, mon enfant, lui cria-t-il, que faites-
vous donc là ?

— Ah, Monsieur le curé ! j'empêche les eaux de passer,
répondit le petit héros, et j'y ai bien du mal. Dites à quelqu'un, s'il vous plaît, de venir m'aider. Je n'en puis
plus. »

« Le bon curé commença par y aller lui-même, et, comme
c'était le plus pressé, il mit son doigt, son petit doigt à la
place de celui de l'enfant.

« Ah ! dit le pauvre petit, en secouant sa main endolo-
rie, je suis content!... »

Et il s'évanouit.

« Heureusement il restait une main encore au bon prêtre,
et il s'en servit pour tremper dans l'eau son mouchoir et
l'appliqua sous le nez, sur les tempes et derrière les oreilles de l'enfant qui rouvrit bientôt les yeux.

« Là, mon garçon, lui dit son sauveur, fais encore un
effort, va bien vite à la maison de l'éclusier et dis-lui ce
qui se passe. Je craindrais de ne pas avoir le courage,
tout homme et tout prêtre que je suis, de faire une faction aussi longue que la tienne, dans une si difficile position.

— Soyez tranquille, dit l'enfant ; l'éclusier c'est mon
père, il viendra bien vite, allez. »

« Il est inutile d'ajouter qu'il vint en effet, et que le trou
de l'écluse fut réparé.

« Oh ! monsieur, dit Robby, quel bon petit garçon !

— Et quel bonheur, ajouta Jenny en s'essuyant les
yeux, que le bon prêtre ait passé par-là ! »

Chose étrange ! à l'heure même où son petit frère et sa
petite sœur prononçaient ces paroles, Ben, de l'autre côté
de la mer, disait à Lambert qui venait de lui raconter
précisément la même histoire :

« Le noble enfant ! J'ai souvent lu la relation de cette

aventure, mais je l'avais toujours prise pour une légende.
Ma foi, tant mieux que le fait soit vrai!

— Vrai! Certainement qu'il est vrai, répondit vivement
Lambert, je vous l'ai raconté tout juste comme ma mère
me l'a dit il y a bien des années. Il n'est pas un enfant en
Hollande qui l'ignore. Et d'ailleurs, Ben, il est moins
étonnant que vous ne le pensez. Ce petit garçon est la per-
sonnification de l'esprit public en Hollande. Il est impossible qu'il se produise chez nous une fissure dans une
question intéressant soit l'honneur de la nation, soit sa sûreté, sans qu'un million de doigts ne soient prêts à la bou-
cher, n'importe à quel prix.

— Oui dà! s'écria maître Ben, c'est beaucoup dire, un
million!

— C'est dire la simple vérité, reprit Lambert si tranquillement que Ben se serait fait scrupule de montrer à
son ami le moindre doute.

— Heureux le pays dont tous les habitants sont de sincères patriotes! » reprit-il pour désintéresser tout à fait
son ami Lambert de l'exclamation qui lui était échappée.

« Sans aller bien loin, dit Peter intervenant dans la
conversation, vous avez vu il n'y a pas longtemps le jeune
garçon qui nous a rapporté notre bourse, eh bien, celui-là
est taillé dans le même bois que l'enfant dont Lambert
vient de nous raconter l'histoire. Je mettrais ma main
au feu qu'à la place du petit éclusier, Hans eût fait absolument la même chose.

— Il a une bonne figure que j'ai remarquée, dit Ben,
et qui témoignerait, en effet, en faveur de votre affirma-
tion. »

Karl fit une grimace de dédain qu'heureusement pour
lui Peter ne vit pas. Karl n'aimait pas le pauvre Hans, on
a pu le voir déjà. Après cela, qui aime-t-on, quand on
s'aime trop soi-même?

La saison du patinage avait commencé plus tôt que d'habitude, et nos jeunes gens n'étaient pas seuls sur la glace. L'après-midi était si belle, que les hommes, les femmes, les enfants, désireux de jouir de cette journée de fête, se pressaient en foule sur le canal. Saint Nicolas s'était évidemment souvenu du passe-temps favori. Les patins reluisants et neufs ne manquaient pas sur la glace. Des familles tout entières glissaient vers Haarlem, Leyde, ou les villages voisins. La glace semblait vivante. Ben remarqua la taille droite et la démarche dégagée des femmes, ainsi que la variété de leurs costumes. Les dernières modes, arrivées toutes fraîches de Paris, coudoyaient des vêtements si usés qu'ils semblaient avoir servi à plusieurs générations.

Il y avait des « lionnes » de Leyde et des pêcheurs des plages voisines ; des marchandes de fromage de Ponda, et de hautaines matrones habitant les magnifiques maisons de campagne situées sur le lac de Haarlem. On apercevait constamment des patineurs à la tête grise et de vieilles femmes ridées, portant des pyramides sur la tête. De gros petits « trotillons » en patins s'accrochaient aux jupes de leur mère ; quelques paysannes portaient leurs babies attachés solidement sur leurs épaules avec des châles de couleurs voyantes. Tous ces gens passaient rapides comme des flèches, ou lentement comme des navires sans voiles, suivant qu'ils étaient ou n'étaient pas pressés ; quelques-uns faisaient en passant un signe de tête amical à leurs connaissances ; d'autres sifflaient, tout en allant, tandis que les mères passaient avec les petits paquets bien emmitouflés qui se collaient de leur mieux sur leur dos.

L'effet produit par cet ensemble était pittoresque et gracieux au possible.

Des garçons et des filles se pourchassaient, se cachant

derrière les traîneaux à un cheval chargés bien haut de tourbe ou de bois, qui suivaient avec précaution, sur la glace, le chemin indiqué pour eux comme étant le plus sûr.

De belles dames à la démarche royale étaient là; le plaisir brillait dans leurs calmes regards. Parfois une longue file de jeunes gens, se tenant par les basques de leurs habits, volaient rapides comme l'étincelle électrique; puis on entendait crier la glace sous le fauteuil d'une bonne grand'mère somptueusement parée, ou sous celui d'un riche bourgmestre. Le fauteuil devait être lourd, chargé comme il l'était de coussins et de chaufferettes, sans compter Madame la bourgmestre qui n'était pas mince. Monté sur des lames brillantes, il glissait, poussé par quelque domestique, raide comme un mannequin, et qu'on eût pris pour tel, s'il n'eût jeté de temps en temps des regards de mauvaise humeur sur la troupe de petits démons braillards qui leur faisait invariablement office d'avant-garde.

Les bons bourgeois offraient l'image parfaite d'un bonheur paisible. La plupart avaient l'air vieux avec leurs jaquettes de laine, leurs pantalons larges et leurs grosses boucles d'argent. Ils faisaient à Ben l'effet d'énormes petits garçons devenus hommes tout à coup et portant les habits de leurs grands-pères. Tous avaient des pipes à la bouche et fumaient comme des locomotives. On voyait là, réunies, la plus grande variété de pipes du monde entier, depuis la pipe de terre commune, jusqu'à celles d'écume, montées en or ou en argent. Quelques-unes avaient les formes les plus excentriques; elles représentaient des oiseaux, des fleurs, des têtes d'animaux, des portraits d'hommes célèbres et une foule d'autres choses. Les unes étaient rouges, les autres du blanc le plus pur; mais les plus respectables étaient celles qui prenaient les teintes brunes de la

maturité : « Plus foncé le brun, plus honorée la pipe, »
comme de juste, car c'était une preuve que le propriétaire
consacrait volontairement sa force virile à la culotter.
Quelle pipe n'aurait pas été fière d'être l'objet d'un pareil
dévouement !

LA DOUAIRIÈRE CHIA

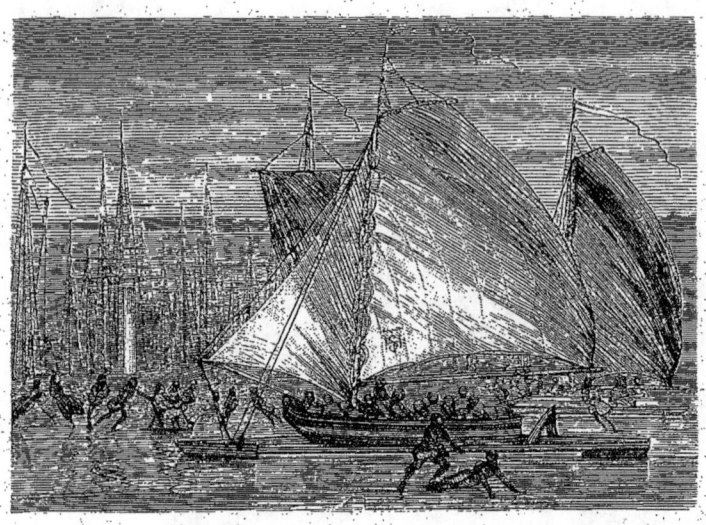

# CHAPITRE X

LES BATEAUX TRAINEAUX — JACOB POOT CHANGE LE
PLAN DE CAMPAGNE

Ben patina quelque temps en silence. Tant de choses
nouvelles pour lui réclamaient son attention qu'il avait
presque oublié ses compagnons de route. Il avait été fort
intrigué en apercevant dans le lointain les bateaux-traîneaux, volant sur la surface du grand lac de Haarlem, parfaitement visible de cette partie du canal. Ces bateaux
avaient de grandes voiles, beaucoup plus grandes propor-
tionnellement que celles des vaisseaux naviguant sur l'élé-

ment liquide. Ces voiles étaient montées sur un cadre trian
gulaire garni d'une lame de fer à chaque bout. La partie
large du triangle traversait la proue du bateau, et sa
pointe s'étendait au delà de la poupe. Ils étaient pour-
vus d'un gouvernail pour les diriger, et d'une machine,
d'un frein destiné à les arrêter ou à modérer leur allure.
Il y en avait de toutes formes et de toutes grandeurs, depuis la barque petite et primitive, conduite par un adolescent, jusqu'à la magnifique embarcation remplie de gens
courant après le plaisir et dirigée par des marins expéri-
mentés. Ils carguaient les voiles, en fumant leurs courtes
pipes, viraient de bord, gouvernaient avec solennité et
précision et montraient clairement qu'ils sentaient toute
l'importance de leur mission.

Quelques-uns de ces bateaux étaient dorés et peints de
couleurs voyantes et portaient au haut de leurs mâts des
banderolles flottantes. D'autres, blancs comme la neige,
avec leurs voiles immaculées, enflées par le vent, ressemblaient à des cygnes emportés par un courant irrésistible.
Ben, s'abandonnant aux fantaisies de son imagination, se
figurait entendre au loin le cri de ces oiseaux. La vérité
est que ces sons provenaient d'une cause plus rapprochée
et moins romantique; c'était un bateau-traîneau faisant
jouer sa mécanique pour éviter une collision avec un traîneau rempli de tourbe.

Il était assez rare de voir ces bateaux sur la glace, et
leur présence occasionnait généralement beaucoup d'agitation, surtout parmi les patineurs timides.

Ben, quoique ravi à leur vue, était souvent surpris par
l'approche rapide de ces objets irrésistibles que leurs grandes ailes semblaient pousser aveuglément dans toutes les
directions. Il lui fallait en outre toute son attention pour
éviter la rencontre des passants et pour se garer des schlittes
improvisées par les enfants. Il s'était arrêté un instant pour

regarder des jeunes gens faire un trou dans la glace, afin
de plonger dans l'eau leurs harpons de pêche. Au moment
où il se disposait à continuer sa route, il se sentit tout à
coup lancé sur les genoux d'une vieille dame dont la
chaise arrivant par derrière l'avait frappé au-dessus des
mollets. La douairière cria; le domestique qui la poussait
fit entendre un sifflement aigu, et Ben se trouva, sans savoir comment, chapeau bas et faisant des excuses à.... l'air
ambiant. La vieille dame irritée était déjà loin.

Mais cet accident n'était rien à côté du danger sérieux
qui le menaçait : un gigantesque bateau-traîneau arrivait
à pleines voiles sur lui. Il n'avait pas soupçonné son approche. Il se sentit comme paralysé à la pensée soudaine
que sa dernière heure était arrivée. La proue dorée était
sur lui, il entendait les cris de gare! du patron; l'ébran-
lement imprimé à la glace par le monstre qui le menaçait
se communiquait à toute sa personne. Tout à coup, il devint tout à la fois sourd, muet et aveugle. Quand il rouvrit les yeux une seconde après, il était roulant encore à
dix mètres de l'immense gouvernail, en forme de patin,
du navire ailé. La voile avait effleuré son épaule et cela
avait suffi pour lui faire faire cette glissade fantastique.
Grâce à Dieu, il était sain et sauf! Il reverrait l'Angleterre et
pourrait embrasser encore les chers visages qui lui étaient
apparus tous ensemble dans la minute qui venait de s'é-
couler. Père, mère, Robby et Jenny; le danger en une seconde les avait évoqués; le souffle de ces grandes voiles
menaçantes avait fait entrer subitement leur image au plus
profond de son cœur. En vérité il ne savait pas, auparavant, combien il les aimait. Son étonnement fut grand
de voir les regards de colère qui lui furent jetés par tous
les patineurs du canal. L'écolier étourdi, qui venait d'é-
chapper à la mort, n'était pour ces gens-là qu'un trouble-
fête qui n'aurait jamais dû sortir de l'école.

Lambert le gronda vertement.

« Je croyais que c'en était fait de vous, garçon imprudent, lui dit-il. Pourquoi ne faites-vous pas plus attention au chemin que vous prenez? Non content de vous asseoir sur les genoux des vieilles femmes, vous vous fourrez sous les patins de tous les bateaux-traineaux que vous rencontrez! Nous serons obligés de vous confier aux soins de l'aansprecker, si cela continue.

— Grand merci! dit Ben avec une humilité affectée. Puis s'apercevant que les lèvres de Lambert étaient toutes blanches de terreur, il ajouta bien bas : Je crois vraiment, ami, que j'ai plus *pensé* en ce seul instant que je ne l'ai fait pendant le cours de ma vie entière! »

Lambert lui tendit la main, et les deux jeunes gens patinèrent pendant quelque temps en silence.

Un son de cloches remarquable, malgré sa faiblesse, par ses modulations, parvint bientôt à leurs oreilles.

« Qu'est-ce que c'est que cela? s'écria Ben.

— Ce sont des carillons, répondit Lambert. On essaye sans doute les cloches dans ce village là-bas. Ah! Ben, je voudrais que vous entendissiez la musique des cloches de l'église neuve de Delft; c'est vraiment surprenant. Il y a là près de cinq cents cloches, et c'est l'un des meilleurs carillonneurs de la Hollande qui les met en mouvement. Mais ce n'est pas une petite affaire que de jouer de pareille musique; il paraît que le pauvre homme est souvent obligé de se mettre au lit après son concert! Les cloches des carillons sont reliées à une espèce de table d'harmonie comme celle des pianos, complétée par un jeu de pédales pour les pieds. Lorsqu'il joue un air vif, le carillonneur ressemble à une bête à mille pattes. »

Pendant que tout ceci se passait, Peter et les autres s'étaient attardés à égrener tout un chapelet d'anecdotes sur Haarlem. S'apercevant qu'ils avaient été distancés par Ben et Lambert, lui et ses compagnons se mirent en mesure de les rattraper.

« Ben patine bien, dit Peter, il ne s'en acquitterait pas mieux s'il était Hollandais. Les Anglais ne brillent généralement pas dans cet exercice. Eh mais, Lambert! Et vous Ben! Qui donc vous a fait fuir avec cette vitesse?

— Et vous, limaçons, qu'est-ce qui vous a retenus?

— Nous causions, et puis nous nous sommes arrêtés un instant pour permettre à Poot de souffler un peu.

— Il commence à avoir l'air passablement épuisé, le pauvre cousin, dit Lambert à voix basse. Vous avez bien fait de le ménager. J'ai peur qu'il n'ait entrepris, en venant avec nous, plus qu'il ne pouvait. »

En ce moment un magnifique bateau-traîneau s'avança lentement, bannières flottantes, et toutes voiles dehors. Le pont était couvert d'enfants emmitouflés jusqu'au menton. On ne voyait sortir de leurs capelines de laine aux vives couleurs que leurs bonnes joues souriantes, bien qu'un peu rougies par le froid.

« Pourquoi ouvrent-ils tous la bouche comme des oiseaux qui attendent la becquée? dit Ben.

— Parce qu'ils chantent, dit Lambert. Est-ce qu'en Angleterre on s'y prend autrement quand on veut se faire entendre? Attendez un peu qu'ils soient à portée et vous verrez qu'ils ne s'en tirent pas mal. »

Ils chantaient, en effet en chœur, un cantique en l'honneur de saint Nicolas. L'effet produit par cette centaine de voix enfantines dépassait ce qu'on aurait pu en attendre. Ben ne put se retenir de crier : Bravo! bravo! aux petits musiciens.

La dernière note de ce chant se perdit dans le lointain.

« Que c'était beau! s'écria Lambert.

— On eut dit un songe, répondit Ben, c'était délicieux.

Ils chantent comme des anges, les marmots de votre pays.
On essayerait en vain, en Angleterre et en France, d'obtenir un si incroyable résultat de si jeunes artistes. »

Poot s'approcha de Ben, et ayant approuvé du geste son cousin, ce qu'il ne manquait guère de faire toutes les fois qu'il avait parlé, ses yeux le regardèrent d'une façon quasi suppliante :

« Est-ce que vous ne pensez pas, Ben, lui dit-il, qu'après avoir tant patiné, nous ferions bien de prendre un bateau-traîneau, pour aller à Leyde?

— Prendre un bateau! s'écria Ben abasourdi. Mais cousin, notre plan était précisément de patiner jusqu'à Leyde, et non de nous y faire voiturer comme de petits enfants.

— Il n'y a pas besoin d'être petit pour préférer le bateau, répondit Poot d'un air déconfit. Ceux qui passent devant nous sont remplis de personnes de tout âge. Regardez.... »

Tout le monde rit.

C'eût été certainement très-amusant de sauter sur un bateau, si l'occasion s'était présentée; mais abandonner ainsi honteusement le grand projet de patinage, qui pouvait songer à une chose pareille?

Une discussion animée s'ensuivit.

Le capitaine Peter fit arrêter sa compagnie.

« Camarades, dit-il, il me semble que Jacob Poot a le droit d'être consulté en cette matière, car c'est lui qui a mis en train l'expédition.

— Bah! s'écria Karl dédaigneusement, en jetant à Poot un regard moqueur, qui donc est fatigué? Poot est le plus robuste de nous tous, ce ne peut pas être lui. Nous n'en dormirons que mieux à Leyde si nous avons le courage d'aller jusqu'au bout. »

Ludwig et Lambert étaient au fond de l'avis de Karl. Il leur souciait de renoncer à l'honneur d'avoir patiné tout

le long de la route de Broek à la Haye et de la Haye à
Broek. Tous deux cependant convinrent qu'il serait cour-
tois de se soumettre à la décision de Jacob Poot.

Pauvre et bon Jacob, il devina d'un coup d'œil le sentiment général.

« Non, non, dit-il, je ne parlais que pour le cas où ma
proposition vous eût agréé à tous ; il est évident pour moi
que la majorité est contraire à ma motion. Continuons à
patiner. Je ne suis pas du tout fatigué. »

Les jeunes gens poussèrent un hurrah de plaisir et se
remirent tous en route avec une vigueur nouvelle.

Tous, excepté pourtant le brave Poot. Il fit sans doute
de son mieux pour ne pas laisser soupçonner sa lassitude ;
il n'ouvrit plus la bouche et économisa son souffle et son
énergie pour l'effort de plus en plus pénible qui lui restait à faire. Mais ce fut en vain. Son pauvre gros corps ne
tarda pas à se rendre de plus en plus lourd pour ses jambes ; et ses jambes tremblantes sous leur fardeau devenaient
à leur tour de plus en plus faibles. Bientôt ce fut pis : le
sang était monté à ses joues bouffies, ses oreilles étaient
en feu. Il en arrivait à ne plus voir à se conduire. Ses ar-
tères battaient dans ses tempes.

C'était un métier à lui donner le vertige, ce vertige dont
Andersen a dit : qu'il fait dégringoler des montagnes les
plus jeunes et les plus hardis chasseurs, qu'il arrache celui
dont il fait sa proie de la pointe la plus aiguë des glaciers
pour le faire tournoyer dans les airs comme une masse
inerte ; ou bien encore qu'il renverse, comme s'ils eussent
été frappés de la foudre, les guides eux-mêmes au moment
où ils posent le pied sur les pierres qui servent de gué
aux torrents.

L'inexorable vertige s'abattit ainsi, à l'insu de tous,
sur Jacob Poot. En dépit de sa courageuse résistance, un
frisson le secoua des pieds à la tête ; un bruit sourd se fit

entendre, la glace en trembla. Jacob Poot, vaincu, s'était abattu comme un jeune taureau sous le coup mortel. Les voiles blanches tournaient et s'inclinaient vaguement devant ses yeux à demi éteints, la vie semblait l'avoir abandonné. Telle une baleine à bout de force vient s'échouer sur un écueil; tel le pauvre Poot apparut tout à coup à ses compagnons, gisant sur la plaine glacée.

Ben et Peter s'élancèrent vivement.

« Jacob! Jacob! crièrent-ils. »

Jacob ne les entendait plus.

Lambert, Ludwig, Karl lui-même accoururent. Ce ne fut pas sans peine que leurs efforts combinés parvinrent à le relever à demi. De rouge qu'il était un instant auparavant, il était devenu instantanément pâle comme un mort; sa figure était de marbre. L'expression de bonté qui lui était si habituelle l'avait abandonnée.

La foule s'amassa. Peter déboutonna le pardessus du pauvre garçon, desserra ses fourrures, frotta ses tempes avec de la neige; Ben, en garçon pratique, lui souffla dans la bouche demeurée entr'ouverte.

« Pour Dieu! éloignez-vous, bonnes gens, s'écria Peter, notre ami a surtout besoin d'air.

— Ne le laissez pas assis. Couchez-le tout de son long, dit une femme du milieu de la foule.

— Faites-le tenir debout, cria une autre.

— Frictionnez-lui la poitrine, disait un pêcheur, et rudement, bouchonnez-le, étrillez-le.

— Entonnez-lui du vin, grommela un énorme individu qui conduisait un traîneau,

— Oui, oui, donnez-lui du vin! cria-t-on de tous côtés. »

Ludwig et Lambert firent écho.

« Du vin! du vin! Qui a du vin? »

Le plus endormi de tous les fermiers hollandais farfouilla mystérieusement sous les plis du plus lourd des pardessus bleus, disant :

« Pas tant de bruit, jeunes gens ! pas tant de bruit ! C'est un imbécile de s'être trouvé mal comme une fille !

— Du vin ! et pas de sermons ! s'écria Peter qui, avec l'aide de Ben, frottait Jacob des pieds à la tête. »

Ludwig étendit ses mains suppliantes vers le fermier hollandais, qui avec un air de grande importance, fouillait toujours sous son pardessus.

« Dépêchez-vous, je vous en prie, mynheer ! Il va mourir ! N'y a-t-il personne autre qui ait du vin et qui puisse s'en séparer plus vivement ?

— Il *est* mort ! dit une voix solennelle parmi les spectateurs. »

Ces paroles saisirent le fermier.

« Prenez garde, dit-il en produisant à contre-cœur un petit flacon bleu, c'est du schnaps ; il n'en faut pas beaucoup. »

En effet, quelques gouttes suffirent. Une légère rougeur succéda à la pâleur sur le visage de Poot. Sa paupière se souleva à moitié, puis se referma pour se rouvrir et laisser passer quelques regards, tout ensemble effarés, égarés et honteux. Il essaya machinalement de se débarrasser des mains qui l'étreignaient et de ramener sur lui ses vêtements.

« Quelle peur tu nous as faite ! dit Ben en l'embrassant d'un côté, tandis que Peter, de l'autre côté, lui tapotait, lui caressait le front.

— Mes amis, dit enfin Poot d'une voix attendrie, je suis... je suis une grosse bête, d'un usage impossible. Vous auriez mieux fait de me laisser chez moi. Quel embarras je vous donne !

— Allons donc ! dirent Lambert, Ludwig et Karl lui-même, c'est nous qui n'avons pas été raisonnables ; un peu de repos vous eût suffi, mon pauvre Jacob. »

Il ne restait plus d'autre alternative maintenant à nos jeunes gens que de faire transporter, d'une manière ou d'une autre, leur camarade à Leyde. Quant à espérer qu'il patinerait encore ce jour-là, c'était inadmissible. Il est positif que tous, sans exception, avaient en ce moment un désir très-grand de monter à bord d'un bateau-traîneau, et que tous prenaient, *in petto*, la résolution stoïque d'être fidèles à Jacob. Une légère brise commençait à souffler du midi. Qu'il se présentât seulement un patron de « skipper » accommodant, et les choses pourraient encore s'arranger.

Peter héla la première voile qui parut. Les marins employés au gouvernail ne daignèrent seulement pas le regarder. Trois baquets sur lames de fer arrivaient en courant, mais ils étaient au grand complet. Puis un petit bateau-traîneau tentant à l'excès passa en sifflant comme une flèche. Les jeunes gens n'eurent que le temps d'y jeter un regard anxieux. Déjà il disparaissait. Complétement découragés, ils résolurent de soutenir Jacob de leurs bras solides pour l'aider à gagner le prochain village.

A ce moment même, un bateau-traîneau de la plus chétive apparence, arrivait en vue. Peter le héla sans grand espoir de succès, ôta son chapeau et le fit tourner en l'air.

La voile s'abaissa, le bruit strident du tourniquet d'arrêt se fit entendre et une voix agréable qui partait du pont demanda :

« Qu'y a-t-il pour votre service ?

Pouvez-vous nous prendre à bord ? dit Peter se hâtant d'accourir avec ses compagnons, car le bateau stoppait à quelque distance en avant.

— Nous vous payerons bien le passage, cria Karl.

— Combien êtes-vous ?

— Six.

— Bien, bien, « dit le patron, » c'est le jour de Saint

Nicolas, montez ! Le jeune monsieur est malade ? ajouta-t-il en montrant Jacob d'un signe de tête.

— Oui, la fatigue... Il a patiné depuis Broek, répondit Peter. Allez-vous à Leyde ?

— Ce sera selon le vent. Il souffle du bon côté, maintenant. Grimpez vite ! »

Pauvre Jacob ! Si la future Mme Poot, que Jacob avait évoquée un peu plus haut, avait paru en ce moment, elle eut certes été la bienvenue. Tout ce que ses camarades purent faire en réunissant toutes leurs forces fut de le hisser enfin dans le bateau. Quand tous furent embarqués, le patron fumant sa pipe déploya la voile, souleva le tourniquet et s'assit au gouvernail, les bras croisés.

« Ho, hé, comme nous filons ! «s'écria Ben, » voilà ce qui s'appelle marcher ! — Vous sentez-vous mieux, Jacob ?

— Beaucoup mieux, merci, cousin.

— Vous serez tout à fait remis dans dix minutes, on se sent des ailes comme un oiseau, à marcher de ce train-là ! »

Jacob fit un signe de tête affirmatif en clignant des yeux.

« Ne vous endormez pas, Jacob, il fait trop froid. Vous geleriez bien vite d'un temps pareil.

— Je ne dors pas, répondit Jacob d'un gros air crâne. »

Deux minutes plus tard il ronflait.

Karl et Ludwig éclatèrent de rire.

« Il faut que nous l'éveillions, dit Ben, je vous affirme que c'est dangereux, Jacob ! J-a-c- !! »

Le capitaine Peter crut devoir s'interposer, car trois des jeunes gens aidaient Ben, tant le jeu leur plaisait.

« Laissez-le tranquille, camarades ; ne le secouez pas comme ça. On ne ronfle jamais de cette manière quand on gèle. Couvrez-le avec n'importe quoi. Tenez, voici un manteau. — Vous consentez ? » dit-il en s'adressant au patron de l'embarcation.

10

L'homme fit signe que oui.

« Là, fit Peter tendrement en enveloppant bien le dormeur, laissez le dormir, maintenant ; il sera vif comme un écureuil lorsqu'il se réveillera. — A combien sommes-nous de Leyde, patron ?

— Pas plus d'une couple de pipes, répondit une voix qui sortait de la fumée comme celle du Génie. Peufff ! Peufff ! Pas plus d'une et demie peut-être, Peufff ! Peufff ! Si le vent continue. Peufff ! Peufff !

— Que dit-il, Lambert ? demanda Ben, qui tenait ses mains emmitainées sur ses oreilles pour empêcher le vent de les couper en morceaux.

— Il dit que nous sommes à peu près à deux pipes de Leyde. La plupart des gens du canal mesurent les distances par le temps qu'il leur faut pour fumer une pipe.

Voilà un drôle d'usage, dit Ben.

— J'en sais de plus drôles en Angleterre, répliqua Lambert un peu piqué, sans aller plus loin que ce qui se passe aux installations de votre lord mayor, qui est obligé de compter les clous d'un cheval pour montrer *son savoir !*

— Une chose digne de remarque, dit Peter, c'est qu'en fait de singularités on n'est guère choqué que de celles des autres.

— Ne nous fâchons pas pour si peu, dit Ben à Peter. Vous avez cent fois raison, mais j'aurai raison à mon tour en vous disant que cette façon de naviguer en bateau sur la glace, et d'aller ainsi aussi vite que le vent, bien qu'elle ne puisse pas être en usage en Angleterre, me paraît non pas drôle, mais splendide. »

Le bateau ailé volait littéralement. Les jeunes gens et Ben surtout ressentaient, à peu près, les sensations de Simbad le marin, traversant les nues entre les serres d'un condor, ou celles de Bellerophon galopant à travers l'espace sur Pégase. Les objets qu'ils rencontraient passaient comme

l'éclair, en sens inverse, et ils avaient à peine eu le temps
de reprendre haleine que Leyde elle-même et ses toits
pointus accouraient à leur rencontre.

Maintenant que la cité était en vue, il devenait grand
temps d'éveiller le dormeur. Cette entreprise menée à bonne
fin, la prophétie de Peter s'accomplit. Maître Jacob était
tout à fait rétabli et gai comme un pinson.

Le patron fit une faible résistance lorsque Peter, avec
mille remercîments, essaya de glisser dans sa main
quelques pièces d'argent.

« Permettez, jeune maître, les affaires sont les affaires,
mais d'un autre côté un service ne doit être qu'un service.

— Je sais cela, répondit Peter, mais vos enfants ne seront pas fâchés d'avoir quelques bonbons ; achetez-leur en
au nom de saint Nicolas. »

L'homme sourit.

« Oui, oui, c'est vrai, je n'en manque pas de petits à
la maison : une charge de bateau tout entière ! Vous êtes
gentil tout de même d'avoir pensé à eux ! »

Cette fois la main du marin de glace alla sans façon
au-devant de celle de Peter, la paume au vent. Peter y
laissa tomber l'argent, non sans remercier en outre le
brave homme qui les avait tirés d'embarras.

La voile s'abattit, le tourniquet grinça, l'écrou fit voler
une averse de glace autour du bateau.

« Au revoir, patron ! crièrent les jeunes gens en saisissant leurs patins et sautant un à un par-dessus le pont,
merci mille fois !

— Au revoir ! Au revoir ! puis tout d'un coup se ré-
criant, ah ! mais non, pas si vite ! Attendez donc ! Attendez ! Et mon manteau ! »

Ben aidait en ce moment son cousin à descendre du
bateau.

« Qu'est-ce que le patron a donc à crier comme cela ?

demanda-t-il! Ah! Poot, vous partez sans lui rendre son
manteau.

— C'est ma foi vrai, dit Poot confus, tout en se débar-
rassant du grand manteau qui lui avait été d'un si bon
secours. Reportez-le-lui, Ben, vous êtes plus leste que moi,
et dites-lui grand merci de ma part.

— Il s'agit maintenant, mes amis, dit le capitaine Peter,
de trouver un hôtel. »

L'AUBERGE DU LION ROUGE

# CHAPITRE XI

MYNHEER KLEEF ET SES PROVISIONS DE BOUCHE.
LE LION ROUGE DEVIENT DANGEREUX

Nos jeunes gens découvrirent bientôt une auberge de modeste apparence, située dans Breedstraat. Un drôle de lion était peint au-dessus de la porte. C'était l'enseigne du Roode Leeuw ou Lion-Rouge, tenu par Huygens Kleef, gros Hollandais aux jambes plus courtes que la pipe.

Nos six écoliers étaient terriblement affamés à cette heure. Le goûter pris à Haarlem n'avait eu pour effet que de les mettre en appétit, et cet appétit ne s'était pas mal

aiguisé par l'exercice du patin et la course rapide à la
voile.

« Allons, notre hôte, donnez-nous, et tout de suite, ce
que vous pourrez, dit Peter assez pompeusement.

— Je vous donnerai tout ce que vous voudrez, répondit
Mynheer Kleef en exécutant un salut laborieux.

— Eh bien alors, servez-nous des saucisses et du
boudin.

— Hélas, mynheer, il n'y a plus de saucisses et le boudin a disparu !

— Du salmigondis, alors, et beaucoup, s'il vous plaît.

— Il n'y en a plus non plus, jeune maître.

— Alors servez-nous des œufs et dépêchez-vous.

— Les œufs d'hiver sont un pauvre manger, repartit
l'aubergiste en pinçant les lèvres et levant les yeux au
plafond.

— Pas d'œufs ? Eh bien, des sandwichs au caviar,
alors ? »

L'aubergiste souleva ses grosses mains.

« Du caviar, c'est de l'or en barre, ça ! Qui est-ce qui
a du caviar à vendre ? »

Peter en avait souvent mangé dans la maison paternelle ;
il savait que les sandwichs étaient beurrées d'un composé
d'œufs d'esturgeon, mais il n'avait pas l'idée de ce que
cela coûtait.

« Qu'avez-vous donc alors, mynheer ? demanda-t-il ?

— Ce que j'ai ? Mais de tout. J'ai du pain de seigle, de
la choucroute, de la salade de pommes de terre et les
harengs les plus gras de Leyde.

— Qu'en dites-vous, mes amis ? demanda Peter, cela
vous va-t-il ?

— Oui, oui, s'écrièrent les affamés, n'importe quoi,
pourvu qu'il se dépêche ! »

L'aubergiste s'éloigna et revint du pas d'un somnambule,

mais il ouvrit bientôt les yeux tout grands en voyant la
promptitude miraculeuse avec laquelle ses harengs dispa-
raissaient. Vinrent ou plutôt partirent ensuite la salade
de pommes de terre, de l'eau d'Utrecht parfumée de fleur
d'oranger et comme couronnement des tranches de pain
d'épice desséché. Cette dernière délicatesse n'était pas
portée sur la carte ; mais Mynheer Kleef, poussé dans ses
derniers retranchements, la tira solennellement de la ré-
serve affectée à sa propre personne et jeta un regard satisfait aux jeunes gens lorsque, se levant de table, ils déclarèrent qu'ils n'avaient plus faim.

« C'est bien heureux, se dit-il intérieurement, le garde-
manger est à sec. »

Puis se frottant doucement les mains, il demanda :

« Vos seigneuries auront-elles besoin de lits !

— De lits ? lui répondit Karl d'un ton moqueur, avons-
nous donc l'air d'avoir sommeil ?

— Je ne prétends pas cela, mon jeune maître, mais un
moment peut venir où vous ne serez pas fâchés de trouver
de bons lits, et j'ai besoin d'être prévenu pour les préparer et faire chauffer les draps. Personne ne couche dans
des draps humides au Lion-Rouge.

— Reviendrons-nous nous coucher ici, capitaine ? dit
Karl, se tournant vers Peter. »

L'hôtel ne payait pas de mine. Peter était habitué à des
logements confortables, mais il avait été entendu qu'on
ne ferait pas de folies.

« Pourquoi pas ? répliqua-t-il. Nous avons admirablement dîné ici, nous y dormirons de même.

— Eh bien, mynheer, vous pouvez tenir les chambres
prêtes pour neuf heures.

— J'ai une magnifique chambre à trois lits qui contiendra vos seigneuries, dit Mynheer d'un ton insi-
nuant.

— Cela suffit. »

Lorsqu'on fut dehors, Karl se mit à siffler.

« Qu'est-ce qui vous prend ? lui dit Ludwig.

— Rien. Seulement Mynheer du Lion-Rouge ne se doute pas de la manière dont cette chambre va danser ce soir. Allons-nous faire sauter les traversins et tout ce qu'elle contient, hein ?

— Je ne souffrirai aucun désordre, Karl, dit Peter. Nous ne sommes pas des milords pour nous permettre de rien détériorer soit ici, soit ailleurs. « Qui casse les verres les « paye. » Que personne ne l'oublie. Je vais être obligé de vous quitter un instant. Il faut que je me mette à la recherche de ce fameux docteur Boekman dont ce pauvre Hans attend la visite, avant de penser à dormir. S'il est à Leyde, je n'aurai pas de peine à le trouver, je l'espère, car il descend toujours au Grand-Aigle. Quant à vous, mes amis, je me demande pourquoi vous n'allez pas sagement vous mettre au lit tout de suite ? Vous trouvez qu'il est encore trop grand jour ? mais alors quels sont vos projets ? Si vous conduisiez Ben jusqu'au musée et à la Chambre des États ?

— C'est une bonne idée, dirent Ludwig et Lambert. »

Jacob Poot préféra accompagner Peter. Ben essaya en vain de lui persuader qu'il ferait mieux de rester à l'auberge et de se reposer. Il déclara qu'il ne s'était jamais senti si bien portant. Il désirait jeter un coup d'œil sur la ville qu'il ne connaissait pas du tout.

« Oh ! cela ne lui fera pas de mal, dit Lambert. Quelle bonne journée, et si remplie, hein, camarades ? Je ne puis pas croire que nous n'ayons quitté Broek que ce matin.

— Je me suis bien amusé aussi, dit Poot en dissimulant mal un bâillement, mais il me semble que nous sommes en route depuis huit jours. »

Karl se mit à rire et marmotta quelque chose entre ses

dents : « Il a dormi toute la journée, » fut tout ce qu'on put entendre.

« Nous nous séparons ici, camarades, dit Peter. Le rendez-vous général est pour ce soir, à huit heures, au Lion-Rouge.

— Pourvu que je rencontre le docteur, se disait-il? Je serais si heureux de pouvoir hâter le moment où il se trouvera en présence du père de Hans. »

Et il pria Poot d'allonger un peu le pas, s'il le pouvait.

Le soir venu, les jeunes gens se réjouirent de voir qu'un beau feu flambant les attendait à leur retour à l'auberge. Karl et sa société étaient arrivés les premiers ; Peter et Jacob les suivirent de près. Peter était extrêmement contrarié ; il n'avait pu mettre la main sur le docteur Boekman, et cependant on lui avait affirmé, dans les maisons où il avait espéré le rencontrer, qu'on l'avait vu à Haarlem dans la matinée.

« C'est impossible, lui avait dit l'hôtelier du Grand-Aigle, auquel il avait fini par s'adresser, le docteur loge toujours ici lorsqu'il est dans la ville. Si on l'avait seulement aperçu traversant une rue, il y aurait en ce moment foule à ma porte pour le consulter. Les hommes sont si bêtes !

— Mais on dit que c'est un grand chirurgien, lui dit Peter.

— Oui, le plus grand de la Hollande, mais qu'est-ce que cela prouve ? Et le beau mérite ? Mais quel butor ! Ce n'est pas un chrétien, c'est un ours. Pas plus tard que la semaine dernière il m'a traité d'animal, ici même, devant toutes mes pratiques !

— Bah ! s'écria Peter, essayant de paraître surpris et indigné.

— Oui, maître, un animal ! répéta l'aubergiste en tirant rapidement d'un air offensé des bouffées de sa pipe. Ah !

s'il ne payait pas un si bon prix et s'il ne m'amenait pas autant de pratiques, j'aimerais mieux le voir au fond du Vleit que de lui donner un logement. »

Mynheer s'aperçut sans doute qu'il s'exprimait trop ouvertement devant un étranger, ou peut-être vit-il un sourire errer sur les lèvres de Peter, car il ajouta aigrement :

« Allons, allons, qu'est-ce qu'il vous faut encore? A souper? Des lits? il y a de tout cela pour tout le monde à l'hôtel de l'Aigle, Dieu merci.

— Je n'en doute pas, répondit Peter, mais pour le moment, je cherche seulement le docteur Boekman.

— Cherchez-le dans la lune; il n'est pas à Leyde. »

Il n'était pas si facile que cela de désarçonner Peter. Ayant supporté sans s'émouvoir une bordée de paroles brutales, il finit par *obtenir* la permission de laisser avant tout à l'hôtel de l'Aigle un mot pour le célèbre chirurgien, ou plutôt il *acheta* à l'aimable hôtelier le privilége d'écrire ce mot, séance tenante, et la promesse qu'il serait remis au docteur Boekman aussitôt son arrivée à Leyde. Faute de pouvoir faire mieux, Peter et Poot quittèrent l'hôtel de l'Aigle et retournèrent en maugréant à l'auberge du Lion-Rouge.

Le salon public du rez-de-chaussée du Lion-Rouge faisait la joie et l'orgueil de l'aubergiste. Il ne disait jamais de cette pièce : « Raccommodez-la et peignez-la ! » Car, selon lui, tout y offrait l'image de la splendeur et de la propreté hollandaises. La vérité est que tout ce qu'on y pouvait distinguer à travers un nuage de fumée, était aussi propre que le savon et le sable peuvent le faire. Je ne parle pas des voyageurs : pour le moment, le nombre en est réduit à deux individus à l'air endormi, en sabots et misérablement vêtus, assis près du feu flambant; ils fument sans mot dire leur courte pipe épaisse. Mynheer Kleef, chaussé de souliers de feutre, revêtu de culottes

courtes de cuir et d'une ample jaquette verte, se promène
de long en large sur les carreaux de la salle. Enfin figurez-
vous un tas de patins amoncelés dans un coin et six jeunes
gens bien mis, mais fatigués et couchés plutôt qu'assis
dans des attitudes ultra familières sur les chaises de bois,
et vous verrez le « salon » du Lion-Rouge tel qu'il était
à neuf heures, en cette soirée du 6 décembre 18... Pour
souper, encore du pain d'épice, des tranches de saucisson hollandais, du pain de seigle aromatisé de grains
d'anis, des cornichons, une bouteille d'eau d'Utrecht
et un pot de café très-mystérieux. Les jeunes gens
étaient assez affamés pour accepter tout ce qu'on voulut leur offrir et pour le trouver excellent. Ben seul faisait la grimace, mais Poot qui avait gagné un appétit de
dogue à la poursuite du docteur, déclara qu'il n'avait
jamais fait un meilleur repas. Au dessert, l'idée leur
vint de compter leur argent pour savoir où ils en étaient.
Cette précaution prise, le capitaine, précédé d'un petit
domestique, portant les patins et le chandelier en guise
de hallebarde, et suivi de toute la compagnie, se retira
dans la fameuse grande chambre qu'on leur avait annoncée.

L'un des hommes de mauvaise mine assis auprès du
feu se trouvait près du dressoir et demandait un pot de
bière au moment où Ludwig, quittait la salle.

« Je n'aime pas le regard de cet homme, dit-il tout bas
à Karl.

— Bah ! il a l'air d'un vieil ivrogne, répondit Karl d'un
air de dédain et à moitié endormi. »

Ludwig rit mais sans entrain.

« Ivrogne ou non, ajouta-t-il à voix basse, il ne me
revient pas.

— Retournez-vous, lui dit Karl, et regardez si l'autre
individu qui dort au coin du feu, là-bas, n'est pas tout
pareil au premier.

— Non, vraiment, son visage est honnête, à celui-là, et son sommeil est celui du juste. »

Tout en parlant ainsi, les jeunes gens étaient arrivés à la « magnifique chambre à trois lits ». Une petite bonne courte et grosse les attendait à la porte ; elle leur fit une révérence et passa. Elle portait à la main une machine au long manche qui ressemblait à une poêle à frire.

« Cette vue me réjouit, dit Lambert à Ben.

— Pourquoi ?

— Mais c'est la bassinoire. Elle est encore pleine de cendres rouges ; nos lits seront chauds.

— Quels sybarites que ces Hollandais ! dit Ben. Voilà un luxe dont je me suis passé toute ma vie. »

Pendant ce temps Ludwig tâchait d'expliquer à Peter le sujet d'un tableau dont il avait fait la rencontre dans les rues de Leyde et qui avait fait sur lui beaucoup d'impression. Il l'avait vu à la montre d'un marchand d'estampes pendant leur promenade. C'était une gravure des plus médiocres qui représentait deux pirates à figure patibulaire, attachés dos à dos sur le pont d'un navire, et coupables sans doute de quelque crime atroce, car des marins se préparaient à les jeter à la mer. L'aspect de ces misérables était, disait-il, « si cruel et si venimeux, » qu'il avouait avoir éprouvé une espèce de satisfaction à l'idée qu'on allait les exécuter. Il aurait probablement oublié cette scène, si la figure de l'homme d'en bas ne lui avait précisément rappelé celle de l'un des condamnés. Aussi, bien qu'il eût tout d'abord dansé dans la chambre, comme un écolier en vacances, et qu'il eût sauté d'un seul bond sur son lit, il se surprit à prier intérieurement pour que le souvenir des personnages de ce tableau ne hantât pas ses rêves...

La chambre était triste et froide. Le feu venait seulement d'être allumé dans le poêle brillant et semblait gre-

lotter, tout en essayant de brûler. Les fenêtres avec leurs
drôles de petits carreaux étaient nues et reluisantes, et le
plancher ciré ressemblait à une grande feuille de papier
verni jaune. Trois chaises de paille se tenant toutes raides contre le mur alternaient avec trois lits de bois qui
donnaient à la chambre un air d'ambulance. Dans tout
autre moment, nos jeunes gens auraient trouvé impossible
de dormir par couples et dans des lits aussi étroits, mais
las comme ils l'étaient, cela ne souleva chez aucun d'eux
la moindre objection.

Ludwig, comme nous l'avons vu, n'avait pas entière-
ment perdu son élasticité; mais les autres, après quelques
essais assez faibles pour s'envoyer les traversins à la tête,
s'étaient arrangés pour dormir avec la plus grande gravité.
Il n'y a rien de tel que la fatigue pour donner aux écoliers
l'air raisonnable.

« Bonsoir, camarades! s'écria Peter de dessous les couvertures.

— Bonsoir, répliquèrent-ils tous, à l'exception de Jacob
Poot. Il ronflait déjà, étendu auprès du capitaine.

— Dites donc, vous autres, cria Karl, au bout d'un
instant, n'éternuez donc pas tant! Voilà Ludwig qui se
meurt de peur au moindre bruit.

— Ceci n'est pas vrai, dit Ludwig d'une voix étouffée. »
Suivit alors une petite discussion qui se termina par ces
mots de Karl :

« Quant à moi, je ne connais pas la signification du mot
peur. Vous êtes vraiment trop facile à inquiéter, Ludwig. »

Ludwig, à moitié endormi, eut la sagesse de ne pas répondre.

Il pouvait être minuit. Le feu s'était éteint et le plancher
du dortoir ne s'éclairait plus que par la lumière vacillante
de la lune qui semblait, à mesure qu'elle montait dans le
ciel, vouloir visiter successivement chaque recoin de l'ap-

partement. Ce n'était pas là tout ce qui remuait par terre, mais nos jeunes gens ne s'en apercevaient pas. Jacob Poot avait, petit à petit, accaparé presque toute la couverture. Il s'ensuivait que le capitaine Peter à moitié gelé rêvait qu'il était en train de patiner sur la mer de glace.

J'ai dit que la lumière de la lune n'était pas seule à se mouvoir sur le parquet nu et poli : quelque chose en effet s'avançait, sinon aussi lentement, du moins sans faire plus de bruit que ses blancs rayons.

C'est le cas de te réveiller, Ludwig ! Le pirate de ton tableau devient une réalité....

Mais Ludwig dort toujours. Cependant son sommeil est agité.

Karl n'entend-il rien non plus ? Karl, le brave, le sans peur, sinon sans reproches.

Non. Karl rêve qu'il est vainqueur à la course prochaine. Et Poot ? Et Van Mounen ? Et Ben ? Eux non plus ne s'éveilleront donc jamais. Est-ce qu'aucun pressentiment ne pèse sur leur sommeil ? Hélas ! non. Ils sont tous à la course. Katrinka passe en chantant à travers leurs songes, puis disparait en riant. De temps en temps une grande vague d'harmonie, souvenir de l'orgue merveilleux de Haarlem, amène sur leur visage un sourire de béatitude.

L'objet cependant continue à s'avancer lentement, lentement.

« Peter ! capitaine Peter, le danger s'approche ! »

Peter n'entendit pas cette voix de son ange gardien qui l'avertissait ; mais il rêva qu'il dégringolait d'un pic glacé, et ceci l'éveilla.

Qu'il avait froid ! Il tâcha de rentrer en possession de sa part légitime de couverture. Effort inutile ! Draps, couvertures, couvre-pieds étaient solidement enroulés autour de l'inamovible Jacob. Peter regarda machinalement vers la fenêtre.

« Beau clair de lune, pensa-t-il ; nous aurons beau temps demain. Mais.... qu'est-ce que c'est que ça ? »

Il aperçut l'objet mouvant, ou plutôt une chose toute noire, car cela s'était arrêté quand Peter avait remué.

Il guetta en silence.

L'objet recommença à se mouvoir et approcha de plus en plus. Rendu plus attentif, il acquit la certitude qu'un homme, oui, un homme, et non pas un animal, comme il s'efforçait de le croire, rampait comme une chenille sur le parquet silencieux.

Le premier mouvement du capitaine fut de jeter l'alarme, mais il se retint. Il voulait réfléchir un instant.

Dans la main de l'homme, il voyait briller quelque chose. C'était la lame d'un couteau. Ce n'était pas rassurant ! Mais Peter était doué d'une dose de sang-froid peu commune pour son âge.

Quand la tête de l'homme se relevait, Peter avait soin de fermer les yeux ; il comprenait qu'il fallait qu'il eût l'air de dormir profondément. Mais sitôt qu'elle se baissait, rien n'était plus perçant que le regard que jetait le capitaine sur les mouvements du malfaiteur.

L'ombre s'approchait de plus en plus ; déjà elle était à portée du lit de Peter. Là, Peter remarqua un temps d'arrêt ; la main qui tenait le couteau le posa avec des précautions infinies sur le plancher ; un bras prudent se souleva ensuite pour atteindre les effets du capitaine, posés sur une chaise, au pied du lit. Le crime allait s'effectuer.

Maintenant au tour de Peter ! Son plan était fait.

Retenant son souffle, il se redressa tout à coup, et comme un jeune tigre il sauta d'un bond sur le dos du voleur, et s'emparant en même temps du couteau :

« Si vous bougez, dit le brave garçon d'une voix qu'il fit aussi formidable qu'il le put, si vous remuez seulement un doigt, je vous plonge dans le cou ce couteau dont vous sentez la pointe! »

S'adressant alors à ses camarades, il leur cria de toutes ses forces :

« Éveillez-vous! A moi! A moi, Ben, Lambert, Ludwig, Carl; allons, Poot; debout! »

Et en même temps, de tout son poids, de toutes ses forces, centuplées par le danger, il écrasait la tête noire du misérable sur le parquet, et avait soin de lui faire sentir la lame froide de son couteau.

Le bandit avait fait un effort pour se dégager, mais la lame implacable, pénétrant soudain dans ses chairs vives, l'avait réduit à l'immobilité. Peter se sentait la force d'un géant. Poot se retourna, mais il ne donna pas autrement signe de vie.

« Debout! debout! camarades! continuait à crier Peter sans changer de position. Par le Christ! êtes-vous donc morts? »

Morts! Non pas! Lambert et Ben furent sur pieds en un instant.

« Holà! Hé! Qu'y a-t-il?

— Je tiens un bandit, répondit Peter froidement, qui voulait nous voler, et au besoin nous assassiner. Allons, camarades, prenez la corde du fond sanglé de votre lit. Ne précipitez rien. C'est un homme mort s'il bouge. »

Une fois ses amis éveillés, Peter, armé de son couteau, se rendait compte que le danger n'était plus que pour le misérable dont la vie était à sa merci. L'homme hurlait et jurait, mais il n'osait pas bouger.

Ludwig était aussi debout. Il avait dans la poche de son pantalon un grand eustache, l'orgueil de son cœur. C'était le moment de s'en servir. En un clin d'œil, les cordes qui garnissaient le fond sanglé du lit avaient été arrachées.

Comme de braves garçons qu'ils étaient, ses amis et lui en tenaient enfin un bon long bout bien solide.

« Maintenant, garçons, dit le capitaine d'un ton de commandement, relevez les bras de ce sacripant ! Croisez-les-lui sur le dos ! C'est parfait ! Excusez-moi si je vous gêne, mais ma position est bonne ; je tiens à la garder.

— Attachons-lui les pieds aussi, » dit Ben.

Les jeunes gens très-excités, serrant nœuds après nœuds, eurent bientôt fait de mettre leur agresseur hors d'état de faire l'ombre de résistance.

Le prisonnier avait changé de ton : aux imprécations avaient succédé les gémissements et les prières.

« Épargnez un pauvre homme. Je suis somnambule, messieurs !

— Oui, oui, grommela Lambert qui continuait à perfectionner ses nœuds, vous dormiez ; c'est bon. Eh bien, nous allons vous réveiller ! »

Le voleur jura terriblement. Puis, se reprenant, d'une voix piteuse :

« Détachez-moi, bons jeunes gens ! J'ai cinq petits enfants à la maison. Par saint Bavon, je jure de donner une pièce de dix guilders à chacun de vous si vous voulez me laisser libre.

— Vous les offrirez à la justice, » dit Peter en éclatant.

Vinrent alors de la part du bandit d'effroyables invectives.

« Vous ferez bien de vous taire, mynheer le voleur, lui dit Lambert d'une voix ferme. Le couteau du capitaine est bien près de votre gorge ; si vous excitez ses nerfs, qu'il a très-sensibles, on ne sait pas à quelles extrémités il pourrait se porter. »

Le voleur se le tint pour dit, et garda un silence sombre.

En ce moment, Poot se mit sur son séant.

« Qu'est-ce qu'il y a ? demanda-t-il sans ouvrir les yeux.

11

— Ce qu'il y a, dit Ludwig moitié tremblant, moitié riant, il y a de l'ouvrage, même pour vous, mon cher Poot. Levez-vous tout à fait et allez vous asseoir sur le dos de cet homme-là, cela le calera mieux que tout, et nous donnera le temps de passer nos habits. Nous sommes moitié morts de froid.

- Quel homme? » s'écria Poot.

Mais déjà il avait tout compris, et toujours enveloppé dans ses couvertures il était descendu majestueusement de son lit et s'était avec gravité assis sur les reins du voleur.

« Maintenant, mes amis, dit-il, le voilà calé. Habillez-vous. »

Ce ne fut qu'un cri : « Vive Poot! » Et à vrai dire il était magnifique.

Entre temps, Ben avait allumé une bougie.

Peter, qui pensait à tout, eut alors l'idée de fouiller le voleur. La précaution était bonne; il retira de sa poche un pistolet chargé.

« Mon brave Poot, dit-il à son ami, je vous relève de votre faction, ce joujou la rend inutile. Habillez-vous à votre tour. »

Puis s'adressant au prisonnier :

« Grâce à ces armes, dont vous avez bien voulu nous munir, vous savez ce qui vous attend si vous voulez faire le méchant. Ben, je vous confie ce pistolet. Ne perdez pas notre homme de vue pendant que Lambert et moi nous irons chercher la police.

— Une histoire de voleur! dit Ben en s'armant du pistolet; et une vraie! rien ne manque à mon bonheur.

— Mais où donc est Karl? demanda un des jeunes gens.

— Au fait, dit Peter, où peut-il bien être passé? Il ne paraît pas qu'il ait tenu à jouer son rôle dans ce petit drame.

« — Peut-être s'est-il battu avec le voleur, dit Ludwig ; Est-ce que le brigand l'aurait tué ?

— Soyez tranquille, Ludwig, répondit Peter en boutonnant son lourd par-dessus ; regardez un peu sous les lits. »

Karl n'y était pas.

On entendit en ce moment un grand remue-ménage dans l'escalier. Ben courut ouvrir la porte. L'hôtelier roula dans la chambre. Il était armé d'une lourde arquebuse. Deux ou trois voyageurs le suivaient, puis sa fille, tenant d'une main une grande poêle à frire et une chandelle de l'autre. Derrière elle, pâle comme un spectre, s'avançait le vaillant Karl.

« Voici votre homme, mon hôte, » dit Peter en montrant le prisonnier d'un signe de tête.

Mon hôte souleva son arquebuse. La fille, à sa vue, jeta un cri.

« Ne tirez pas, cria Peter, il est bien ficelé. Retournons-le et voyons sa figure. »

Karl s'avança alors vivement.

« Oui, dit-il d'un ton menaçant, nous allons le retourner, mais d'une manière qui lui plaira peu. C'est bien heureux que nous l'ayons attrapé !

— Tiens ! tiens ! dit Ludwig d'un air naïf, vous voici, Karl. Où étiez-vous donc ?

— Où j'étais ? répliqua aigrement Karl ; j'étais allé donner l'alarme, bien sûr. »

Les jeunes gens échangèrent des coups d'œil moqueurs ; mais ils étaient trop joyeux pour donner à Karl la leçon qu'il avait méritée. Il est certain que Karl était assez hardi pour le moment. Aidé de trois des autres, il retourna le voleur.

Ludwig prit le chandelier des mains de la domestique, et vint examiner le visage du misérable, couché maintenant sur le dos, et vomissant des imprécations.

« Il faut que je regarde de près cet Adonis, » dit-il en s'approchant.

Il n'avait pas fini ces mots qu'il se recula d'un mouvement si violent, que la chandelle manqua de tomber.

« L'homme du tableau et l'homme d'en bas ! s'écria-t-il. C'est l'homme même qui était d'abord assis près du feu ! Est-ce que les pressentiments....

— Mes amis, dit Peter, nous avons failli être punis par où nous avons péché. Nous avions eu la sottise de compter notre argent devant cet homme. Il a voulu profiter du renseignement que nous avions été assez bêtes pour lui fournir. Nous ne sommes donc pas sans reproches dans ce qui vient de nous arriver, nous avons tenté sa cupidité. »

La fille de l'aubergiste avait quitté la chambre. Elle rentra bientôt, tenant à la main une énorme paire de sabots.

« Voyez, père, dit-elle; voici ses gros vilains bateaux. C'est l'homme que nous avons logé dans la chambre à côté, après que les jeunes maîtres furent montés se coucher. Nous avons été bien imprudents, nous, de placer les pauvres jeunes gens si haut et si loin dans la maison, à un étage où, en cas d'accident, on ne pouvait ni les voir ni les entendre, ces pauvres messieurs.

— Le misérable ! s'écria l'hôte, feignant, pour n'avoir pas à y répondre, de n'avoir rien compris à ce que sa fille venait de dire ; il a déshonoré ma maison. Je cours chercher la police. »

En moins d'un quart d'heure les agents firent leur entrée dans la chambre. Après avoir enjoint à Mynheer Kleef d'avoir à comparaître de bonne heure, le lendemain, avec les jeunes messieurs, ils emmenèrent leur prisonnier.

On pourrait penser que le capitaine et sa compagnie avaient assez dormi pour cette nuit-là, mais les amarres qui doivent empêcher la jeunesse de descendre la rivière

des songes, n'ont pas encore été fabriquées en Hollande.
Nos jeunes amis se remirent au lit, et furent bientôt emportés de nouveau dans le pays des rêves. Ludwig et Karl
avaient leur lit par terre. Le premier dormit bientôt sur
les deux oreilles. Pour ce qui est de Karl, une pensée
cruelle pour son amour-propre le tint éveillé jusqu'au
jour.

« Quel rôle d'imbécile j'ai joué », se disait-il et se redi-
sait-il en se retournant sur son matelas.

FAISANT DANSER SES BOUCLES D'OREILLES
SOUS LE NEZ DE KARL

# CHAPITRE XII

DEVANT LES MAGISTRATS — LE PALAIS ET LE BOIS DE LA
HAYE — UNE RÉCEPTION FRATERNELLE

Vous pouvez penser que la fille de l'hôtel était debout
avec l'aurore le lendemain matin, et qu'elle se remuait
pour préparer un bon repas aux jeunes maîtres ? Mynheer
possédait un gong chinois qui faisait à lui seul plus de
bruit que douze cloches de château. Son affreux « boute-
selle », résonnant par toute la maison, galvanisait les plus
endormis. Mais la jeune fille ne souffrit pas qu'on le fît
sonner ce matin-là.

« Laissez dormir les braves jeunes messieurs, dit-elle au marmiton; ils auront quelque chose de chaud à manger quand ils se réveilleront. »

Il était dix heures lorsque le capitaine et sa compagnie descendirent à la débandade, les uns après les autres.

« Il est bientôt temps, dit l'hôte ironiquement ; voilà une jolie heure pour se présenter devant les magistrats. Tout cela est pour faire honneur à une auberge respectable. »

Mais reprenant son ton sérieux :

« Vous témoignerez sincèrement, n'est-ce pas, jeunes maîtres? Vous direz que vous avez trouvé au *Lion-Rouge* une nourriture excellente et un logement confortable.

— Certainement, répondit Karl, qui avait retrouvé tout son aplomb, nous dirons aussi que nous y avons rencontré des gens d'excellente compagnie, quoiqu'ils rendent leurs visites un peu tard. »

Mynheer le regarda fixement et se contenta de répondre par un « hum! » Mais la fille fut moins patiente. Faisant danser ses boucles d'oreilles sous le nez de Karl, elle lui dit aigrement :

« Ces visites ne vous ont pas été trop agréables, jeune maître, si l'on en juge par la façon dont vous vous êtes sauvé.

— L'insolente ! » répondit Karl les dents serrées, pendant que le jeune marmiton, qui écoutait derrière la porte, se tordait de rire.

Après déjeuner, les jeunes gens accompagnés de Mynheer Kleef et de sa fille, se rendirent devant les magistrats. La déposition de Mynheer roula principalement sur ce fait qu'on n'avait jamais entendu parler de voleurs au *Lion-Rouge* avant cette nuit fatale, et que, de plus, l'auberge du *Lion-Rouge* était une auberge respectable, aussi respectable qu'aucune maison de Leyde. Les jeunes gens témoignèrent chacun à leur tour, disant ce qu'ils savaient de l'affaire,

et déclarant que leur voleur n'était autre que le voyageur
qu'ils avaient vu se chauffer au feu de la salle du *Lion-
Rouge*.

Ludwig fut un peu surpris de découvrir qu'il n'était
que de taille ordinaire, surtout après l'avoir dépeint aux
magistrats comme un géant aux larges épaules carrées
et aux jambes d'une longueur extraordinaire. Poot déclara
qu'il ne s'était réveillé qu'au bruit que faisait le voleur en
se débattant sous l'étreinte de Peter; et les autres ajoutè-
rent qu'il était juste de dire que le pauvre diable n'avait
pas remué un muscle, dès l'instant qu'il s'était vu menacé
de la pointe du couteau. La fille de l'hôte fit rougir Peter
et sourire les juges en déclarant que « sans le joli garçon
là-bas — elle désignait du doigt Peter — tous les jeunes
maîtres auraient pu être assassinés dans leur lit, car cet
homme affreux avait un grand couteau à lame brillante et
longue comme le bras. Elle devait dire aussi que le « beau
garçon » avait eu fort à faire pour le contenir, mais
qu'il était trop modeste pour en convenir.

Finalement, après avoir été interrogés et réinterrogés
par l'accusateur public, les témoins furent congédiés et le
prisonnier renvoyé devant une cour criminelle.

« Le misérable! s'écria Karl brutalement lorsqu'ils furent dans la rue, à votre place, Peter, je l'aurais tué séance
tenante.

— Il est heureux pour lui alors, répondit Peter tranquillement, qu'il soit tombé en des mains plus clémentes. Il
paraît qu'il a déjà été arrêté une fois sous la prévention de
vol avec effraction. Il n'a pas réussi à voler, cette fois,
mais il a crocheté la serrure, et aux yeux de la loi je crois
que cela revient au même. De plus, il était armé, et cela
rend l'affaire encore plus fâcheuse pour lui.

— Le pauvre homme! dit Karl d'un ton de pitié affectée, on dirait que c'est votre frère.

— C'*est* mon frère et le vôtre aussi, Karl Schummel, répondit Peter en le regardant dans les yeux; qui peut dire ce que nous serions devenus si nous avions été pauvres et mal élevés. On nous a capitonnés contre le vice depuis le jour de notre naissance. Un heureux intérieur et de bons parents auraient peut-être fait de cet homme un tout autre individu. Dieu veuille que la loi puisse l'amender sans l'écraser !

— Amen de tout mon cœur, dirent Ben, Lambert, Poot et Ludwig. C'est bien parlé, Peter, après avoir bravement agi.

— Hum ! dit Karl, il est sans doute très-beau de pardonner chrétiennement, même à des engeances pareilles. Mais je suis naturellement dur. Toutes ces belles idées rebondissent sur moi comme la grêle. Cela ne regarde personne, d'ailleurs, si je suis fait ainsi.

— Vous êtes moins dur qu'il vous plaît de le croire, dit le bon Poot. La vie vous apprendra qu'on a assez de défauts naturels, sans faire parade de ceux qu'on n'a pas. Où vous vous trompez, Karl, c'est quand vous prenez l'aigreur pour la force, et l'entêtement pour le caractère. Si on prenait au sérieux les apparences que vous vous donnez, vous n'auriez pas un camarade, Karl, et vous voyez que vous en avez encore quelques-uns. »

Karl démonté ne répondit pas.

« Mes amis, dit Peter, j'ai à courir ici surtout après le docteur Boekman, et cette fois je suis résolu à ne pas en avoir le démenti. Pendant que je poursuivrai ma recherche, vous promènerez Ben dans Leyde. Vous verrez, une ville curieuse, Ben. C'est la ville classique de la philosophie et de l'érudition. On n'a guère à reprocher à son université que d'être un peu trop routinière : c'est elle qui a condamné la philosophie de Descartes comme coupable d'innovation contre celle d'Aristote. Leyde est la pa-

trie des Elzévir, rivaux des Estienne et des Manuce.
Leurs livres admirables....

— Imprimés sur caractères et sur papier français, dit
Ben. *Suum cuique*.

— Ce Ben sait donc tout, dit Peter. Il connaît théori-
quement notre pays mieux que nous-mêmes. Savez-vous,
Ben, que vous faites honneur à vos maîtres anglais? »

Ben s'inclina modestement et Peter reprit :

« Leyde a soutenu le plus rude des siéges après Haarlem,
et c'était contre les Espagnols.

— Il est un Espagnol célèbre, dit Ben, qui a manqué
à tous ses devoirs, car il n'est pas probable qu'il se soit
trouvé à ce siége. Quelle occasion pourtant pour Don Qui-
chotte s'il avait pu se rencontrer tout à coup face à face
avec toute cette armée de moulins à vent, qui fait de
Leyde la ville la plus éventée du monde.

— Il ne manquerait plus à ce Ben que de savoir le
compte des moulins de Leyde.

— Il le sait, Lambert, répartit Ben aussitôt : quatre-
vingt-dix-huit!! Mais il ne les a pas comptés. Croyez-vous
donc, Lambert, qu'un Anglais vienne dans un pays aussi
curieux que le vôtre, sans avoir fait sa provision de savoir
dans les guides du voyageur en Hollande? C'est dans un
de ces moulins à vent qu'est né Rembrandt; Gérard Dow,
Metzu, Miéris ont Leyde pour patrie; Boerhaave, Jean de
Leyde....

— Assez! assez! s'écrièrent-ils tous et tout d'une voix.
Quelle mémoire!

— D'accord, dit Ben, mais, puisque Peter est obligé de
nous quitter et que je suis à Leyde, il me semble que l'occasion est bonne de le connaître autrement que par les
livres; et vous seriez bien aimables si vous vouliez m'y
aider.

— Nous sommes très-aimables, s'écrièrent tous les

jeunes gens. Suivez-nous, Ben ; avec un garçon de votre sorte ce ne sera pas du moins peine perdue. »

Après avoir consciencieusement visité Leyde et ses monuments, qu'il serait trop long de décrire, une discussion s'éleva.

Le moulin de Leydendorf, le moulin de Rembrandt, était à un mille de la ville. Ben tenait pour l'aller visiter. Mais l'hôtel, où un bon déjeuner les attendait et où Peter devait les retrouver, n'était pas à un mille, il était à deux pas ; et, en vertu du proverbe : « Ventre affamé n'a pas d'oreilles, » l'avis de la majorité fut que Ben se passerait de voir le moulin de Rembrandt, peu intéressant en lui-même, mais qu'en revanche tout le monde serait à table en moins de cinq minutes.

On entra dans l'hôtel. Quel festin ! Peter seul n'y fit pas bonne figure. Le docteur Boekman était partout où on ne le désirait pas ; il l'avait demandé dans dix lieux différents et de l'ensemble des renseignements qu'il avait reçus, il résultait que sans doute l'insaisissable docteur avait quitté Leyde dans la matinée.

Peter était désolé de ne pas rapporter à Hans la réponse qu'il désirait tant.

La compagnie du capitaine avait si bien fonctionné, qu'elle décida qu'après un si bon déjeuner, elle n'avait plus rien à faire à Leyde. Chacun chaussa ses patins. Nos amis étaient à treize mille de La Haye, un peu plus fatigués que la veille, lorsqu'ils avaient quitté Broek ; cependant l'entrain ne manquait à personne. Ils se remirent en route.

Les jeunes gens, tout en patinant joyeusement, accomplissaient à l'envi le tour de force surprenant de tirer à tout moment du pain d'épice de leur poche et de le faire disparaître instantanément. Cette consommation de pain d'épice émerveillait Ben.

On avait couru douze milles. Encore quelques coups de patin et l'on serait à La Haye. Lambert proposa alors de varier le chemin en pénétrant dans la ville par le bois.

« Ce sera superbe ! » s'écrièrent-ils tous.

Les patins furent enlevés en un clin d'œil.

Le Bosch est un grand parc ou bois de deux milles de long, célèbre par la grosseur et l'élévation de ses magnifiques chênes. C'est au centre que se trouve la jolie habitation des bois Huis in't Bosch, qui sert quelquefois de résidence à la Cour.

Le bâtiment, quoique d'extérieur fort simple, pour un palais, est très-bien décoré à l'intérieur et renferme de belles peintures de Jordaens et de Van Dyck. On regarde depuis des années le bois qui l'entoure comme un bois sacré. On ne permet pas aux enfants d'y couper une baguette, et le bruit de la hache n'y a jamais retenti. La guerre et l'émeute elles-mêmes l'ont respecté.

Même en cette soirée d'hiver, le Bois de la Haye était splendide. Le soleil couchant n'avait jamais paru si beau à Peter que ce soir-là. La Haye elle-même ne lui avait jamais semblé si engageante, car la maison de sa sœur était tout proche, et le luxe et le confort l'y attendaient.

« Enfin, camarades, s'écria-t-il plein de joie, nous pouvons pour cette fois espérer nous reposer dans une vraie demeure ; nous y trouverons de bons lits, des chambres bien chaudes, des aliments dignes d'être mangés, et pas de carte à payer. Je n'avais jamais jusqu'ici apprécié tous ces bonheurs à leur juste valeur. Notre chambre du *Lion-Rouge* aura eu pour effet de nous faire sentir plus vivement le confortable de la maison paternelle.

Les jeunes gens reçurent de la sœur de Peter l'accueil le plus cordial. Après s'être entretenus quelque temps avec leur aimable et spirituelle hôtesse, ils furent conviés à un magnifique festin. Les voyageurs furent ravis de voir les aliments servis dans des plats d'argent et de boire dans des verres que la reine Titania elle-même n'aurait pas dédaignés.

La sœur de Peter apprit bientôt avec force détails les aventures arrivées aux jeunes gens. Rien ne fut oublié. Ce que l'un omettait, l'autre sans façon le relevait. Une telle odyssée n'avait pas trop de cinq ou six narrateurs. Quand ils eurent tout dit :

« Il vous reste, Peter, dit la sœur, à écrire tout de suite à nos parents de Broek pour leur apprendre qu'à vos aventures vous avez à ajouter, en forme d'épilogue, une conclusion sur laquelle ni vous ni eux n'aviez pu compter. Il faut leur dire en un mot que vous venez à l'instant d'être « tous faits prisonniers. »

Les jeunes gens eurent l'air fort intrigués. Mais Peter, qui avait compris, répondit en riant qu'il n'écrirait rien de semblable, attendu qu'ils étaient obligés de repartir au point du jour.

Mais la sœur en avait déjà décidé autrement, et il n'est pas si facile qu'on le pense de faire changer d'avis à une Hollandaise. Elle fit briller aux yeux des écoliers des tentations si fortes, elle se montra si gaie et si brillante, elle leur dit d'une voix si séduisante tant de choses irréfutables, qu'ils furent enchantés de subir une si douce violence. Il fut donc convenu qu'ils resteraient à La Haye au moins deux jours.

Ils parlèrent à leur gracieuse hôtesse de la prochaine course aux patins, la suppliant d'y venir assister. Madame van Gend se laissa entraîner à son tour :

« Je serai donc témoin de votre triomphe, Peter, dit-elle, car vous êtes le patineur le plus habile que j'aie jamais connu. »

Peter rougit et toussa légèrement. Mais c'était dit et il n'y avait plus à s'en dédire. Karl se chargea de répondre :

« Peter est un beau coureur, dit-il, mais il aura affaire
à forte partie. Tous les jeunes gens de Broek patinent à
merveille. Il n'est pas jusqu'aux va-nu-pieds qui ne s'en
mêlent. »

Ces dernières paroles étaient mentalement à l'adresse
du pauvre Hans.

« La course n'en sera que plus intéressante, dit la dame.
Certes, je voudrais que chacun de vous fût le vainqueur. »

En ce moment, le beau-frère de Peter, Mynheer van
Gend entra, complétant par son apparition le cercle magique dans lequel nos jeunes gens se sentaient retenus.

Les fées invisibles du foyer se mirent aussitôt à leur
souffler dans l'oreille que lorsque Mynheer van Gend disait
une chose, c'est qu'il la pensait.

Aussi, dès qu'il leur eut dit : « je suis charmé de la
bonne idée qu'a eue ma femme de vous retenir tous ici, »
dès qu'il eut donné à chacun une cordiale poignée de
main, ils se sentirent tout à fait à l'aise et gais comme
des écureuils.

On causa de tout ; on alla de la Haye à Anvers, mais
les langues se fatiguent à leur tour, et il faut revenir de
partout. Les heures avaient glissé rapidement depuis
qu'on s'était mis à table, le moment était venu d'aller
se mettre au lit.

Il était dur sans doute de se séparer, mais l'intérieur
des Van Gend était réglé comme une horloge. On ne pouvait songer à s'arrêter sur les seuils des chambres une
fois qu'un « bonsoir » cordial avait été prononcé.

Peter se leva le premier, le lendemain matin. Connais-
sant l'extrême ponctualité de son beau-frère, il prit soin
qu'aucun de ses amis ne dormît trop tard. Ce fut une rude
besogne que d'éveiller Jacob Poot, mais il réussit à lui
faire ouvrir les yeux en l'enlevant, avec l'aide de Ben et
de Lambert, hors de son lit, et en le déposant dans un

costume léger sur le parquet froid et poli de sa chambre.

Peter écrivit à sa mère pour la prévenir que leur arrivée à Broek serait retardée de deux jours. Dans un post-scriptum, plus important peut-être à ses yeux que le commencement de sa lettre, il n'oublia pas non plus de la charger de faire dire à Hans Brinker qu'à son grand chagrin il n'était pas parvenu à rencontrer l'inaccessible docteur Boekman, bien qu'il l'eût cherché avec toute l'obstination possible, mais qu'une lettre de lui, très-pressante, et contenant d'ailleurs le message même de Hans, avait été laissée par lui et très-recommandée à l'hôtel où le docteur avait l'habitude de descendre. « Dites-lui aussi », ajoutait Peter, « que je ferai de nouvelles tentatives en repassant par Leyde. Le pauvre Hans paraissait certain que le meester se hâterait de courir au chevet de son père, mais nous qui connaissons mieux le vieux bourru, nous craignons qu'il n'en fasse rien. Ce serait une bonne action que d'envoyer à la chaumière, sans attendre cet original, un autre médecin d'Amsterdam, si toutefois dame Brinker devait consentir à recevoir tout autre praticien que ce « roi » des chirurgiens, dont elle était si entichée. »

« Vous savez, ma mère », ajoutait Peter, « que j'ai toujours considéré la demeure de ma sœur Van Gend comme particulièrement tranquille et solitaire, mais je vous assure qu'elle est loin d'être ainsi depuis notre invasion. Ma sœur prétend que nous l'avons réchauffée pour le reste de l'hiver. Mon beau-frère est aimable et excellent pour nous tous. Il dit que nous lui faisons regretter de n'avoir pas un nid toujours plein de garçons comme nous. Il a promis de nous laisser monter ses magnifiques chevaux noirs. Ils sont doux comme de « jeunes chats », dit-il. Ben est un cavalier parfait, et votre fils Peter est un écuyer très-supportable. Jacob montera son poney anglais

qui est solide et doux. Avec trois chevaux supplémen-
taires toute la société formant cavalcade sera conduite par
mon beau-frère, devenu notre capitaine, et nous parcour-
rons toutes les rues et toutes les promenades de la ville.
Le joli cheval rouan de ma sœur est boiteux, et comme
elle n'en veut pas monter d'autre, elle ne nous accompa-
gnera pas. Si j'avais réussi à envoyer le docteur à Hans
Brinker et à son père, cette partie m'eût rendu tout à fait
heureux. Ludwig nous a déjà baptisés ; nous nous appel-
lerons : « la cavalerie de Broek. » Nous nous flattons de
composer à nous tous une compagnie d'aspect imposant; la
Haye, avec ses rues larges et droites, ses grandes places,
et son incomparable bois, est plus propice aux cavalcades
qu'aucune autre de nos villes. »

La « cavalerie de Broek » ne fut pas désappointée. Elle
fit sensation dans la ville.

A leur retour les jeunes gens déclarèrent que le grand
poêle de faïence, monté dans la salle où se tenait habi-
tuellement la famille, était décidément un meuble fort
utile, car ils purent se presser à l'entour et se réchauffer
sans risquer de se brûler le bout du nez ou d'attraper des
engelures. Ce poêle était un monument de taille à chauffer
une ville tout entière ; ses flancs, blancs comme la neige
et ses anneaux de cuivre brillant, en faisaient un objet
délectable à l'œil, et cependant l'ingrat Ben, tout en se
réchauffant complétement, regrettait in-petto les beaux
feux flambants aux flammes pétillantes qu'il avait vus
dans les grandes cheminées des fermes de France lorsqu'il
avait visité ce pays.

Son impression sur la Haye fut que c'était la ville la
moins hollandaise de la Hollande. Il est tel quartier où il
eût pu se croire en France, à Nancy principalement, ou
même en Angleterre. Le grand souvenir d'art qu'il en
rapporta fut celui de *la Leçon d'Anatomie*, le chef-d'œuvre

12

de la première manière de Rembrandt, comme *la Ronde de Nuit* d'Amsterdam est le chef-d'œuvre de la dernière.

Le musée de la Haye est plein de curiosités, de souvenirs historiques, de reliques étranges et de collections excentriques chinoises, japonaises, orientales et autres, des plus amusantes à voir, en dehors des salons de peinture. Mais tout cela s'efface dans le souvenir; *la Leçon d'Anatomie* de Rembrandt, le *Grand Taureau* de Paul Potter, devaient seuls rester à jamais gravés dans sa mémoire. Il serait injuste d'omettre cependant qu'il pensa à ses frères et à ses sœurs devant la réduction ingénieuse de l'île de Desina, au Japon, où les Hollandais ont un comptoir. Cette réduction est l'île elle-même, vue par le petit bout de la lorgnette. On éprouve en la regardant les sensations d'un Gulliver devant un Lilliput japonais; on y voit des centaines de personnes dans leurs costumes nationaux, debout ou agenouillées, baissées ou soulevées pour atteindre quelques ustensiles. Tous travaillent avec conscience et leurs demeures avec leurs meubles sont ouvertes; l'œil s'y promène, l'illusion est charmante. Dans une autre salle, une maison de poupée aménagée, à la façon hollandaise, dans une monstrueuse écaille de tortue et habitée par des poupées hollandaises à l'air digne, est là tout exprès pour vous donner un résumé saisissant de la manière de vivre du peuple hollandais. Quel beau joujou non-seulement pour les petites filles, mais pour les grandes, quel joli cadeau à faire à Gretel, Hilda, Katrinka et même à la fière Rychie!

Ben, en parcourant la Haye, fut surpris de voir combien les ouvriers hollandais font peu de bruit en accomplissant leurs travaux. Même autour des chantiers et des bassins, ni cris, ni chants, ni agitation; tout se fait en silence. Un certain mouvement de la pipe, un signe de tête, une main levée, sont pour ces muets des signaux suffisants. Des charges tout entières de fromages ou de harengs étaient enlevées du chariot ou du bateau et lancées dans les magasins sans qu'un seul mot fût prononcé. Toutefois le passant devait en prendre son parti s'il recevait quelque charge sur la tête, car un Hollandais ne regarde ni devant ni derrière lui lorsqu'il est au travail. Poot reçut très-philosophiquement sur le dos un énorme fromage semblable à un boulet. Une sorte de grimace comique fut toute la manifestation de mauvaise humeur qu'il se permit. Ben crut devoir lui offrir des consolations, mais Jacob soutint que ce n'était rien du tout.

« Alors pourquoi avez-vous fait la grimace lorsque ce gros fromage vous a frappé.

— C'est une espèce de fromage que je n'aime pas, » répondit Jacob.

LES PETITS CHARIOTS DES MARCHANDES LE LAIT
SONT TRAÎNÉS PAR DES CHIENS

# CHAPITRE XIII

A TRAVERS LA HAYE — UN JOUR DE REPOS — LE RETOUR
GARÇONS ET FILLES

Les observations rapides de Ben portèrent tout en courant sur les nids de cigogne qui surmontent quelques édi-
fices, et bouchent même sans façon quelques cheminées.
Personne n'a la pensée de gêner la construction, fort
gênante cependant, de ces nids. La cigogne est un oiseau
quasi sacré en Hollande aussi bien qu'en Alsace. Il avait
remarqué dans la campagne des roues de charrette placées sur les chaumières dans le but de désigner cet emplacement à la préférence de ces oiseaux constructeurs. Pour

le moment tous les nids étaient vides, les propriétaires
ayant soin d'émigrer en hiver dans les pays chauds.

Ben fut intrigué de la coutume qui plaçait à l'entrée de
toutes les pharmacies des têtes de Turc, la bouche ouverte,
dans l'attitude de la résignation d'un malade condamné
a avaler quelque drogue ou quelque pilule.

Il s'amusa aussi à regarder la quantité de petits chariots
traînés par des chiens qui sont à l'usage invariable des
marchands de lait ou de harengs. Quand la marchandise
est vendue, le marchand la remplace lui-même dans sa
petite voiture pour retourner paresseusement au logis.
Jacob Poot raconta à Ben qu'il y avait à la Haye des écoles
de chiens qui ont leurs lauréats, et qui auraient mérité
d'être visitées par un Anglais, ami des chiens. Mais tout
voir est toujours et partout impossible.

Enfin nos jeunes gens ayant tout vu, leur visite à la
Haye tira aussi à bonne fin. Ils avaient passé trois jours
et trois nuits heureux avec les Van Gend et n'avaient pas
songé un seul instant, pendant tout ce temps-là, à se
servir de leurs patins. Le troisième jour avait été un jour
de repos. Le bruit et le mouvement de la ville s'étaient tus.
Les cloches du dimanche avaient fait appel aux pensées des
jeunes gens. De même que l'horloge sonne l'heure, de
façon à se faire comprendre parmi toutes les nations civi-
lisées, ainsi les cloches des églises parlent une langue
connue de tous les membres de la chrétienté.

Guidés par ces voix aimées, nos jeunes gens, accompagnés de Madame Van Gend et de son mari, s'acheminè-
rent à travers les rues pleines de monde, vers une belle et
vieille église située au sud de la ville, pour y remplir
leurs devoirs religieux.

Le lundi matin, de bonne heure, nos jeunes gens firent
leurs adieux à leurs hôtes. Pleins d'ardeur, ils reprirent le
chemin du logis.

Peter s'attarda un instant à la porte. Sa sœur et lui avaient à se faire sans doute quelques recommandations de famille.

Comme Ben les regardait prendre congé l'un de l'autre, il remarqua que le bon baiser anglais que sa sœur Jenny lui avait donné au départ avait exactement le même son que le baiser hollandais de la sœur de Peter.

Karl, Poot et Lambert étaient déjà sur le canal, heureux de se retrouver encore une fois sur leurs patins. Ils étaient si impatients de s'élancer tout de suite vers leur cher Broek, qu'ils maugréaient contre la lenteur du capitaine.

Quand Peter arriva, ce ne fut qu'un cri contre lui.

« Nous pensions, lui dirent-ils, que grâce à vous, nous n'arriverions pas à Broek avant la fin de l'année. »

C'était sinon de l'insurrection, au moins de l'insubordination.

« Dites donc, leur répondit Peter, si vous croyez qu'il soit si agréable d'être le chef d'une bande aussi indisciplinée, détrompez-vous. Je suis prêt à déposer le commandement et à rentrer dans les rangs. — Allons, Karl, cela vous va-t-il? Je vais vous remettre mes insignes. »

Karl qui était très-sensible à tout ce qui pouvait satisfaire sa vanité ne disait pas non.

Mais un hurrah s'éleva contre la proposition de Peter, que nous nous permettrons de traduire ainsi :

« Plus souvent que nous allons changer notre cheval borgne pour un aveugle. »

Voyant que la sédition était apaisée, Peter, qui cette fois n'avait pas perdu son temps et qui venait de finir de boucler ses patins, se releva vivement :

« La route est libre. Figurez-vous que c'est le jour de la grande course, en avant : le vrai capitaine sera celui qui arrivera le premier. »

On échangea très-peu de paroles pendant la première

demi-heure. On eut dit six Mercures aux pieds ailés, effleurant à peine la glace. En bon français, ils allaient
comme le vent, le corps ployé et les yeux si ardents, que
les paisibles patineurs du canal et le gardien lui-même
leur criaient de « s'arrêter. » Mais, une fois lancée, la flèche ne s'arrête que pour tomber.

C'est ce qui faillit arriver à Poot d'abord, puis à Ludwig et bientôt à Karl lui-même, et enfin à Lambert, d'ordinaire si résistant. Après avoir soufflé un instant et tâché
de reprendre haleine :

« Il est évident, dit Lambert, montrant Ben et Peter
toujours courant et très en avant, il est clair que ces deux-
là ne s'arrêteront jamais. Quels jarrets et quels poumons !

— C'est de la folie, grommela Karl, de se fatiguer ainsi
à un départ. Mais ils luttent pour tout de bon, c'est sûr.
Hé, hé, voilà Peter qui cède le pas !

— Allons donc ! s'écria Ludwig qui tenait toujours pour
son frère Peter, attrapez-le à se laisser battre, celui-là !

— Je vous dis, moi, que Ben est en avant.

— Je vous réponds, moi, que c'est Peter, répliqua Ludwig avec emportement. Voyons, Lambert, vous qui n'êtes
jaloux de personne, oui ou non, Peter n'est-il pas le premier ?

— Je crois que oui, fit Lambert en s'interrogeant. Cependant, à cette distance, on ne peut vraiment jurer de
rien. »

Jacob n'était pas rassuré. Il avait horreur des discussions. Aussi dit-il d'un ton câlin :

« Qu'importe, après tout, il n'y a pas là de quoi se fâcher.

— Eh, qui se fâche ? gros Pot que vous êtes », dit Karl
avec aigreur.

— Pot ou Poot, cela m'est bien égal, dit le bon Jacob,

on ne meurt pas d'un mauvais calembourg. Est-ce Lambert, qui sait toutes les langues, qui vous a appris ce français-là ? »

Avant que Karl eût trouvé la riposte, Ludwig, très-excité, se mit à battre des mains.

« Les voilà au tournant, on les voit très-bien. Dites vous-même, Karl, qui est le premier?

— Vive le capitaine », firent Lambert et Jacob Poot.

Karl eut assez de condescendance pour murmurer :

« C'est Peter, après tout. Mais Ben avait été en tête tout le temps. »

L'endroit où le canal faisait un coude était évidemment le but que s'étaient proposé les deux jeunes gens, car ils s'arrêtèrent subitement après l'avoir atteint.

Devant le fait accompli, le groupe des retardataires ne disait plus rien. Chacun s'était remis à patiner pour rejoindre les deux lutteurs.

Ils trouvèrent, en se rapprochant, Ben qui regardait Peter avec un mélange de vexation, de surprise et d'admiration.

Ils l'entendirent dire en anglais :

« Vous êtes un véritable oiseau des glaces, Peter Van Holp, et le premier qui m'ait jamais battu à la course, je vous assure ! »

Peter qui comprenait l'anglais, mais qui ne le parlait pas, fit un salut de remerciement à Ben en entendant ce compliment, mais il ne put y répondre autrement. Il est possible aussi qu'il fût au bout de sa respiration.

« Cousin Ben, dit Poot, vous vous ferez du mal, vous êtes rouge comme une brique sortant du four.

— Ne craignez rien, répondit Ben, cet air glacé me rafraîchira bientôt. Je ne suis pas fatigué.

— Vous êtes battu, néanmoins, mon cher Ben, dit Lambert en anglais, et bien battu encore. Je me demande comment cela se passera au jour de la grande course. »

Ben rougit et dit d'un air d'orgueilleux défi :

« Ceci n'était qu'un passe-temps. Au jour de la course nous verrons. Je vous préviens que je suis *décidé* à vaincre, n'importe à quel prix !

— C'est le but de toute course, dit Peter. Vous aurez raison de faire de votre mieux. Nous en ferons tout autant. N'est-ce pas, Karl ?

— Je le crois bien ! dit Karl. »

Quand les jeunes gens atteignirent le village de Voorhout, situé sur le grand canal, à mi-chemin de La Haye et de Haarlem, ils furent forcés de s'arrêter pour tenir conseil. Le vent qui soufflait d'abord modérément était devenu si fort qu'il leur était impossible d'avancer. Les girouettes du pays conspiraient évidemment contre eux.

« On ne lutte pas avec une tempête semblable, dit Ludwig. Le vent vous entre dans la gorge comme des lames de rasoir.

— Fermez la bouche, alors, grommela l'aimable Karl, dont la poitrine était solide comme celle d'un jeune bœuf. Je suis d'avis que l'on continue.

— Il faut consulter les plus faibles et non les plus forts, fit Peter. »

Les principes du capitaine étaient d'une justice parfaite, mais nullement du goût de maître Ludwig, qui, levant les épaules, répliqua :

« Faible ? Personne n'est faible ici. Mais ce n'est pas être faible que de constater qu'un tel vent est plus fort que nous tous.

— Ludwig a raison », dit Lambert.

Il avait à peine fini de parler que le grain se précipita, faisant reculer l'invincible poitrine de Karl, étranglant à peu de chose près Jacob Poot et renversant positivement Ludwig.

« Ceci décide la question, cria Peter. Otez les patins, et en route pour Voorhout. »

Nos écoliers trouvèrent dans l'auberge de ce village une grande cour abritée contre le vent, bien pavée de briques, et, ce qui valait mieux encore, pourvue d'un assortiment complet de quilles, si bien qu'ils firent de leur détention momentanée une véritable partie de plaisir. En attendant le repas que l'hôtelier leur préparait, ils firent une partie formidable, dans laquelle Poot se couvrit de gloire. Armé de boules grosses comme la tête, qu'il maniait comme des balles élastiques, il mit constamment en déroute le régiment de quilles grosses comme le bras, lesquelles, dans ce champ clos de soixante mètres, les autres ne parvenaient pas toujours à atteindre. Le bon Poot était un vainqueur modeste ; montrant ses gros bras musculeux :

« Avec des bras comme ceux-là, disait-il quand on faisait fête à quelque beau coup, ça n'est pas difficile. »

Cette nuit-là le capitaine Peter et ses hommes dormirent profondément. Aucun voleur n'interrompit leur sommeil. Comme on les avait casés chacun dans des chambres séparées, ils n'eurent même pas la ressource de la bataille à coups de traversin.

Mais au réveil, quel déjeuner ils firent! L'hôte en était stupéfait! Quand il apprit qu'ils étaient de Broek, il en conçut une estime singulière pour le pays.

Heureusement que le vent, lassé par sa propre violence, s'était couché et endormi dans son grand berceau, la mer, de l'autre côté des dunes. Le temps semblait être à la neige ; cependant il faisait beau.

Ce fut un jeu pour nos jeunes gens bien reposés de patiner jusqu'à Leyde. Ils s'y arrêtèrent un peu. Peter quitta la ville, le cœur plus léger, et au regret d'avoir mal préjugé du docteur Boekman. Le maître d'hôtel du Grand-Aigle lui apprit que le célèbre praticien était venu, qu'il avait lu sa lettre et celle qui contenait la prière de Hans,

qu'il s'était frappé le front et avait dit : « Je pars pour
Broek. Ah ! les pauvres gens ! »

Il n'y avait pas beaucoup de monde sur le canal, ce
jour-là, entre Leyde et Haarlem. Cependant, en approchant
d'Amsterdam, nos écoliers se retrouvèrent encore une fois
au milieu d'une foule affairée. Le grand « ysbrecher »
(casseur de glace), lourde machine attelée de six chevaux
et armée de piques de fer pour casser la glace, avait fonctionné pour la première fois de la saison, mais il y avait
encore néanmoins de la place pour patiner.

« Trois hurrahs pour la maison (le home), cria Lambert,
comme ils arrivaient en vue du grand dock de l'Ouest.

— Hurrah ! hurrah ! crièrent-ils tous. Hurrah ! hurrah ! »

Cette façon d'acclamer était d'importation nouvelle
parmi nos jeunes gens. Lambert Van Mounen l'avait rap-
portée d'Angleterre, à la grande joie de Ben, qui ne s'é-
pargnait pas, je vous prie de le croire, et criait des hurrahs
qu'on aurait dû entendre de Londres.

L'entrée des écoliers à Amsterdam fit donc sensation,
surtout parmi les petits garçons des chantiers.

Lambert arriva chez lui le premier.

« Au revoir, camarades ! Ma foi, nous avons fait la plus
jolie partie....

— C'est vrai ! Au revoir, à bientôt, Lambert, répondirent les autres. »

Peter rappela Lambert.

« Vous savez, Lambert, que les classes ouvrent demain.

— Je le sais. Nos vacances ont bien fini. Eh bien ! nos
classes commenceront de même. Quand on s'est bien reposé, on travaille mieux. »

Broek était en vue. Quelles rencontres ! Katrinka était
sur le canal ! Karl était aux anges. Peter, en apercevant
Hilda, se sentit tout à coup délassé. Rychie était là ! Lud-

wig et Poot furent bien près de se jeter par terre dans leur
empressement à s'avancer pour donner une poignée de
main à leur grâcieuse amie.

Les jeunes Hollandaises sont réservées, mais leurs yeux
sont bavards. Pendant quelques instants il fut difficile de
distinguer laquelle de Katrinka, de Rychie ou de Hilda
était la plus contente du retour de leurs amis.

La douce Annie Bowman était aussi sur le canal, plus jolie
peut-être, mais plus timide que les autres jeunes filles ; elle
se tenait à l'écart, elle était loin d'avoir l'air heureux.

Les amis qu'elle avait espéré voir n'étaient pas là.
C'était la première fois qu'elle venait à Broek depuis la
veille de Saint-Nicolas, car elle était restée auprès de
sa grand'mère, à Amsterdam, et on lui avait accordé un
moment de repos, parce qu'elle s'était montrée nuit et
jour garde-malade attentive et dévouée.

Annie avait consacré son « moment de repos » à patiner de toutes ses forces dans la direction de Broek, espérant rencontrer sur le canal quelqu'un des Brinker. Mais
il lui fallait maintenant s'en retourner en toute hâte, sans
avoir même pu apercevoir de loin la chaumière de Gretel
et de ses parents. Oui, oui, elle devait repartir, car elle
croyait entendre sa pauvre grand'mère à elle, l'appelant de
tous ses vœux du fond de sa couchette.

« Où Gretel peut-elle être ? » pensait Annie, tout en volant sur la glace. Il est rare qu'elle ne puisse pas s'échapper un instant à cette heure. Pauvre Gretel! Quelle horri-
ble chose ce doit être que de voir un père, qui a été si
bon, dans l'état misérable où est le sien. C'est affreux, la
folie ! »

Annie n'avait pu rien apprendre. Dame Brinker et ses
affaires faisaient très-peu de bruit dans le voisinage.

Si Gretel n'avait pas été une pauvre gardeuse d'oies,
gentille comme elle l'était, elle aurait eu plus d'amis.

Parmi les paysans et les fermiers, Annie Bowman était la seule qui montrât sans honte, par ses paroles et par ses actions, son amitié pour les habitants de la malheureuse maison.

Lorsque les enfants du voisinage la plaisantaient de faire sa société de ces pauvres enfants, elle se contentait de rougir si c'était Hans qu'on tournait en ridicule ; mais elle ne pouvait entendre sans colère parler mal de la petite Gretel.

« Gardeuse d'oies ! En vérité ! disait-elle, il n'en est pas une d'entre vous qui ne fût plus faite qu'elle pour ce genre de besogne. Mon père disait souvent l'été dernier que cela lui faisait de la peine de voir une fillette si patiente et avec des yeux si intelligents, employée seulement à garder des oies. Elle s'en acquitte à merveille, ses bêtes sont les plus propres du pays. Elle ne leur ferait pas de mal comme vous, Janzoon Kolp, et elle ne marcherait pas dessus comme vous, Kate Wouters. »

Ces représailles d'Annie ne manquaient jamais de soulever le rire contre la gauche et mal intentionnée Kate, Annie se contentait alors de s'éloigner dédaigneusement du groupe des médisants. Je crois bien que l'image de quelques-uns des assaillants de Gretel traversait son esprit pendant qu'elle patinait vers Amsterdam, car plus d'une fois, pendant ce temps, ses yeux étincelèrent d'une lumière menaçante et elle secoua plus d'une fois sa jolie tête avec un air de défi ; mais ce moment d'humeur passé, son doux et bon regard reparut et illumina son visage. Plus d'un fermier se retournait pour la suivre des yeux, désirant en son cœur avoir une fille aussi aimable que celle-là.

Il y eut ce soir-là dans Broek cinq foyers animés par la joie. Les jeunes gens avaient retrouvé tout leur monde aussi bien portant qu'eux-mêmes. Cependant, quand le lende-

main, de grand matin, les cloches firent : « ding-dong !
ding-dong ! » Ludwig déclara qu'il n'avait de sa vie rien
entendu de si abominable. Peter lui-même se sentit devenir pathétique en les écoutant. Karl déclara que c'était
une abomination d'obliger quelqu'un à se lever plus tôt
que le soleil. Quant à Poot, il dit adieu à Ben d'un air ré-
signé, mais le sac d'écolier qu'il portait sur son dos lui
paraissait peser plus de cent livres.

LEVEZ-VOUS, CHÈRE PETITE FILLE

# CHAPITRE XIV

## LA CRISE — GRETEL ET HILDA

Jetons enfin un regard dans la hutte des Brinker, dont l'excursion des écoliers et l'envie de voir un peu la Hollande nous a trop longtemps écartés.

Est-il possible que ni Gretel ni sa mère n'aient bougé de place depuis que nous ne les avons vues? Il y a quatre jours de cela, et le triste groupe composé par les deux femmes semble n'avoir pas changé d'attitude. Raff Brinker est plus pâle; il n'a plus de fièvre, et cependant il ne sait pas plus qu'auparavant ce qui se passe autour de lui. Tou-

13

tefois, quand nous avons quitté les Brinker, ils étaient
seuls dans un coin de la pièce nue, et aujourd'hui un
nouveau personnage s'est retiré avec un autre dans le coin
opposé.

Le docteur Boekman est là, parlant à voix basse à un
gros jeune homme qui l'écoute attentivement. C'est son
élève, son aide. Hans est là aussi. Il se tient près de la
fenêtre, attendant respectueusement qu'on lui adresse la
parole.

« Vous voyez, Vollenhaven, disait le docteur, c'est un
cas de .... »

Ici le docteur se lança dans un drôle de jargon, moitié
latin, moitié hollandais, qu'il ne serait pas commode de
traduire.

Après quelques instants, et comme Vollenhaven lui-
même le regardait avec des yeux qui demandaient quelque
chose de moins difficile à comprendre, le savant daigna
s'expliquer en termes plus clairs :

« C'est probablement le même cas que celui de Rip
Donderdune, marmotta-t-il tout bas. Il s'était laissé tomber du haut du moulin de Voppelploot. Après l'accident,
l'homme est resté stupéfié, puis est devenu finalement
idiot ; comme cet homme là-bas, il portait constamment
la main à son front. Mon savant ami, Von Schoppen, pra-
tiqua une opération sur ce Donderdune, et découvrit sous
le crâne la cause du mal. Ce fut une magnifique opération ! »

Ici le docteur se lança de nouveau dans le latin.

« L'homme a-t-il survécu ? » demanda respectueusement
l'élève.

Le docteur Boekman fronça le sourcil.

« Peu importe. Je crois qu'il en mourut. Mais pourquoi
éloigner vos regards des traits principaux d'un cas aussi
curieux ?... »

Il se plongea de nouveau dans les profondeurs mysté-
rieuses du latin.

« Mais, mynheer, fit l'étudiant avec une insistance modeste, — il savait que l'esprit du docteur ne reviendrait
pas de longtemps à la surface si on ne le tirait tout de suite
de son milieu favori, — mynheer, vous avez d'autres visites à faire aujourd'hui : une jambe à couper dans Amsterdam, un œil à sauver à Broek et une épaule à remettre sur
le canal.

— La jambe peut attendre, dit le docteur en réfléchis-
sant ; voilà encore un singulier cas, un cas splendide ! »

Le docteur avait fini par parler tout haut. Il avait complétement oublié où il se trouvait.

Vollenhaven fit encore un effort :

« Et ce pauvre homme couché sur ce lit là-bas, mynheer, pensez-vous que vous puissiez le sauver ?

— Ah ! oui certainement ! balbutia le docteur, s'apercevant tout à coup qu'il s'était un peu éloigné du sujet qui
l'avait amené ; certainement. C'est-à-dire : je l'espère !

— Si quelqu'un en Hollande peut le faire, c'est vous,
mynheer, » fit l'étudiant.

Le docteur prit un air fâché. Il détestait les compli-
ments. Il engagea son élève à moins parler, et fit signe à
Hans de s'approcher.

Cet homme étrange ne pouvait souffrir de converser
avec les femmes, surtout lorsqu'il s'agissait de chirurgie.

« On ne peut jamais savoir au juste, disait-il, à quel moment ces créatures vont pousser des cris de terreur et se
trouver mal. » Il expliqua donc à Hans le cas où se trouvait Raff Brinker, et lui dit ce qu'il croyait nécessaire de
faire pour le sauver.

Hans l'écouta attentivement, rougissant et pâlissant tour
à tour, et tournant vers le lit des regards pleins d'anxiété.

« Cela peut tuer le père, avez-vous dit, mynheer? dit-il enfin tout tremblant.

— Oui, mon garçon ; mais quelque chose me dit que cela le guérira au lieu de le tuer. Ah ! si on élevait autrement les enfants en Hollande, si on ne les tenait pas dans l'ignorance de toute chose, je pourrais vous expliquer le fait particulier à votre père, mais ce serait inutile. »

Hans ne répondit pas.

« Ce serait inutile ! répéta le docteur Boekman avec une sorte d'irritation. Sitôt qu'on propose une grande opération jugée nécessaire, la seule question qu'on vous pose est celle-ci : « Est-ce que cela le tuera ? »

— C'est de la réponse à cette question que dépend tout notre sort, mynheer, » répondit Hans avec dignité, mais les yeux pleins de larmes.

Le docteur le regarda tout saisi :

« Vous avez raison, mon garçon ; je ne suis qu'un imbécile. C'est bien. On ne désire pas que son père meure. Certainement, je ne suis qu'une bête.

— Mourrait-il, mynheer, si on laissait la maladie suivre son cours ?

— Hùm ! La pression sur le cerveau empirerait et finirait par emporter le malade. »

Ici le docteur fit claquer ses doigts.

« Et l'opération *peut* le sauver, continua Hans. La guérison serait-elle prompte, mynheer ? »

Le docteur s'impatientait.

« Elle peut être subite ; elle peut se faire attendre aussi. Parlez à votre mère, mon enfant, et qu'elle décide. Mes instants sont comptés. »

Hans s'approcha de sa mère et de Gretel. Comme la petite le dévorait des yeux, il ne put d'abord prononcer un seul mot. Mais détournant son regard du sien, il dit d'une voix ferme :

« Gretel, je voudrais parler à la mère toute seule. »

La petite Gretel, qui ne pouvait bien comprendre ce qui se passait, lui jeta un regard indigné, mais elle obéit.

« Gretel, c'est bien, » fit Hans tristement quand il la vit assise hors de portée de la voix.

Dame Brinker et son fils restèrent debout près de la fenêtre, pendant que le docteur et son élève, penchés sur le lit, conversaient à voix basse. Il n'y avait pas de danger de déranger le malade ; il semblait muet et aveugle. Ses plaintes faibles et lamentables indiquaient seules qu'il était encore vivant. Hans parlait sérieusement et à voix basse, car il ne voulait pas que sa sœur entendît.

Dame Brinker, les lèvres sèches et entr'ouvertes, se penchait en avant, fixant sur son visage ses yeux inquiets comme pour y lire ce que ses paroles ne disaient pas. Il y eut un moment où elle laissa échapper un court sanglot tout de suite réprimé, qui fit tressaillir Gretel ; mais après cela, la petite remarqua qu'elle écoutait avec calme.

Lorsque Hans cessa de parler, sa mère se retourna. Elle jeta sur son mari, couché là pâle et insensible, un long regard empreint d'une douleur ineffable, et se mit à genoux à côté du lit. Le reste appartenait à Dieu.

Pauvre petite Gretel ! Que voulait dire tout cela ? Ses yeux questionnaient Hans ; il était debout, mais sa tête était baissée. Il priait, lui aussi. Elle regarda le docteur ; il palpait doucement la tête de son père, et avait l'air d'un joaillier examinant une pierre précieuse. Elle tourna ses regards vers l'étudiant ; il toussa en détournant les yeux. Elle regarda alors sa mère. Ah ! petite Gretel ! c'est ce que vous pouviez faire de mieux. Allez vous agenouiller près d'elle ; jetez vos jeunes bras sympathiques autour de son cou. Pleurez et implorez Celui, qui seul peut tout, de vous venir en aide.

Quand la mère se releva, le docteur Boekman, dont les

yeux donnaient des signes d'attendrissement, demanda rudement :

« Eh bien, femme, faut-il opérer?

— Cela le fera souffrir, mynheer? Beaucoup?

— Je ne sais pas; probablement que non. Faut-il le faire?

— Cela *peut* le guérir, avez-vous dit? Et, mynheer, est-ce vrai ce que répète mon garçon que.... peut-être.... peut-être.... »

Elle ne put achever.

« Oui; j'ai dit que le malade pouvait succomber pendant l'opération. Mais nous espérons qu'il en sera autrement. »

Il consulta sa montre. L'élève se dirigea avec impatience vers la fenêtre.

« Allons, dame Brinker, le temps presse. Oui ou non? »

Hans entoura sa mère de ses bras. Ce n'était pas son habitude. Il posa même sa tête sur son épaule.

« Le meester attend une réponse, » murmura-t-il.

Dame Brinker avait été pendant longtemps la seule maîtresse en toutes choses dans sa maison. Elle avait souvent traité Hans avec sévérité, le dirigeant d'une main ferme, et s'enorgueillissant de sa discipline maternelle. Mais maintenant qu'elle se sentait si *faible*, si incapable, n'était-ce donc rien que de se voir soutenue par ce jeune bras tendre et fort?

Elle tourna vers son fils ses regards suppliants.

« Oh! fit-elle, que faut-il faire?

— Ce que Dieu *le* dictera, mère, » répondit-il en baissant la tête.

Une courte et fervente prière monta du cœur aux lèvres de la femme. Elle fut entendue.

Dame Brinker se retourna vers le docteur :

« C'est bien, mynheer; je consens.

— Hum! » grommela le docteur, comme pour dire, vous avez mis bien du temps à vous décider.

Il conféra ensuite un instant avec son élève qui l'écoutait avec un air de grand respect, mais qui se réjouissait intérieurement à l'idée du plaisir qu'il aurait à étonner ses camarades les étudiants, quand il leur raconterait qu'il avait positivement vu une larme dans l'œil du vieux Boekman.

Pendant ce temps, Gretel regardait, silencieuse et tremblante; mais lorsqu'elle vit le docteur ouvrir un étui de maroquin et en sortir ses instruments à lames luisantes et acérées, elle s'élança :

« Mère! mère! s'écria-t-elle, le pauvre père n'avait pas l'intention de mal faire. Est-ce qu'ils vont l'assassiner!

— Je ne sais pas! cria dame Brinker, regardant Gretel avec des yeux flamboyants; *je ne sais pas!*

— Ça ne peut pas aller comme ça, madame, dit le docteur sévèrement, jetant en même temps un coup d'œil vif et pénétrant à Hans. Il faut que vous et votre fille vous quittiez la chambre. Le garçon peut rester. »

Dame Brinker se redressa subitement; ses yeux étincelèrent. Elle avait l'air de n'avoir jamais ni pleuré ni ressenti un moment de faiblesse. Sa voix était basse, mais décidée.

« Je reste avec mon mari, mynheer, » dit-elle.

Le docteur Boekman parut surpris. Il était rare qu'on résistât à ses ordres de ce ton-là.

« Vous pouvez rester, » fit-il d'un ton radouci.

Gretel avait déjà disparu. Il y avait dans un coin de la chaumière un cabinet où était dressée contre le mur une couchette rustique. Sur un signe de Hans elle s'y glissa. Qui penserait à la petite créature tremblante, accroupie là dans l'obscurité?

Le docteur ôta son lourd pardessus, emplit d'eau un vase de terre et le plaça près du lit. Puis se tournant vers Hans, il lui demanda :

« Puis-je compter sur vous, garçon ?

— Vous le pouvez, mynheer.

— Je le crois. Tenez-vous là, à la tête. Votre mère s'assiéra à droite, comme cela, fit-il en plaçant une chaise près du lit. Rappelez-vous, dame Brinker, qu'il ne faut ni cris ni syncopes. »

Les yeux de dame Brinker firent la réponse.

Il fut satisfait.

« Maintenant, Vollenhaven.... »

Oh ! cet étui et ces instruments terribles, l'élève les souleva. Gretel, qui avait glissé ses regards par une ouverture, ne put rester plus longtemps silencieuse. Elle traversa la chambre comme une folle, saisit son capuchon et se précipita hors de la cabane.

C'était l'heure de la récréation. Au premier coup de la cloche de l'école, le canal sembla jeter de lui-même une grande acclamation, et s'anima tout à coup de la présence d'une multitude d'écoliers des deux sexes. C'était un véritable kaléidoscope. Des douzaines d'enfants, vêtus d'habits aux couleurs voyantes, patinaient, se croisant, se poursuivant, s'emmêlant. La gaieté tenue sous clef pendant la matinée faisait explosion et se manifestait par des chants, des rires, des cris. Pas de serre-frein pour modérer l'allure de ces ébats. Les livres et leur souvenir n'osaient se produire au soleil. Le latin, la grammaire, l'arithmétique avaient été enfermés pour une heure dans la salle d'études enfumée. Le maître n'était plus qu'un substantif pour le moment mis de côté. Ils étaient décidés à s'amuser quand même. Tant que la glace serait aussi unie, il importait fort peu que la Hollande fût située au pôle Nord ou près de l'équateur. Quant à la physique, pouvait-on s'attendre à ce qu'ils se troublassent la cervelle pour l'amour de la force d'inertie, de la gravitation et autres problèmes, lorsque toute l'affaire était d'éviter d'être renversés ou bousculés par la foule?

Au point culminant de la folie, un des enfants s'écria :

« Qu'est-ce que c'est que cela?

— Quoi? Où! s'écrièrent une douzaine de voix.

— Mais ne voyez-vous pas cette chose noire, là-bas, auprès de la cabane du fou?

— Je ne vois rien, dit l'un.

— Je le vois, cria l'autre, c'est un chien.

— Où ça un chien? fit une voix perçante que nous avons déjà entendue; un chien habillé alors, un paquet de haillons?

— Des bêtises! Voost, reprit une voix grondeuse, vous vous trompez comme toujours. C'est la gardeuse d'oies, Gretel, qui court après des rats.

— Eh bien, quelle différence y a-t-il? fit Voost de sa voix criarde; n'est-elle pas elle-même un paquet de loques?

— De quoi vous habilleriez-vous, Voost, si vos parents n'étaient pas venus au monde avant vous?

— Vous attraperiez quelque chose si son frère Hans était là; je puis vous le garantir, » fit un petit garçon bien enveloppé qui souffrait d'un rhume de cerveau.

Comme Hans n'y était pas, Voost pouvait se permettre de mépriser l'insinuation.

« Qui donc ici aurait peur de Hans, hein? petit éternueur? J'en battrais une douzaine comme lui, et vous avec, par-dessus le marché.

— Vraiment? Vraiment! Je voudrais vous y voir! »

Disant ces mots, le petit éternueur qui ne se sentait pas en force, se sauva en patinant de toute sa vitesse.

On proposa alors de donner la chasse à trois des plus

grands garçons de l'école, et amis et ennemis, aussi pleins d'entrain que jamais, firent bientôt cause commune.

Une seule, parmi cette heureuse multitude, pensa à cette chose sombre, accroupie près de la cabane du fou, à la pauvre Gretel épouvantée! La petite désespérée ne pensait guère à eux. Elle entendait sans l'écouter et comme en un rêve, leur rire joyeux flottant légèrement jusqu'à elle. Ce qu'elle entendait par-dessus tout, c'étaient les sourds gémissements qui, augmentant toujours, traversaient, là, derrière elle, les fenêtres obscures de la cabane. Ces hommes étranges tuaient-ils donc véritablement son père?

Cette pensée la fit se redresser avec un cri d'horreur.

« Ah! non! fit-elle en sanglotant. Il faut que j'ose aller vers eux. »

Mais se laissant retomber sur la butte.

« La mère et Hans sont là. Je n'ai pas assez de courage. Je crierais. Mais comme ils étaient pâles! Hans pleurait. Pourquoi le méchant docteur l'a-t-il gardé près de lui pendant qu'il me renvoyait? pensa-t-elle. Je me serais attachée à la mère, je l'aurais embrassée. Elle me caresse et me regarde toujours si doucement lorsque je l'embrasse, on dirait qu'elle oublie tout, même qu'elle vient de me gronder, et que cela efface tout pour elle....

« Comme tout est tranquille, maintenant! Oh! si le père, si Hans, si la mère mouraient! »

Et Gretel, que le froid faisait grelotter, cacha son visage dans ses mains croisées, s'affaissa sur ses genoux et pleura comme si son cœur allait se briser.

La pauvre enfant avait été éprouvée au delà de ses forces depuis quatre jours. Elle s'était montrée, pendant tout ce temps-là, la petite servante pleine de bonne volonté de toute la maison; calmant, aidant, consolant pendant le jour sa mère, à moitié veuve déjà; priant et veillant près d'elle la nuit entière.

De nouvelles pensées lui traversèrent la tête. Pourquoi Hans n'avait-il voulu lui rien dire? C'était bien mal. C'était son père, à elle, aussi bien que le sien, elle n'était plus une petite fille. N'avait-elle pas, une fois, retiré un couteau acéré des mains de son père? C'était même elle qui était parvenue à l'attirer loin de sa mère ce soir terrible où Hans, tout grand qu'il était, ne pouvait en venir à bout. Pourquoi alors la traitait-on comme quelqu'un qui n'est capable de rien faire?

Mais après ces gémissements, que voulait dire ce silence? Aucun bruit ne venait plus de la cabane. Comme tout semblait tranquille! Ce calme l'épouvantait! Que pouvait-il signifier? Ah! qu'il faisait froid! Si Annie Bowman était restée chez elle au lieu d'aller à Amsterdam, elle ne se serait pas sentie si délaissée! Ses pieds se glaçaient. Tout le sang s'était réfugié autour de son cœur. Il lui semblait que son corps n'avait plus d'appui et qu'elle était comme flottant dans les airs!

Non! cela ne pouvait pas durer comme ça. La mère pouvait avoir besoin d'elle!

Se secouant par un effort, Gretel se redressa un instant. Elle se frotta les yeux. Pourquoi le ciel était-il si clair et si bleu? Pourquoi la cabane était-elle si muette? Et qui donc au logis osait rire dans un moment pareil?

Elle ne tarda pas à s'affaisser de nouveau. Un étrange mélange d'idées envahit son cerveau. Tout était confus pour elle.

« Quelle drôle de bouche que celle du docteur! Du nid de cigogne perché sur le toit, de longs becs semblaient sortir qui lui soufflaient toutes sortes de choses dans les oreilles! Que ces couteaux du docteur étaient brillants dans cet étui de maroquin, plus brillants que les patins d'argent! Sa jaquette neuve était jolie, c'était la plus jolie qu'elle eût jamais portée. Dieu avait pendant si longtemps pris soin de son père. Il aurait pitié de lui encore, si ces deux hommes voulaient seulement s'en aller. Ah! maintenant c'étaient les meesters qu'elle voyait sur le toit; ils grimpaient jusqu'au haut. Non, c'étaient sa mère et Hans — ou les cigognes. — Il faisait si noir! On ne pouvait pas savoir au juste! Qu'est-ce qui remuait et se balançait si drôlement! Des oiseaux chantaient doucement. Quelle sorte d'oiseaux peuvent donc chanter, l'hiver? quand l'air est glacé? Combien en comptait-elle? Plus de vingt, plus de deux cents. Oh! écoutez-les, mère! Mère! mère, éveillez-moi pour la course. Je suis fatiguée de pleurer et de pleurer.... »

Une main ferme se posa sur son épaule.

« Levez-vous, chère petite fille, lui cria une voix pleine de bonté. Pourquoi restez-vous là, comme cela, pour geler? »

Gretel souleva lentement sa tête. Elle avait si sommeil qu'il ne lui parut pas étrange que Hilda Van Gleck fût penchée sur elle, la regardant avec ses beaux yeux bienveillants. Elle avait déjà vu cela en rêve.

Cependant elle n'avait jamais rêvé que Hilda la secouait rudement, l'attirant à elle de toutes ses forces; non, elle n'avait jamais rêvé qu'elle lui entendait dire :

« Gretel! Gretel Brinker! Réveillez-vous! chère petite, il le faut! »

Ce rêve était une réalité. Gretel regarda. Oui, la jeune demoiselle, belle et délicate, la secouait, la frottait, la torturait même. Ce devait être un rêve. Mais non; la cabane était là, devant elle, aussi bien que le nid de cigognes et la voiture du meester, là-bas, sur les bords du canal. Elle commençait à tout voir très-distinctement. Ses mains la piquaient terriblement. Ses pieds aussi lui faisaient un mal affreux. Hilda l'obligeait à marcher.

A la fin, Gretel commença à recouvrer ses sens :

« Je me suis endormie, balbutia-t-elle toute honteuse en se frottant les yeux de ses deux mains.

— Oui, vraiment, fit Hilda en s'efforçant de rire, quoique ses lèvres fussent toutes blanches. Mais vous voilà
mieux, vous voilà presque réveillée maintenant. Appuyez-
vous sur moi, Gretel; là, bien. Remuez un peu; la chaleur
sera revenue assez tout à l'heure pour pouvoir vous asseoir
sans danger près du feu. Venez, à présent, je vais vous
conduire à la chaumière.

— Ah! non, non, non! mademoiselle, pas là! Le meester Boekman y est. Il m'a renvoyée! »

Hilda ne sachant rien de ce qui avait pu se passer, se
sentit embarrassée, mais elle s'abstint sagement de demander une explication.

« Très-bien, Gretel; mais en attendant, essayez de marcher un peu plus vite. Je vous voyais bien de loin depuis
quelque temps, mais je m'étais imaginé que vous vous
reposiez. C'est bien. Continuez à marcher. »

Pendant tout ce temps, la jeune fille au cœur tendre
avait obligé Gretel à se mouvoir de long en large, la sou-
tenant d'un bras et s'efforçant de détacher son propre pa-
letot avec l'autre pour l'en couvrir.

Gretel se douta tout à coup de son intention :

« Oh! mademoiselle! mademoiselle! dit-elle d'un air
suppliant, je vous en prie, ne faites pas cela! Oh! je vous
en supplie, gardez-le pour vous! Je brûle! Non, je ne brûle
pas exactement, mais j'ai des aiguilles et des épingles qui
me piquent par tout le corps. Oh! mademoiselle Hilda, ne
vous découvrez pas pour moi, je vous en prie! »

L'émoi de la pauvre petite était si sincère, que Hilda se
hâta de la rassurer.

« Je veux bien, Gretel, garder mon manteau, mais à une
condition, c'est que vous allez vous donner du mouvement,
et remuer les bras, les jambes aussi, pour rappeler la chaleur dans chacun de vos membres. C'est bien. Bon! comme
cela, tout va bien aller. Vos joues ressemblent à des roses,

déjà ! Je pense, Gretel, que le meester Boekman vous laissera entrer maintenant. Oui, oui, je le crois. Est-ce que
votre père a été plus malade?

— Ah ! mademoiselle ! fit Gretel qui se mit à pleurer, il
y a deux docteurs avec lui en ce moment; ils ont des couteaux. La mère les attendait; elle a à peine prononcé une
parole aujourd'hui, tant elle avait peur. L'entendez-vous
gémir, mademoiselle Hilda? ajouta-t-elle saisie d'une terreur soudaine. L'air bourdonne si fort que je ne distingue
rien. Père est peut-être mort! Ah! que je voudrais être
sûre que c'est encore lui qu'on entend ! »

Hilda écouta. La cabane était tout proche, mais pas le
moindre son ne s'en échappait. Quelque chose lui disait
que Gretel avait raison de tout craindre. Elle courut à la
fenêtre.

« Vous ne verrez rien de là, mademoiselle, dit Gretel en
sanglotant; la mère a suspendu des papiers huilés devant
les carreaux, mais de l'autre côté le papier est un peu déchiré, et vous pourrez voir, si vous osez regarder. »

Hilda tourna autour de la cabane; elle vit que le toit
abaissé était tout frangé par le chaume en mauvais état.

Au moment de regarder, une pensée soudaine l'arrêta.

« Je n'ai pas le droit, se dit-elle à elle-même, de regarder ainsi dans la maison qui ne m'est point ouverte. « Appelant doucement Gretel, elle lui dit tout bas : » Il vaut
mieux que vous regardiez, Gretel; vous verrez plus vite
qu'il dort, qu'il dort seulement peut-être. »

Gretel essaya de marcher vitement en se dirigeant vers
le carreau, mais ses jambes flageolaient. Hilda courut à
elle et la soutint.

« Le froid vous a gagnée, vous êtes malade aussi, j'en
ai peur, dit-elle avec bonté.

— Non, pas malade, mademoiselle, mais j'ai si mal là,
— elle mettait sa petite main sur son cœur —, si mal que

je ne puis pleurer, et je voudrais pleurer encore. Oh ! que mes yeux sont secs ! »

Ceux de Hilda ne l'étaient pas. Une lueur qui passa à travers les carreaux montra tout à coup à Gretel le visage de Hilda baigné de larmes.

« Ah ! mademoiselle ! s'écria la petite. Mademoiselle Hilda, vous pleurez sur nous ! Si Dieu vous voit ! Oh ! j'en suis sûre à présent, le père guérira. »

Et la petite créature, tout en essayant de regarder à travers les carreaux, baisa et rebaisa la main de Hilda.

Le store était en bien mauvais état, tout rapiécé ; un grand morceau de papier déchiré pendait du milieu. Gretel pressa fiévreusement son visage contre la vitre.

« Voyez-vous quelque chose ? murmura Hilda.

— Oui. Le père ne bouge pas ; sa tête est entourée de linges et leurs yeux à tous sont fixés sur lui. Mademoiselle ! » s'écria Gretel en se rejetant en arrière. Puis lançant ses sabots hors de ses pieds : « A présent, tout de suite, il faut que j'aille trouver ma mère. Voulez-vous entrer avec moi ? »

Hilda hésita. Mais elle ne crut pas devoir faire ce que désirait Gretel.

Elle prit la tête de la petite dans ses deux mains, l'embrassa comme une sœur l'eût embrassée, oui, aussi tendrement, et lui dit :

« Je crois que je ne dois pas entrer, Gretel, pas en ce moment... Mais bientôt, bientôt je reviendrai. »

La cloche sonnait.

« A bientôt, » dit Hilda une fois encore.

Et elle s'éloigna.

Gretel se rappela longtemps le sourire plein d'une angélique pitié qui éclaira le visage de Hilda au moment où elle lui avait dit pour la dernière fois : « A bientôt. »

Une ombre n'aurait pas pu entrer plus doucement dans

la cabane. Gretel n'osant regarder personne, se glissa, sans
bruit, à côté de sa mère.

Tout était tranquille dans la chambre. La petite fille
pouvait entendre la respiration du vieux docteur et les
étincelles tombant dans les cendres. La main de la mère
était glacée, mais une tache brûlante rougissait sur sa
joue; ses yeux ressemblaient à ceux d'une biche : si brillants, si tristes, si anxieux.

EST CE DONC LE JOUR DU SEIGNEUR?

# CHAPITRE XV

## LE RÉVEIL — UNE NOUVELLE ALARME

Il se fit enfin un mouvement sur le lit, très-léger, mais suffisant pour les faire tous tressaillir. Le docteur se pencha vivement sur le malade.

Encore un mouvement : la large main de Brinker s'agita, puis se porta lentement vers son front.

Elle y palpa les bandages, non pas d'un mouvement machinal, comme il eût pu le faire la veille, mais comme l'eût fait un autre malade qui aurait voulu se rendre compte de leur présence autour de sa tête. Le docteur lui-même

14

osait à peine respirer. Cependant les yeux de Brinker s'ou-
vrirent petit à petit, puis ses lèvres. Il allait parler.

« Doucement, doucement, dit une voix qui résonna étrangement aux oreilles de Gretel. Relevez un peu ce mât,
camarades ! Maintenant jetez la terre. Les eaux montent
vite. Pas de temps à.... »

Dame Brinker s'élança en avant comme une panthère,
saisit les mains de son mari et se penchant vers lui, lui
cria :

« Raff ! Raff ! mon ami, parlez-moi.

— Est-ce vous, Meitje ? demanda-t-il d'une voix faible.
Que m'est-il arrivé ? Il me semble que j'ai été blessé et
que j'ai dormi. Où est le petit Hans ?

— Me voici, père, cria Hans, à moitié fou de joie. »
Mais le docteur le retint.

« Il se rappelle, il nous reconnaît ! s'écria dame Brinker.
Grand Dieu ! Il nous reconnaît enfin ! Gretel, Gretel, venez
voir votre père ! »

En vain le docteur ordonna de faire silence et s'efforça
de les éloigner, ce fut impossible.

Hans et sa mère étaient penchés sur le lit du malade, si
nouvellement réveillé à la vie. Gretel ne disait rien, elle
se retenait de respirer, mais elle voyait ; mais de ses yeux
tout grands ouverts, coulaient de grosses larmes silencieu-
ses. Son père parlait d'une voix si faible. Qui donc aurait
été rompre le silence si nécessaire pour qu'on pût l'entendre ?

« Est-ce que le baby dort, Meitje ?

— Le baby, répéta dame Brinker. Oh ! Gretel, c'est de
vous qu'il parle ! Son second mot est pour le second de
ses enfants, car son garçon, il l'appelait le petit Hans !
Dix ans endormi ! Oh ! mynheer, vous nous avez sauvés
tous. Il y avait dix ans qu'il ne connaissait plus rien. Enfants, pourquoi ne remerciez-vous pas le meester ? »

La bonne femme était folle de joie. Le docteur ne répondit pas, mais ses yeux allèrent au-devant des siens, et du doigt il lui montra le ciel! Quelle noble tête il avait dans ce moment-là, le rude docteur Boekman. Il était transfiguré. Dame Brinker, Hans, Gretel et son assistant lui-même regardaient son grave et beau visage attendri comme on regarderait celui d'un saint du paradis.

Ils s'agenouillèrent tous autour du lit. Dame Brinker, tout en priant, avait pris la main de son mari. La tête du docteur était baissée sur sa poitrine dans l'attitude du recueillement.

« Pourquoi êtes-vous tous en prières? murmura le père. Est-ce donc le jour du Seigneur? »

Oh! oui, c'était le jour du Seigneur!

La femme fit un signe de tête affirmatif. Elle ne pouvait parler.

« Il faudrait alors nous lire un chapitre, dit Raff Brinker qui parlait lentement et avec difficulté! Je ne sais pas comment cela se fait, mais je me sens.... je me sens bien faible. »

Gretel atteignit sa grosse bible sur sa planche sculptée. Le docteur prit le livre de ses mains et le passant à son élève:

« Lisez, murmura-t-il, il faut calmer ces pauvres gens, ou l'homme mourra. »

Lorsque le chapitre fut terminé, dame Brinker fit un signe mystérieux à l'effet d'apprendre à tout le monde que son mari dormait.

« Maintenant, dame Brinker, dit le docteur à voix basse, tout en remettant ses grosses mitaines de laine, il lui faut un repos absolu; je dis absolu, vous comprenez? Je reviendrai demain. Ne donnez pas à manger au malade aujourd'hui. »

Et, saluant vivement, il quitta la chaumière, suivi de son élève.

Son superbe carrosse n'était pas loin; le cocher n'avait cessé de faire marcher doucement les chevaux, du haut en bas du canal, pendant tout le temps que le docteur était resté dans la cabane.

Hans sortit aussi.

« Que Dieu vous bénisse, mynheer, lui dit-il tremblant et rougissant. Je ne pourrai jamais reconnaître assez un tel service, mais si....

— Si, vous le pouvez, mon enfant, répliqua le docteur d'un air de mauvaise humeur, aiguisez un peu votre esprit pour le moment où le malade se réveillera. Toutes ces émotions seraient capables de tuer un homme bien portant; que doit-ce être pour celui qui est encore sur le bord de la tombe! Si vous voulez que votre père en réchappe, obtenez de votre mère, de votre sœur qu'elles ne fassent rien pour l'agiter, rien pour remuer vivement son cœur ni son esprit. »

Après avoir ainsi parlé, le docteur tourna le dos à Hans, sans ajouter une seule parole et se dirigea vers sa voiture, laissant Hans planté là, yeux et bouche grands ouverts, n'ayant qu'une seule pensée en tête : « Je n'ai pas su le remercier. »

Hilda fut sévèrement réprimandée ce jour-là pour être arrivée à la classe longtemps après que la cloche avait sonné. Il faut dire qu'après avoir vu entrer Gretel dans la cabane elle n'avait pas eu la force de s'en aller sans savoir si les choses avaient bien ou mal tourné pour ceux qui l'habitaient. Elle était restée tout auprès jusqu'à ce qu'elle eût entendu Hans s'écrier : « Me voici, père ! » Alors seulement elle était retournée à ses leçons et n'avait pu les réciter. Comment aurait-elle pu dire par cœur un long verbe latin, alors que ce cœur était tout entier à cette pensée unique : « Les braves gens, je crois qu'ils sont sauvés. »

Le lendemain de leur retour, le réveil de nos cinq écoliers avait été fort pénible. Chaque coup de cloche avait
éprouvé la sensibilité de leurs nerfs de la façon la plus
désagréable.

« La cloche se trompe, murmurait le gros Poot en en-
fonçant sa tête dans ses oreillers, afin de ne plus l'entendre, elle se trompe ! Il est trop tôt; la nuit ne fait que
commencer. Se taira-t-elle enfin ? »

Maître Ludwig avait eu plus d'esprit; il ne s'était pas
éveillé du tout et continuait son somme sans remords.
Soyez tranquilles; quelqu'un viendra bien les réveiller
tout à l'heure. Ce n'est pas en Hollande que le plaisir de
la veille peut autoriser la paresse du lendemain.

Karl, horriblement maussade, ne parvenait pas à trouver ses vêtements. Il avait déjà pris deux fois son habit
pour ses chausses.

Lambert s'était exécuté tant bien que mal.

Quant à Peter, il ne se ressentait plus de la fatigue du
voyage, et prêt avant l'heure, il s'était imposé de battre le
rappel à la porte de chacun des *hommes* de sa petite troupe
de la veille. Grâce à lui, chacun avait fini par pouvoir
dire : « présent » à l'entrée de l'école.

Quand, à midi sonnant, la foule des élèves qui de la
classe se déversait sur le canal y fit irruption, nul ne put
se dire avec plus de raison que nos cinq voyageurs des
jours passés, qu'il est dur d'avoir à travailler après qu'on
s'est trop amusé.

Peter seul était de la meilleure humeur possible. Il avait
appris par Hilda que Gretel avait cessé de pleurer et que
Hans avait crié joyeusement : « Me voici ! » Il ne lui fallait
pas d'autres preuves que Raff Brinker était guéri. Et, de
fait, la nouvelle s'en était répandue à plusieurs milles à la
ronde. Les gens qui ne s'étaient jamais auparavant sou-
ciés de Raff Brinker ou n'en avaient parlé qu'en haussant

les épaules et en souriant d'un air de dédain, paraissaient
aujourd'hui extrêmement familiers avec son histoire. Il
n'y avait pas de fin aux étranges versions qui circulaient
sur ce sujet.

Hilda, dans l'excitation du moment, s'était arrêtée un
instant pour échanger quelques mots avec le cocher du
docteur, pendant qu'il était près de ses chevaux, battant la
semelle et se donnant des coups de poings dans la poitrine pour se réchauffer. Son cœur affectueux débordait.
Elle ne put s'empêcher de dire à cet homme grelottant et à
l'air fatigué, que le docteur ne tarderait pas à sortir : elle
lui donna même à entendre qu'elle croyait — elle ne faisait que croire — qu'il avait accompli une cure merveilleuse : rendre l'esprit à un homme qui depuis dix ans
l'avait perdu ! Elle en était même sûre, puisque l'homme
était aussi vivant que n'importe qui, et peut-être — qu'en
savait-on — assis et causant comme un avocat.

Tout cela était très-indiscret. Hilda le sentait sans pouvoir s'en repentir.

C'est une délicieuse chose que d'avoir à répandre de
bonnes et surprenantes nouvelles ! Il en est tant qui pré-
féreraient semer de mauvais bruits.

La jeune fille trottait le long du canal, bien décidée à
se rendre de nouveau coupable de ce péché « ad infinitum »,
et de raconter son histoire à tous les garçons et à toutes
les filles de l'école.

En même temps, un personnage inévitable dans ces
sortes d'aventures — celui-ci s'appelait Janzoon Kolp —
arrivait sur les lieux, tout en patinant. En moins de deux
secondes, il s'était campé en face du cocher qui rassem-
blait les rênes, tout en grondant ses chevaux.

Janzoon l'accosta :

« Dites donc ? Qu'est-ce qui se passe dans la cabane de
l'idiot ? Est-ce que vot' patron y est ? »

Le cocher fit un signe de tête mystérieux.

« Ouist! siffla Janzoon en se rapprochant encore. Le vieux Brinker mort, hein? »

Le cocher se sentit gonflé d'importance et garda un silence gros de nouvelles.

« Parlez un peu, vieille pelote; je retournerais à la maison, là-bas, et je vous rapporterais un bon chignon de pain d'épice, si je croyais que vous pouvez ouvrir la bouche. »

La « vieille pelote » appartenait au genre humain. De longues heures d'attente l'avaient affamé comme un loup. A cette insinuation de Janzoon il donna des signes de faiblesse.

« C'est bien, mon vieux, continua son tentateur, dépêchons-nous. Quelles nouvelles? Le vieux Brinker mort, hein?

— Non, guéri! Recouvré ses sens, » dit le cocher en lançant ces mots un à un comme des balles.

Et comme des balles (parlant au figuré) elles frappèrent Janzoon. Il sauta en l'air, comme si on l'avait fusillé.

« Goede Gunst! C'est pas possible! »

Il aperçut au même moment un groupe d'écoliers à quelque distance. Oubliant cocher, pain d'épice, tout, excepté la nouvelle étonnante, il courut vers eux.

Il en résulta que, avant le coucher du soleil, on sut dans tout le pays environnant que le docteur Boekman, passant par hasard auprès de la cabane de « l'idiot, » avait administré à Brinker une dose énorme de médecine aussi noire que de l'encre; que six hommes avaient été obligés de le tenir pendant qu'on la lui entonnait. L'idiot avait immédiatement sauté sur ses jambes, en pleine possession de toutes ses facultés, et cela si brusquement que le docteur avait roulé par terre. L'ex-malade s'était enfin assis et avait adressé la parole à tout le monde, ni plus ni moins

qu'un homme de loi. Après cela, il s'était retourné et avait
parlé à sa femme et à ses enfants en confidence d'une façon
admirable. Dame Brinker avait tant ri de ses propos,
qu'elle en avait eu une violente attaque de nerfs. Quant
à Hans, il avait dit : « Me voici, père ! votre fils bien-
aimé. » Et Gretel avait dit : « Me voici, père, votre fille
bien-aimée. »

Puis on avait vu le docteur couché dans le fond de sa
voiture, blanc comme un mort.

Lorsque le docteur arriva le lendemain à la cabane des
Brinker, il ne put s'empêcher de remarquer l'air de joyeux
confort qui y régnait. Une atmosphère de bonheur l'enve-
loppa aussitôt qu'il posa les pieds sur le seuil. Dame Brinker, radieuse, tricotait près du lit, pendant que son mari
reposait tranquillement et que Gretel pétrissait, sans bruit,
sur un coin de la table, de la farine de seigle pour faire du
pain.

Le docteur ne resta pas longtemps ; il fit quelques ques-
tions, parut satisfait des réponses, et dit, après avoir tâté
le pouls au malade :

« Ah ! très-faible encore, dame Brinker, très-faible en
vérité. Il lui faut de la nourriture. Vous pouvez commencer à lui donner à manger. Hem ! pas trop ; mais que ce
que vous lui donnerez soit nourrissant et de première
qualité.

— Nous avons du pain noir, mynheer, et du gruau, répliqua gaiement dame Brinker, cette nourriture lui a toujours convenu.

— Ta, ta, ta! fit le docteur en fronçant le sourcil, rien
de tout cela. Il lui faut du jus de viande fraîche, du pain
blanc sec et grillé, de bon vin de Malaga, et.... hem, hem !
Il a l'air d'avoir froid. Couvrez-le davantage, quelque
chose de chaud et de léger. — Où est le garçon ?

— Hans est allé à Broek pour chercher de l'ouvrage,

mynheer. Il ne sera pas longtemps. Le meester veut-il s'asseoir ? »

Soit que le tabouret dur et poli qui lui fut offert ne le tentât pas ou que la dame Brinker elle-même lui fît peur, parce qu'une expression de tristesse inquiète s'était glissée sur son visage, l'excentrique docteur jeta autour de lui des regards embarrassés et ne voulut pas s'asseoir. Il marmotta quelque chose comme ceci : « Le cas est extraordinaire, » puis salua et disparut avant que dame Brinker eût le temps d'ajouter une parole.

Il était étrange que la visite de leur bienfaiteur eût jeté une ombre dans la cabane : il en fut ainsi cependant. Gretel fronçait le sourcil et pétrissait le pain d'un mouvement violent. Dame Brinker courut au lit de son mari, se pencha sur lui et se mit à pleurer silencieusement.

Hans ne tarda pas à rentrer.

« Eh bien, mère, dit-il d'un ton alarmé, qu'as-tu ? Est-ce que le père va plus mal ? »

Elle tourna vers lui son visage tremblant d'émotion, sans essayer de cacher sa détresse.

« Oui. Il meurt de faim. Le meester l'a dit. »

Hans pâlit.

« Qu'est-ce que cela signifie, mère ? Il faut lui donner à manger tout de suite. Gretel, Gretel, apportez-moi le gruau.

— Non, non ! cria la mère à moitié folle, mais sans élever la voix, cela pourrait le tuer ; notre pauvre nourriture est trop pesante pour lui. Oh ! Hans ! il mourra ! le père mourra si nous le traitons ainsi. Il faut qu'il ait de la viande, du vin doux et un édredon. Oh ! Que faire ? que faire ? ajouta-t-elle en sanglotant et en se tordant les mains. Il n'y a pas un stiver à la maison ! »

Les larmes de Gretel coulaient une à une dans la pâte.

« Le meester a-t-il dit qu'il *fallait* que le père eût toutes ces choses, mère ?

— Oui, il l'a dit.

— Eh bien, mère, ne pleurez pas. *Il les aura.* Je lui apporterai de la viande et du pain, avant ce soir. Prenez la couverture de mon lit, je puis dormir dans la paille.

— Oui, Hans, mais elle est lourde, toute mince qu'elle soit. Le meester a dit qu'il lui fallait quelque chose de léger et de chaud. Il mourra ! Notre provision de tourbe s'épuise, Hans ; le père l'a bien gaspillée, en la jetant dans le feu pendant que je ne regardais pas, pauvre homme !

— N'importe, mère, murmura Hans gaiement, nous pourrons couper le saule et le brûler si c'est nécessaire. Je rapporterai quelque chose ce soir. Il *doit* y avoir de l'ouvrage à Amsterdam, bien qu'il n'y en ait pas à Broek. Ne craignez rien, mère, le plus triste est passé ; nous pouvons tout endurer maintenant que le père a retrouvé la raison.

— Ah ! dit dame Brinker avec un sanglot, tout en s'essuyant les yeux, c'est vrai cela.

— Certainement. Regardez comme il dort paisiblement. Pensez-vous que Dieu permettrait qu'il mourût de faim juste au moment où il vient de nous le rendre? Mais, mère, je suis *certain* de me procurer tout ce qu'il faut au père ; aussi certain que si ma poche craquait sous le poids de l'or. Allons, ne pleurez pas. »

Et l'embrassant à la hâte, Hans prit ses patins et se glissa hors de la chaumière.

Pauvre garçon ! Désappointé dans ses recherches du matin, à moitié malade de la nouvelle de ces complications, il faisait néanmoins contre mauvaise fortune bon visage et essayait de siffler tout en s'éloignant avec la ferme résolution de remédier au mal.

Le besoin ne s'était jamais fait si vivement sentir dans la famille Brinker. Leur provision de tourbe était

presque épuisée, et le reste de la farine avait servi à faire
la pâte que Gretel pétrissait. C'est à peine s'ils avaient
pensé à manger depuis quelques jours, à peine s'ils avaient
songé à leur dénûment. Dame Brinker était si sûre qu'elle
et ses enfants gagneraient quelque chose avant d'en arriver au pire, qu'elle avait tout oublié dans la joie de la
guérison de son mari. Elle n'avait même pas dit à Hans
que les quelques pièces d'argent enfermées dans le vieux
gant étaient dépensées.

Hans se reprochait maintenant de n'avoir pas appelé
le meester lorsqu'il l'avait vu monter le chemin d'Amsterdam.

« Il y a peut-être quelque erreur, » pensa-t-il. Le
meester sait bien que nous ne pouvons nous procurer ni
viande ni vin doux, et cependant le père a l'air bien faible.
Il *faut* que je trouve de l'ouvrage. Si Mynheer van Holp
était venu de Rotterdam, je n'en manquerais pas. Mais le
jeune M. Peter m'a recommandé de m'adresser à lui dans
le cas où nous aurions besoin d'un service. Je vais aller
le trouver. Oh! si nous étions seulement en été! »

Hans, tout en se parlant ainsi, courait vers le canal. Ses
patins furent bientôt mis et il effleura vivement la glace
dans la direction de la demeure de Mynheer van Holp.

« Il faut que le père ait de la viande et du vin tout de
suite, murmurait-il. Mais comment pourrai-je gagner l'argent à temps pour qu'il ait tout cela aujourd'hui ! « Il n'y
pas d'autre moyen que d'aller, comme je l'ai *promis*, trouver M. Peter. Que lui coûterait à lui un présent de viande
et de vin? Lorsque le père aura mangé, je courrai à Amsterdam et je gagnerai l'argent nécessaire à la provision de
demain.

Puis vinrent d'autres pensées qui lui firent battre le
cœur et couvrirent ses joues de rougeur.

« Cela s'appelle mendier, cela. Les Brinker n'ont jamais

demandé l'aumône. Serai-je donc le premier? Mon pauvre
père, en revenant à lui, apprendra-t-il que sa famille a
mendié; lui qui s'est toujours montré si sage et si économe? Non! s'écria Hans tout haut, mieux vaut cent fois
se défaire de la montre. Je puis du moins emprunter de
l'argent dessus à Amsterdam, dit-il en se retournant, il
n'y aura pas de honte à cela. Il est possible que je trouve
de l'ouvrage tout de suite et alors je pourrai la racheter.
Mais je puis en parler au père lui-même peut-être? »

Cette dernière pensée le fit sauter de joie. Pourquoi donc
ne parlerait-il pas au père? « C'est un être raisonnable
maintenant. Il peut s'éveiller tout frais et reposé, il peut
bien nous dire que cette montre est sans importance
et qu'on peut la vendre. Hoezza! »

JE LA RECONNAIS!

# CHAPITRE XVI

RETOUR DU PÈRE A LA SANTÉ. — LES MILLE GUILDERS

Hans se mit à voler sur la glace.

Au bout de quelques minutes, les patins se balançaient
de nouveau à son bras. Il courait vers la cabane.

Sa mère vint à sa rencontre sur le seuil.

« Oh! Hans! lui cria-t-elle avec un visage rayonnant de
joie, la demoiselle est venue avec sa bonne; elle a apporté
toutes sortes de choses : de la viande, de la gelée, du vin
et du pain — tout plein un panier. Et le docteur a envoyé
de la ville un homme avec du vin, un beau lit et des couvertures pour le père. Dieu les bénisse !

— Oui, Dieu les bénisse ! répéta Hans. »

Et pour la première fois, ce jour-là, les yeux du vaillant garçon se remplirent de larmes, mais de larmes si douces !

Ce soir-là, Raff Brinker se sentit si bien, qu'il insista pour s'asseoir un instant auprès du feu, sur la chaise dure à haut dossier. Pendant quelques moments la chaumière fut sens dessus-dessous. Hans se sentait plein d'importance à cette occasion, car son père était lourd et il fallait un bras ferme pour le soutenir. La bonne femme, quoiqu'elle fût loin de ressembler à une de nos dames si fragiles, était dans un tel état d'agitation et d'alarme à l'idée d'agir ainsi sans les ordres du meester, qu'elle faillit jeter son mari par terre au moment où elle se figurait être son principal soutien.

« Doucement, femme, doucement, dit Raff hors d'haleine, suis-je donc devenu si vieux et si faible, ou est-ce la fièvre qui me rend incapable comme cela ?

— Écoutez-le, fit en riant dame Brinker, écoutez-le parler comme tout autre chrétien ! C'est le reste de votre mal qui vous rend faible comme ça, Raff. Voici la chaise bien arrangée chaudement et confortablement. Asseyez-vous à présent. Ah ! grand Dieu ! nous y sommes ! »

En prononçant ces mots, dame Brinker laissa aller doucement sa moitié de fardeau sur la chaise. Hans l'imita prudemment.

Pendant ce temps, Gretel courait de tous côtés, apportant à sa mère toutes sortes d'objets pour soutenir le dos du père ou pour étendre sur ses genoux. Puis elle glissa le banc sculpté sous ses pieds, et Hans donna un coup de pied au feu pour le faire flamber.

Le père était donc *levé* enfin ! Quoi d'étonnant à ce qu'il regardât autour de lui d'un air encore un peu égaré ? Le petit Hans l'avait presque porté. Le baby avait plus de

quatre pieds de haut et balayait gravement la pierre du
foyer avec une poignée de branches de saule. Meitje, sa
bonne femme, aussi agréable et aussi belle que jamais,
devait peser une cinquantaine de livres de plus. Tous ces
changements pour lui s'étaient opérés en quelques heures.
Sa figure à lui s'était enrichie de quelques rides qu'il ne se
connaissait pas, et qui l'intriguaient. Les seuls objets de
la chaumière qui lui fussent complétement familiers étaient
la table de sapin qu'il avait fabriquée avant son mariage,
la grosse Bible reposant sur la planche et le buffet dans le
coin.

Ah ! Raff Brinker, il était bien naturel que vos yeux se
remplissent de chaudes larmes, même en regardant les
figures joyeuses de vos bien-aimés. Dix années retranchées
de la vie d'un homme, ce n'est pas une petite perte; dix
années de virilité, de bonheur domestique perdus; dix
années d'honnête labeur, de consciente jouissance du soleil
et des beautés de la nature disparues ; et comment? Avoir
eu tout cela à sa portée un jour et s'éveiller le lendemain
pour n'en plus rien trouver. Plus rien ! Qui pourrait s'étonner que des pleurs brûlants coulent le long de vos
joues !

Tendre petite Gretel ! La prière de sa vie entière se trouvait exaucée. Elle sentait qu'elle aimait et connaissait son
père, à partir de cet instant. Hans et sa mère se regardèrent
silencieusement lorsqu'ils la virent s'élancer vers lui et lui
jeter les bras autour du cou.

« Père, cher père, murmura-t-elle en pressant doucement
sa joue contre la sienne, ne pleurez pas, nous sommes
tous ici.

— Dieu te bénisse ! dit Raff sanglotant et l'embrassant
à plusieurs reprises, t'avais-je donc oubliée ! »

Il releva bientôt les yeux et parla gaiement :

« Je la reconnais, femme, dit-il en tenant la jeune et

jolie fille entre ses bras et la contemplant comme s'il la voyait en une seconde croître de toutes les années écoulées, je la reconnais. Les mêmes yeux bleus, les mêmes lèvres rouges, et... et... la petite chanson qu'elle chantait avant de pouvoir parler ! — Mais il y a donc longtemps de cela ? ajouta-t-il avec un soupir en continuant à la regarder d'un air pensif, bien longtemps... C'est oublié maintenant ?

— Mais non, mais non, s'écria vivement dame Brinker, croyez-vous que j'aurais permis qu'elle l'oubliât ? — Gretel, mon enfant, chante la vieille chanson que tu sais depuis si longtemps. »

Raff Brinker laissa retomber ses mains d'un air de fatigue, et ses yeux se fermèrent ; mais il faisait bon voir le sourire qui errait sur sa bouche, pendant que la voix de Gretel flottait autour de lui comme un encens.

C'était un chant simple, dont elle n'avait jamais connu les paroles.

Avec un instinct plein d'amour, elle adoucit encore chaque note, jusqu'à ce que Raff s'imaginât presque que son baby de deux ans était encore près de lui.

Aussitôt que la chanson fut terminée, Hans monta sur un tabouret et se mit à fourrager dans le buffet.

« Prenez garde, Hans, fit dame Brinker qui, malgré sa pauvreté, était toujours une femme de ménage soigneuse, prenez garde ; le vin est là, à votre droite, et le pain blanc derrière.

— N'ayez pas peur, mère, répondit Hans, cherchant à atteindre quelque chose placé au fond, sur la plus haute planche, je ne ferai pas de malheur. »

Redescendant alors, il alla placer dans les mains de son père un bloc oblong de bois de sapin ; les bouts en étaient arrondis et on avait fait au sommet des coupures assez profondes.

« Reconnaissez-vous cela, père ? » demanda-t-il.

La figure de Raff s'éclaira :

« Oui vraiment, garçon ; c'est le bateau que je vous faisais hi... hélas non, pas hier, mais il y a des années.

— Je l'ai toujours gardé, père ; vous pourrez le finir lorsque votre main sera plus forte.

— Oui, mais pas pour vous, mon garçon ; il faut que j'attende jusqu'à ce qu'il y ait des petits enfants. Vous allez être un homme, bientôt. Avez-vous bien aidé votre mère pendant toutes ces années, hein, garçon ?

— Oui, oui, et bravement encore, fit dame Brinker, nous avons un bon fils et une bonne fille, va !

— Voyons un peu, reprit le père, les regardant tous d'un air embarrassé. Combien y a-t-il que les eaux arrivaient ? C'est la dernière chose que je me rappelle.

— Nous t'avons dit la vérité, Raff ; il y a eu dix ans à la Pentecôte dernière. »

— Dix ans ! Et je suis tombé, dites-vous ? Est-ce que la fièvre m'a tenu tout ce temps-là ? »

Dame Brinker savait à peine ce qu'elle devait répondre. Fallait-il lui dire qu'il avait été idiot ? presque fou, même ? Le docteur lui avait bien recommandé de ne fatiguer ni exciter le malade en aucune façon.

Hans et Gretel parurent surpris lorsque la réponse vint enfin.

« C'est bien possible, Raff, dit-elle en secouant la tête et soulevant ses sourcils. Lorsqu'un homme aussi fort que toi tombe sur la tête, il est difficile de prévoir ce qui en résultera. Mais tu vas bien, maintenant, Raff. Dieu soit loué ! »

L'homme nouvellement réveillé courba le front.

« Ah ! oui, assez bien, ma femme, dit-il après quelques moments de silence. Mais mon cerveau tourne comme la

15

roue d'un rouet. Je ne serai guéri que lorsque je pourrai retourner aux digues. Quand pourrai-je recommencer à travailler ? Le savez-vous ?

— Écoutez l'homme ! cria dame Brinker, ravie et effrayée tout à la fois. Il faut que nous le recouchions, Hans. Travailler ? Vraiment ! Déjà penser au travail ! Il est trop tôt, mon bon mari. »

Ils essayèrent de le soulever de sa chaise ; mais il n'était pas encore prêt.

« Tenez-vous en paix ! » s'écria-t-il avec quelque chose comme son ancien sourire. (C'était la première fois que Gretel le voyait). « Est-ce qu'un homme peut endurer qu'on l'enlève ainsi comme une bûche ? Je vous dis qu'avant que le soleil se soit levé trois fois, je serai de nouveau sur les digues. Ah ! il y aura là de solides gars pour me souhaiter la bienvenue. Jean Kamphuisen et le jeune Hoogsvliet. Ils se sont montrés tes bons amis, Hans, j'en suis sûr. »

Hans regarda sa mère. Il y avait cinq ans que le jeune Hoogsvliet était mort. Jean Kamphuisen était en prison à Amsterdam.

« Oui, oui, ils auraient fait leur part, il n'y a pas de doute, fit dame Brinker, venant à son aide, si nous le leur avions demandé. Mais entre le travail et l'étude, Hans a été assez occupé pour se passer de camarades.

— Le travail et l'étude, répéta Raff Brinker pensif, est-ce que les enfants peuvent lire et compter, Meitje ?

— Il faudrait les entendre ! répondit-elle fièrement. Ils parcourent un livre, le temps que je mets à éponger par terre ; Hans, lui, est aussi heureux sur une page remplie de gros mots, qu'un lapin dans un carré de choux. Quant à compter...

— Viens ici, garçon, aide-moi un peu, interrompit Raff Brinker, il faut que je me recouche. »

Quiconque eût vu ce soir-là les Brinker mangeant leur souper frugal, n'eût pu se douter qu'il y avait tout près d'eux des mets délicats. Hans et Gretel fixaient bien de temps en temps les yeux sur le buffet, tout en buvant leur tasse d'eau et en mangeant leur petite portion de pain noir; mais ils ne songeaient pas, même en pensée, à priver leur père de la moindre parcelle de ces choses délicates.

« Il a mangé son souper avec appétit, dit dame Brinker en désignant le lit d'un signe de tête, puis il s'est endormi tout de suite. Le cher homme sera faible encore longtemps. Il faisait mine de vouloir se relever, mais j'ai fait semblant de l'écouter et de tout préparer et il s'est endormi. Rappelez-vous cela, ma fille, quand vous aurez un mari à vous (il pourra se passer bien des jours auparavant), rappelez-vous que vous ne serez jamais maîtresse par la contrariété. La femme humble est maîtresse du mari. — Ta, ta, n'avale plus de telles bouchées d'un coup, mon garçon; je ferais un repas de deux comme celles-là. Qu'est-ce que tu as donc, Hans? On dirait que tu découvres des toiles d'araignée sur le mur.

— Oh non! mère, je pensais seulement.

— Tu pensais, à quoi? Ah! ce n'est pas la peine de le demander, ajouta-t-elle d'un air contristé. Il n'y a pas de honte à croire que nous aurions *pu* entendre ton père nous parler des mille guilders; mais pas un mot — non, — il est évident qu'il ignore complétement ce qu'ils sont devenus. »

Hans leva les yeux avec inquiétude, craignant que sa mère ne se montrât trop excitée, comme d'habitude, lorsqu'elle parlait de leur épargne perdue; mais elle grignotait son pain en silence en fixant tristement les yeux sur la fenêtre.

« Mille guilders, dit une voix faible qui partait du lit.

Ah, je suis sûr qu'il vous ont été d'un grand secours, femme, pendant les longues années que votre homme restait à ne rien faire. »

La pauvre femme tressaillit. Ces mots détruisaient l'espérance qu'elle avait sentie renaître en elle depuis quelque temps.

« Êtes-vous réveillé, Raff ? balbutia-t-elle.

— Oui, femme, et je me trouve beaucoup mieux. Je disais, Meitje, que nous avions bien fait de mettre de l'argent de côté. Est-ce qu'il vous a duré pendant ces dix années ?

— Mais... Je... je... ne l'ai pas eu cet argent, Raff... »

Elle allait lui dévoiler toute la vérité, lorsque Hans leva le doigt pour l'avertir et murmura :

« Rappelez-vous ce que le meester a recommandé ; il ne faut pas tourmenter le père.

Parlez-lui, garçon, lui dit-elle d'une voix tremblante. »

Hans courut près du lit :

« Je suis bien content que vous vous trouviez mieux, dit-il en se penchant sur son père. Encore un jour et vous serez tout à fait solide.

— Oui, probablement... combien de temps l'argent a-t-il duré ? Je n'ai pas entendu ce qu'a dit la mère. Qu'a-t-elle répondu ?

— J'ai dit, Raff, fit dame Brinker en grande détresse. J'ai dit qu'il avait disparu.

— Bon, bon, femme, ne vous faites pas de chagrin pour cela ; mille guilders pour dix ans, ce n'est pas trop ; et des enfants à élever, encore. Mais ils vous ont fait du bien à tous. Avez-vous eu beaucoup de maladies à supporter ?

— N...on, fit dame Brinker, en portant son tablier à ses yeux et en sanglotant.

— Ta, ta, ta, femme, pourquoi pleurez-vous ? dit Raff avec bonté, nous remplirons bientôt une sacoche lorsque je serai sur pieds. Heureusement que je vous ai tout dit avant de tomber.

— Dit tout quoi, mon homme ?

— Mais, que j'avais enterré l'argent. Figure-toi que dans mon rêve, tout à l'heure, il me semblait que je ne t'en avais jamais dit un mot. »

Dame Brinker s'élança.

Hans lui prit le bras.

« Chut ! mère, fit-il tout bas, il nous faut faire attention. »

Puis, pendant qu'elle restait à l'écart, les mains jointes, attendant avec une extrême anxiété, il s'approcha du lit, tremblant lui-même.

— C'était un rêve singulier, dit-il. Vous souvenez-vous quand vous avez enterré l'argent, père ?

— Oui, mon garçon, c'était avant le lever du soleil, le jour où j'ai été blessé. Jean Kamphuisen avait dit quelque chose la veille qui m'avait fait douter de sa probité. C'était le seul être vivant, après la mère, qui savait que nous avions mille guilders. De sorte que je me relevai, cette nuit-là, et que j'enterrai l'argent. Fou que j'étais de me défier d'un vieil ami.

« Je parie, père », dit Hans d'un ton de plaisanterie, faisant signe en même temps à sa mère et à Gretel de rester tranquilles, « je parie que vous avez oublié l'endroit où vous l'avez enterré !

— Ha, ha, ha, pas moi vraiment... Mais bonsoir, fils je crois que je vais redormir.

— Bonsoir, père. — Où avez-vous dit que vous aviez enterré l'argent ? J'étais tout petit alors.

— Tout près du petit saule, derrière la cabane », fit Raff, à moitié endormi.

— Oui, oui, au nord de l'arbre, n'est-ce pas, père ?

— Non, au sud. Ah ! vous connaissez bien l'endroit, hein, malin... Vous étiez là, probablement quand votre mère l'a déterré... — Maintenant assez, fils. Soulevez un peu l'oreiller. Bien. Bonsoir.

— Bonne nuit, père », répondit Hans, prêt à sauter de joie.

La lune se leva très-tard ce soir-là, reluisant claire et pleine à la petite fenêtre ; mais ses rayons ne dérangèrent pas Raff Brinker. Il dormit profondément ainsi que Gretel. Hans et sa mère avaient autre chose à faire.

Ayant terminé à la hâte quelques préparatifs, ils se glissèrent dehors ; leurs visages étaient pleins d'une joyeuse attente. Ils portaient une bêche cassée et un outil de fer rouillé qui avait fait plus d'un jour de bon travail, lorsque Raff était encore un solide ouvrier des digues.

Il faisait si clair dehors qu'ils voyaient distinctement le saule. La terre gelée était dure comme de la pierre, mais Hans et sa mère avaient du courage. Leur seule crainte était de réveiller les dormeurs de la cabane.

« Ce ysbrekker (casseur de glace) fait bien l'affaire, mère, dit Hans en frappant des coups vigoureux. Mais le sol est si dur, que la besogne avance peu.

— N'importe, Hans, dit la mère, qui le suivait attentivement des yeux. Laissez-moi essayer maintenant. »

Ils parvinrent bientôt à pratiquer une ouverture, et le reste alla tout seul.

Ils continuaient à travailler, se relayant et se parlant bas, d'un ton gai. De temps en temps dame Brinker s'arrêtait, se glissait sans bruit vers la chaumière et écoutait au seuil pour s'assurer que son mari dormait.

« Quelle magnifique nouvelle ce sera pour lui ! fit-elle en riant, lorsqu'il sera assez fort pour la supporter. Combien j'aimerais à mettre la sacoche et le bas, tels que nous les trouverons, tout pleins d'argent, près de lui,

pendant cette nuit bénie, afin que le cher homme puisse
les voir en se réveillant.

— Oui, mais il nous faut les trouver d'abord, mère,
dit Hans hors d'haleine en continuant à piocher.

— Il n'y a pas de doute à cela ; ils ne peuvent nous
échapper maintenant, répondit-elle grelottant de froid et
d'agitation, pendant qu'elle se penchait vers l'ouverture. Probablement que nous les trouverons enfermés
dans le vieux pot de terre qui a disparu depuis longtemps. »

Hans tremblait aussi, quoique ce ne fût pas de froid. Il
avait creusé à une profondeur de plus d'un pied, de tout
un côté de l'arbre. D'un moment à l'autre ils pouvaient
arriver sur le trésor.

Pendant ce temps les étoiles, se regardant, clignaient
de l'œil comme pour dire : « Drôle de pays que cette
Hollande ! Que de choses nous voyons, nous autres ! »

« Il est étrange que le cher père ait enterré son trésor si
profondément, dit dame Brinker d'un ton un peu fâché. Il
est vrai que la terre était assez molle alors. Et quelle prudence de se méfier de Jean Kamphuisen, parfaitement estimé jusque-là ! Qui se serait douté que ce beau garçon
avec ses manières joviales irait jamais en prison. Mais le
père y voyait alors plus clair que tout le monde. Voyons,
Hans, laissez-moi travailler un peu ; c'est plus facile maintenant que le trou est profond. Prenons bien garde de ne
pas nuire à l'arbre. Pensez-vous que ce que nous faisons
puisse lui faire du mal ?

— Je ne saurais dire, » répondit-il gravement.

Hans évidemment était soucieux.

Heure après heure, la mère et le fils piochèrent. Le
trou se fit plus large et plus profond. Des nuages se ras-
semblaient au-dessus de leurs têtes, leur jetant, en passant,
des ombres fantastiques. Ce ne fut pas avant que lune et

étoiles se fussent effacées et que des bandes de lumière annonçant l'aurore eussent paru, que Meitje Brinker et Hans, son fils, cessant de travailler, se regardèrent avec découragement.

Ils avaient creusé et cherché soigneusement tout autour de l'arbre : Sud, Nord, Est, Ouest. Non ! Le trésor caché n'y était pas !! Ce trésor qui eût été si nécessaire au rétablissement du père....

MADAME VAN HOLP

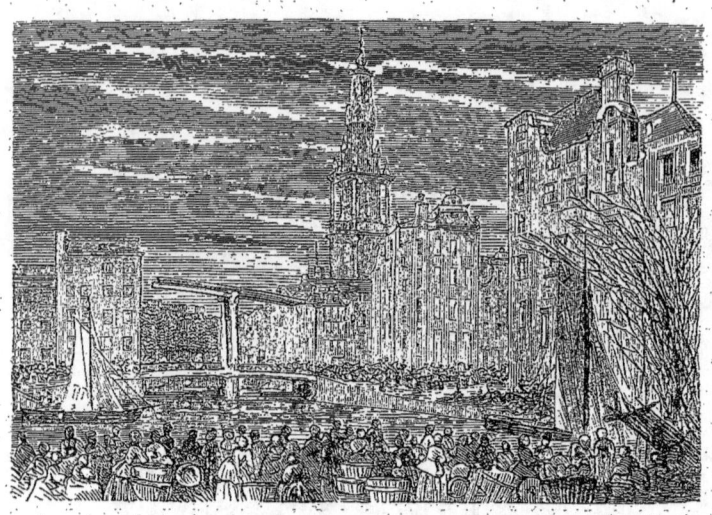

# CHAPITRE XVII

COUPS D'ŒIL — HANS CHERCHE DE L'OUVRAGE

Annie Bowman éprouvait un éloignement, qu'elle ne parvenait pas à dissimuler, pour Janzoon Kolp. Ce rustre adorait à sa manière Annie Bowman. Annie déclarait qu'elle n'aurait pu, quand même il se serait agi de la vie, dire un mot civil à cet odieux garçon. Janzoon pensait d'elle que c'était la créature la plus aimable et la plus impertinente du monde. Annie se moquait avec ses compagnes de la façon ridicule dont la jaquette toujours sale et déguenillée de Janzoon lui battait les jambes. Lui, sou-

pirait tout seul au souvenir de la grâce flottante de la gaie
jupe bleue de la jeune fille. Elle remerciait Dieu de ce que
ses frères ne fussent pas comme les Kolp; et lui gromme-
lait après sa sœur parce qu'elle ne ressemblait pas aux
Bowman. Ils semblaient changer de nature lorsqu'ils se
rencontraient. La présence de Janzoon rendait Annie dure
et impitoyable; et la vue seule d'Annie rendait Janzoon
doux comme un mouton. Ils se rencontraient fort souvent. Annie détestait Janzoon de plus en plus à chaque
rencontre, et Janzoon l'aimait au contraire de plus en
plus.

« Comme elle me regarde! pensait Janzoon. Bien, bien,
je suis quand même un beau garçon, bronzé par le soleil.

— Janzoon Kolp, impudent garçon, éloignez-vous de
moi tout de suite! lui criait souvent Annie.

— Ha! ha! se disait en riant Janzoon, les jeunes filles
ne disent jamais ce qu'elles pensent. »

Si bien que, revenant en patinant, ce jour là, d'Amsterdam, Annie Bowman vit qu'un grand et lourd garçon des-
cendait le canal en même temps qu'elle. Elle se promit de
faire semblant de ne pas même l'avoir aperçu.

« Bonjour Annie Bowman, dit une voix agréable.

— Une voix agréable, se dit Annie, ce ne peut pas être
la voix de cet insupportable Janzoon. »

Un sourire a vite fait de transformer la figure boudeuse
d'une jeune fille. C'est ce qui arriva pour celle d'Annie.

« Bonjour, maître Hans, je suis vraiment contente de
vous rencontrer », répondit-elle.

Un sourire n'illumine pas mal non plus la figure d'un
garçon! Hans, après cette réponse, n'était plus le Hans de
tout à l'heure.

« Bonjour, Annie, dit-il. Il est survenu de grands changements à la maison, depuis que vous n'êtes venue.

— Comment cela? s'écria-t-elle en ouvrant de grands
yeux pleins de joie. »

Hans, qui avant de rencontrer Annie était très-pressé et
un peu songeur, devint tout de suite communicatif; bien
plus, il se trouva tout à fait à son aise au soleil d'Annie.
Tournant, virant autour d'elle, il l'accompagna doucement
sur le chemin de Broek, et lui raconta tout ce qui était arrivé à son père. Annie était une amie si sincère qu'il lui fit
même part de leur grande détresse, lui disant, comme il
l'eût fait à une sœur tout à fait raisonnable, de combien
d'argent ils avaient besoin et comme quoi, tout dépendant
de l'ouvrage qu'il trouverait, il n'avait jusque-là pu rien
trouver dans le voisinage.

Tout cela ne fut pas raconté parce qu'il avait envie de
se plaindre, mais simplement parce que le regard sympathique d'Annie lui disait clairement qu'elle désirait tout
savoir. Il n'eut qu'un secret pour elle: il ne lui parla pas
de son amer désappointement de la nuit dernière relativement au trésor, car ce secret n'était pas à lui tout seul.
Quand il eut tout dit, moins cela : « Au revoir, Annie, dit
Hans, le temps passe vite avec vous. Il faut que je me hâte
d'arriver à Amsterdam pour vendre ces patins. La mère a
besoin d'argent tout de suite pour le père. Cela me por-
tera bonheur de vous avoir rencontrée. Je trouverai bien
sûr du travail avant la nuit.

— Vendre vos patins neufs, Hans? s'écria Annie. Vous
qui êtes le meilleur patineur des environs de Broek! Mais
la course aura lieu dans cinq jours?

— Je le sais, répondit-il d'un air résolu. Mais il le faut,
c'est un petit sacrifice à faire. Au revoir, Annie! Je reviendrai à la maison, monté sur les vieux patins de bois.
Bah ! »

Quel regard brillant! Et si différent de la grimace habituelle de ce désagréable Janzoon !

Hans partit comme un trait.

« Hans! Hans! revenez, cria-t-elle. »

Comme on dit, sa voix changea la flèche en toupie. Hans, tournant sur lui-même avec prestesse, revint vers elle en décrivant une petite courbe.

« Alors vous allez vraiment vendre vos patins neufs? Vous trouverez donc un amateur?

— Certainement, répliqua-t-il souriant d'un air surpris, ils sont très-beaux et si bons!

— Eh bien, Hans, si décidément vous voulez vous défaire de vos patins, dit Annie un peu confuse, je... je... Eh bien je connais quelqu'un qui voudrait bien les acheter. Voilà.

— Pas Janzoon Kolp? demanda Hans qui devint tout rouge.

— Oh! non! dit-elle en faisant la moue, il n'est pas de mes amis.

— Pourtant vous le connaissez? fit Hans en insistant. »

Annie se mit à rire:

« Oui, je le connais, et c'est tant pis pour lui. Je vous en prie, Hans, ne me parlez plus jamais de Janzoon. Je le déteste.

— Vous le détestez, Annie? Est-il possible que vous détestiez quelqu'un? »

Elle secoua la tête d'un petit air volontaire.

« Oui, et je vous détesterai aussi, si vous persistez à le mettre au nombre de mes amis. Vous autres garçons, vous pouvez le supporter parce qu'il a gagné l'oie grasse à la Kermesse, l'été dernier, et grimpé au mât de cocagne avec son grand vilain corps enfermé dans un sac; mais ces choses-là ne me plaisent pas. Je l'ai détesté depuis le jour où je l'ai vu repousser si brutalement sa petite sœur pour l'empêcher de se joindre à une ronde joyeuse à Amsterdam. Et d'ailleurs, on sait très-bien, du côté de

chez nous, que c'est lui qui a tué la cigogne sur le toit de
votre mère. Mais je ne sais pas pourquoi nous parlons
tant d'un si méchant garçon. Vraiment, Hans, je connais
quelqu'un qui serait très-content d'avoir vos patins. Je
vous en *prie*, cédez-les moi, je vous porterai l'argent cette
après-midi. »

Si Annie était charmante, même lorsqu'elle disait « Je
déteste », il n'y avait pas moyen de lui résister lorsqu'elle
disait : « je vous en prie ». Du moins c'était l'avis de
Hans.

« Annie, dit-il en ôtant ses patins et les essuyant soigneusement avant de les lui présenter, je suis fâché de
me montrer si pressé, mais si, par hasard, votre ami ne
s'en arrangeait pas aujourd'hui même, je vous de-
manderais de ne pas manquer de me les rapporter aussitôt.

— Oh, mon ami en *aura* besoin, répliqua Annie en
riant, je sais qu'il en cherchait une belle paire. »

Et lui faisant un joyeux signe de tête, elle s'éloigna de
toute sa vitesse, emportant les patins de Hans.

Comme Hans tirait les patins de bois de sa grande poche
et les attachait du mieux qu'il pouvait, il n'entendit pas
Annie qui murmurait :

« Je voudrais bien n'avoir pas été si brusque. Pauvre
et brave Hans ! Quel noble et digne garçon cela fait ? »

Et comme Annie patinait vivement vers sa maison, elle
ne put entendre Hans dire de son côté :

« J'ai parlé à Annie comme un ours. Mais Dieu la bénisse ! Il y a des jeunes filles qui ressemblent à des
anges ! »

Rien de tout cela n'empêche que les choses s'étaient
passées pour le mieux.

Le luxe a ce mauvais côté qu'il nous déshabitue d'endurer les privations dont nous nous apercevions à peine

avant d'en avoir goûté. Il semblait à Hans que ses patins
criaient comme ils ne l'avaient jamais fait. C'est tout au
plus s'il pouvait avancer avec ces vieilles machines infor-
mes ; cependant ce qu'il regrettait, ce n'était pas de s'être
séparé de ceux qu'avait emportés Annie, c'était seulement de n'avoir pu les garder quelques jours de plus,
jusqu'après la course, du moins. Mais ce regret fut vite
étouffé.

« Mère ne sera sûrement pas fâchée, pensa-t-il, que je
les aie vendus sans sa permission. Elle a eu tant d'ennuis,
faute d'argent. Je ne le lui dirai qu'en lui remettant ce
qu'Annie m'en donnera. »

Hans parcourut ce jour-là les rues d'Amsterdam en
tous sens pour chercher de l'ouvrage. Il réussit à gagner
quelques stivers en aidant un homme qui conduisait des
mules chargées de marchandises ; mais il ne put se procurer d'ouvrage nulle part. Quelques marchands venaient
tout justement de donner à un autre le travail qui lui aurait convenu ; d'autres lui avaient dit de revenir dans
un mois ou deux, lorsque les canaux seraient libres ; la
plupart secouaient la tête sans lui répondre.

Il n'eut pas plus de chance avec les factoreries. Il lui
semblait que ces grands établissements, d'où sortaient de
si énormes quantités de laines, de cotons, de toiles ; des
teintures, des étoffes imprimées renommées dans le monde
entier, des diamants précieux y entrant à l'état brut et en
sortant merveilleusement taillés ; des provisions monstres
de farines, de briques, de verre ou de porcelaine, il lui
semblait, dis-je, qu'un jeune homme aux bras solides, capable et désireux de travailler, ne pouvait pas manquer de
trouver, au moins dans l'une d'elles, quelque chose à
faire. Mais non ! partout la même réponse : « Nous n'a-
vons besoin de personne en ce moment. » S'il était venu
avant la Saint-Nicolas, on aurait pu l'occuper, car on

était pressé alors ; mais aujourd'hui on avait plus de
monde qu'il n'en fallait. Hans aurait voulu qu'ils vîssent
pour un moment seulement sa mère et Gretel. Il ignorait
que l'anxiété des deux femmes se reflétait sur son propre
visage, et que les refus les plus brusques qu'il avait es-
suyés avaient été prononcés avec un sentiment de malaise
causé précisément par la pensée que ce pauvre garçon,
qu'on était obligé de refuser, aurait eu, plus qu'un autre,
besoin de n'être pas renvoyé ainsi. Certains pères, en retournant chez eux le soir, parlèrent plus doucement à
leurs enfants, car ils se rappelaient un jeune visage plein
de franchise que leur langage avait attristé, et l'un d'eux
même avait, en rentrant dans son bureau, ordonné à son
premier commis de trouver de l'ouvrage le lendemain *à ce
garçon de Broek*, s'il se représentait.

Mais Hans ignorait tout cela. Vers le coucher du soleil,
il reprit le chemin de son village, ne pouvant dire au juste
si cette étrange sensation d'étranglement qu'il éprouvait à
la gorge provenait du découragement ou de la ferme résolution, dans laquelle il persistait, de ne cesser ses recherches que quand il aurait trouvé un emploi.

Il lui restait certainement encore une chance à tenter.
Mynheer Van Holp, le père de Peter, était peut-être de retour. Sans doute, Hans avait entendu dire que Peter était
parti la veille même pour Haarlem, afin d'assister à une
réunion qui devait mettre la dernière main à l'organisation
de la grande course à patins ; c'était fâcheux, mieux eût
valu que Peter ne fût pas absent, mais puisqu'il lui avait
promis de le recommander à son père, Hans lui devait de
faire honneur à sa recommandation et de se présenter à
mynheer Van Holp. Ce que Hans ignorait, c'est que Peter
était heureusement revenu de bonne heure le matin. Il se
trouvait chez lui lorsque le frère de Gretel y arriva, et se
disposait à aller chez les Brinker.

« Ah! Hans, c'est vous! s'écria-t-il, comme le jeune homme, bien las, s'approchait de la porte. Mais vous êtes précisément celui que je désirais le plus voir en ce moment. Entrez et venez vous chauffer. »

Hans devait quitter la maison des Van Holp avec un cœur enfin allégé. Peter rapportait de Haarlem la bonne nouvelle que le jeune Brinker pouvait commencer tout de suite à travailler aux portes du pavillon d'été. Il devait trouver sur les lieux un atelier confortable dont il pourrait disposer jusqu'à ce que son travail de sculpture fût terminé.

Le bon et délicat Peter ne lui dit pas qu'il avait franchi sur ses patins toute la distance qui les séparait de Haarlem, exprès pour venir arranger cette affaire avec son père. Il fut amplement récompensé en voyant le regard vif et joyeux qui éclaira le visage du jeune Brinker à cette bonne nouvelle.

« Je crois que je viendrai à bout du travail, dit Hans; quoique je n'aie jamais appris l'état.

— Ça, j'en suis sûr, répondit Pierre chaudement. L'atelier est garni de tous les outils dont vous aurez besoin. Il est presque caché, tout là-bas, derrière ce mur de branches. En été, lorsque la haie est verte, on ne l'aperçoit pas d'ici. Comment va votre père, aujourd'hui?

— Mieux, mynheer. Il se refait de jour en jour.

— C'est la cure la plus étonnante dont j'aie jamais entendu parler. Ce vieux docteur bourru est un grand homme, après tout.

— Ah! monsieur, fit Hans avec chaleur, il est plus que grand, il est bon. Sans l'habileté et le bon cœur du meester, mon père serait encore dans la nuit. A mon avis, mynheer, ajouta-t-il en s'animant, la chirurgie est la plus noble de toutes les sciences.

« — La chirurgie peut être très-noble, mais elle n'est pas
du tout de mon goût. Il est évident que ce docteur Boekman est habile. Quant à son cœur, Dieu me garde des
cœurs comme le sien !

— Pourquoi dites-vous cela, mynheer ? » demanda Hans
tout ému.

En ce moment, une dame, venant de la chambre à
côté, entra sans bruit.

C'était Mme Van Holp, la mère de Peter ; elle était coif-
fée du plus splendide des bonnets, et portait le plus long
des tabliers de satin garni de dentelle. Elle fit un signe de
tête sympathique à Hans qui s'éloignait du feu en saluant
du mieux qu'il pouvait.

Peter offrit à sa mère une chaise de chêne à haut dossier, et la dame s'assit.

Hans fit un pas vers la porte pour se retirer.

« Attendez un peu, jeune homme, s'il vous plaît, dit la
dame. Je vous ai entendus, vous et mon fils, parler, je
crois, de mon ami le docteur Boekman. Vous avez raison
de soutenir que le docteur a un bon cœur. Bien que des
manières aimables ne soient pas à mépriser, on peut se
tromper grandement, Peter, en jugeant les autres sur l'apparence.

— Je n'avais pas l'intention de manquer de respect au
docteur, mère, répondit Pierre ; mais on n'a cependant
pas le droit de traverser le monde en grondant sans cesse
comme un chien hargneux, ainsi que le fait, dit-on, le savant praticien.

— Dit-on ? Ah ! Peter, on veut dire tout le monde et
personne. Le chirurgien Boekman a éprouvé autrefois une
douleur dont il ne s'est jamais consolé : il a perdu, il y a
déjà longtemps, son fils unique dans des circonstances
particulièrement pénibles ; un beau garçon, un peu trop
vif et la tête un peu chaude peut-être. Avant cette perte,

16

Gérard Boekman était l'homme le plus affable et le plus agréable que j'aie jamais connu. »

Après avoir parlé ainsi, Mme Van Holp jeta sur les deux jeunes gens un regard où se lisait, sous les manières de la grande dame, une évidente bonté, se leva et quitta la chambre avec autant de dignité qu'elle en avait montré en y entrant.

Peter n'était encore convaincu qu'à moitié. Il murmura quelque chose sur le tort qu'avait eu le docteur de permettre au chagrin de transformer son miel en amertume. Puis, reconduisant Hans jusqu'à la porte, qui était située à gauche de l'entrée principale, il lui conseilla, avant de le laisser partir, de bien s'exercer à patiner, car, ajouta-t-il, maintenant que votre père est bien portant, vous serez en parfaites dispositions pour la course. Ce sera la plus jolie chose de ce genre qu'on aura jamais vue de ce côté-ci du pays. Tout le monde en parle. N'oubliez pas qu'il faut que vous concouriez.

— Je ne serai pas de la course, mynheer, dit Hans en baissant les yeux.

— Vous ne serez pas de la course ! Pourquoi donc pas ? »

Et les pensées de Peter se portèrent pleines de soupçons sur Karl Schummel.

« Parce que je ne le puis plus, mynheer », répondit Hans en se baissant pour serrer les cordons de ses gros souliers.

L'embarras du jeune homme avertit Peter qu'il n'y aurait aucune bonté à pousser plus loin l'investigation. Il dit au revoir à Hans, et resta tout pensif à le regarder pendant qu'il s'éloignait.

Au bout d'un instant, il le rappela :

« Hans Brinker !

— Oui, mynheer.

— Je retire tout ce que j'ai dit sur le docteur Boekman.

— J'en suis bien heureux. »

Ils se mirent à rire tous les deux. Mais le sourire de Peter se changea en embarras quand il vit Hans s'agenouiller près du canal et remettre ses patins de bois.

« C'est bien singulier, se dit-il en secouant la tête et se retournant pour rentrer, pourquoi ce brave garçon ne porte-t-il pas ses patins neufs? »

ELLE FRAPPA LA TERRE DE SON PIED

# CHAPITRE XVIII

Le soleil était tout à fait couché, lorsque Hans, le cœur content, s'approcha gaiement de la chaumière connue sous le nom de : « Cabane de l'Idiot. »

Des yeux moins troublés que les siens auraient aperçu deux formes légères allant et venant près de la porte.

Cette jaquette grise bien rapiécée, cette jupe d'un bleu terne, recouverte d'un tablier plus terne encore, ce petit bonnet bien propre, mais recouvrant insuffisamment la tête, ces petits pieds vifs flottant dans des souliers grands comme des bateaux, tout cela appartenait à Gretel, il n'y avait aucun doute.

Et cette jaquette coquette, d'un rouge éclatant, cette jolie jupe bordée de noir, ce gracieux bonnet bouffant au-dessus de boucles d'oreilles d'or, ce mignon tablier et ces souliers de cuir confortables qui semblaient avoir grandi avec les pieds, Hans aurait juré qu'ils appartenaient à Annie.

Les deux jeunes filles marchaient lentement de long en large devant la chaumière, les bras entrelacés, comme de juste. Les deux têtes s'abaissaient, se relevaient, se secouaient aussi gravement que s'il s'était agi d'une discussion concernant les affaires les plus importantes du royaume.

Hans se hâta de les rejoindre en poussant une exclamation de joie.

« Hurrah ! mesdemoiselles ; j'ai trouvé de l'ouvrage ! »

Ces paroles attirèrent sa mère sur le seuil.

Elle aussi avait de bonnes nouvelles. Le père allait de mieux en mieux. Il était resté levé presque tout le jour et il dormait pour le moment aussi paisiblement qu'un agneau.

« C'est mon tour, maintenant, Hans, dit Annie, l'attirant à l'écart aussitôt qu'il eut raconté à sa mère ce qui s'était passé chez Mynheer Van Holp. Vos patins sont vendus, et en voici l'argent.

— Sept guilders ! s'écria Hans surpris en les comptant. Mais c'est trois fois autant qu'ils m'ont coûté.

— Que voulez-vous que j'y fasse ? Si l'acheteur ne s'y connaissait pas ; ce n'est pas notre faute. »

Hans fixa les yeux sur elle.

« Oh ! Annie !

— Oh ! Hans ! » fit-elle en imitant la moue du jeune garçon, et s'efforçant d'avoir l'air comme lui d'être toute prête à se fâcher.

— Annie... Vous ne pouvez pas penser sérieusement ce que vous venez de me répondre. Vous savez aussi bien que moi qu'il faut que vous rendiez une partie de cet argent.

— Je n'en ferai rien, répondit Annie. Ils sont vendus, c'est une affaire terminée. »

Puis voyant qu'il avait réellement l'air peiné, elle ajouta à voix basse :

« Voulez-vous me croire, Hans, lorsque je vous *affirme* qu'il n'y a pas d'erreur? La personne qui a acheté vos patins a insisté pour les payer sept guilders ; c'est le prix qu'elle les a estimés.

— Je voudrais vous croire, répondit-il. Mais quand même ce serait.

— Il n'y a pas de mais!... Hans, ni de quand, ni de même. Ce que j'ai cru bon et juste, il faut que vous l'acceptiez comme tel, aussi bien que je l'ai accepté moi-même. Il le faut, il le faut, et je vous en prie. »

Si quelqu'un croit que le pauvre Hans pouvait pousser la résistance plus loin, c'est que ceux-là n'ont jamais eu devant eux les yeux d'Annie.

Dame Brinker fut ravie à la vue de tant d'argent. Mais apprenant que Hans s'était défait de ses chers patins pour l'obtenir, elle soupira en disant :

« Dieu te bénisse, mon enfant, mais c'est un grand sacrifice que tu as fait là.

— N'y pensez pas, mère, répliqua-t-il. Et plongeant les mains dans les poches de son pantalon : Voici encore de l'argent, ajouta-t-il. Nous allons devenir riches, si cela continue.

— Ah ! vraiment oui, s'écria-t-elle, ne pouvant se retenir, la pauvre femme, d'allonger vivement la main. Puis, baissant la voix : Nous le serions riches, hélas ! nous n'aurions pas besoin de le redevenir, si ce Jean Kamphuisen, dont votre père ne s'est pas méfié encore assez, n'avait pas

connu sa cachette. Il a dû visiter le saule il y a longtemps,
Hans, vous pouvez en être certain.

— Oui, cela paraît probable, répondit Hans. N'importe,
mère, il nous faut y renoncer bravement. Le trésor du père
a été dérobé, faisons-en donc une bonne fois notre deuil. Le
père nous avait dit tout ce qu'il pouvait nous dire. N'y
pensons plus.

— J'essayerai, Hans, très-certainement, mais c'est pénible. Mon pauvre homme aurait besoin de tant de dou-
ceurs. Mais qu'est-ce que cela veut dire ? Voyez donc
comme ces deux jeunes filles disparaissent tout à coup ?
Elles étaient là il n'y a qu'un instant. Où sont-elles allées ?

— Elles se sont glissées derrière la maison, dit Hans,
probablement pour nous faire chercher après elles. Attendez, je vais les rattraper ! Elles courent toutes deux plus
vite que ce lapin là-bas. Mais c'est égal, je vais leur faire
une bonne peur.

— Où voyez-vous un lapin, Hans ? Mais c'est vrai, le
voici qui arrive, le pauvre animal. Faut-il qu'il ait faim
pour s'être aventuré hors de son terrier par un froid pareil. Attendez, je vais lui chercher quelques miettes. »

La bonne femme s'était dépêchée de rentrer dans la
cabane. Mais quand elle en ressortit, Hans avait oublié de
l'attendre et le lapin, après avoir regardé philosophiquement la chaumière sans savoir le bien que dame Brinker
lui voulait, avait repris tout aussi philosophiquement sa
course, sans laisser son adresse.

Etonnée de ne plus voir ni le lapin ni son fils, dame
Brinker à son tour contourna la chaumière et finit par
apercevoir les enfants. Hans et Gretel se tenaient debout
devant Annie, négligemment assise sur une souche.

« Vous formez un joli tableau, s'écria la mère, s'arrê-
tant pleine d'admiration maternelle à quelques pas de ce
groupe vraiment charmant. J'ai vu plus d'une peinture dans

la grande maison de La Haye, qui n'était pas plus jolie. Mes
deux petits ne sont peut-être pour d'autres que de jeunes
oursons, mais vous, Annie, vous ressemblez à une fée.

— Vraiment? fit Annie en riant, et toute étincelante
d'animation. Eh bien, soit, dame Brinker, je suis une fée,
je suis la marraine de Gretel et de Hans, venue tout exprès
à travers les airs, sur un char attelé de papillons, pour
vous rendre visite. Attention! Ma puissance est telle que
je puis vous accorder tout ce que vous souhaiterez. Parlez
le premier, maître Hans, que désirez-vous? »

Une ombre sérieuse passa sur le visage d'Annie lorsqu'elle leva les yeux sur lui. Peut-être était-ce parce qu'elle
aurait voulu, une fois dans sa vie, posséder pour tout de
bon la puissance d'une fée.

Quoi qu'il en fût, quelque chose murmurait à l'oreille
de Hans qu'elle était, pour le moment, plus qu'une mor-
telle; aussi lui répondit-il sérieusement :

« Bonne fée Annie, notre marraine, je désire ardemment trouver quelque chose que j'ai cherché en vain la
nuit dernière. »

Gretel se mit à rire. Mais dame Brinker poussa un gé-
missement :

« Hans! fit-elle, nous ne devons plus y penser. »

Et elle rentra dans la cabane. La Marraine-Fée se leva
vivement et frappa trois fois la terre de son pied.

« Ton vœu sera accompli, dit-elle. Qu'on en pense ce
qu'on voudra. »

Puis, avec une solennité pleine d'enjouement, elle mit la
main dans la poche de son tablier et en retira une grosse
perle de verre.

« Enterre ceci, fit-elle en la donnant à Hans, à l'endroit
même où j'ai frappé la terre; et avant le lever du soleil, ton
désir sera satisfait. »

Gretel se mit à rire plus gaiement que jamais.

La Marraine fit semblant de se fâcher.

« Méchante enfant, dit-elle en fronçant le sourcil d'un air terrible, pour te punir de t'être moquée d'une Fée, ton vœu à toi ne s'accomplira pas !

— Ha ! ha ! fit Gretel au comble de la joie; attendez donc, Marraine, et ne vous pressez pas tant : je n'ai encore rien désiré. »

Annie poussa son rôle jusqu'au bout avec un sérieux qui résista au rire communicatif de sa petite amie, et elle s'éloigna majestueusement, personnifiant à merveille la dignité offensée.

« Bonsoir, madame la Fée, s'écrièrent-ils tous deux.

— Bonsoir, mortels! » répondit-elle en sautant par-dessus un fossé gelé et se hâtant de courir vers sa demeure.

« Oh ! n'est-ce pas qu'elle est comme les fleurs, si belle et si charmante ! s'écria Gretel, la suivant des yeux avec un naïf enthousiasme. Quand on pense à tous ces jours qu'elle passe enfermée dans une chambre obscure, tout entière dévouée à sa grand'mère ! — Mais quoi ! frère Hans, qu'avez-vous ? Qu'est-ce qui vous prend ?

— Attendez et vous verrez, répliqua Hans en rentrant dans la cabane pour en ressortir presque aussitôt, tenant à la main la bêche et le ysbrekker, je veux enterrer ma perle magique ! l'enterrer profondément ! »

Et il se mit à l'œuvre avec une sorte de furie, au grand étonnement de Gretel.

Raff Brinker dormait toujours. Dame Brinker filait, filait, depuis une demi-heure. Un sentiment de froid l'ayant avertie que le feu allait s'éteindre, elle prit une motte de tourbe sur sa provision presque épuisée, et la jeta sur le feu. Puis ouvrant la porte, elle appela doucement :

« Rentrez, mes enfants, leur dit-elle, le froid va vous prendre.

— Mère, mère ! Accourez ! s'écria Hans.

— Bienheureux saint Bavon ! fit la bonne femme en s'é-
lançant, qu'a donc le garçon ?

— Venez vite, mère, dit-il d'un air très-excité, piochant
de toutes ses forces et faisant à chaque coup pénétrer plus
avant le ysbrekker dans le trou déjà pratiqué, ne voyez-
vous pas, mère ? c'est *ici*. Ce ne peut être qu'ici le vrai
endroit désigné par le père, là, au côté sud de la *vieille
souche*. Comment n'y avons-nous pas pensé hier au soir ?
La *souche*, c'est ce qui nous reste du vieux saule, celui que
vous avez coupé, au printemps dernier, parce qu'il faisait
trop d'ombre sur les pommes de terre. Le petit arbre autour duquel nous avons creusé inutilement la nuit dernière,
n'existait pas encore au temps où le père a pu... Hurrah ! »

Dame Brinker ne pouvait parler. Elle se laissa tomber
sur ses genoux à côté de Hans, juste à temps pour lui
voir retirer du trou profond un pot de terre. Il y fourra sa
main, et en retira — d'abord un morceau de brique —
puis un second — un troisième, et enfin, dessous, il trouva
la sacoche noire et moisie, mais contenant encore le trésor
si longtemps perdu, tel que le père l'y avait déposé.

Quel moment ! Quels éclats de rire ! Que de pleurs ! Et
combien de fois on compta et recompta l'argent en rentrant dans la cabane. Ce fut un miracle que Raff ne se
réveillât pas. Ses songes étaient heureux cependant, car il
souriait dans son sommeil.

Dame Brinker et ses enfants soupèrent gaiement ce soir-
là, je vous assure. Il était bien inutile pour eux de se refuser le nécessaire maintenant.

« Nous nous procurerons des provisions fraîches pour
le père, demain, fit dame Brinker en mettant sur la table
le vin, la viande, la gelée qu'on lui gardait. Oh ! que je
suis heureuse de vous voir enfin manger quelque chose
de bon, sans regret ! Que Dieu soit loué à jamais d'avoir
fait luire ce jour après tant d'épreuves ! »

Cette nuit-là Annie s'endormit en se demandant si c'é-
tait un couteau que Hans avait perdu et en se disant que
ce serait vraiment drôle s'il allait le retrouver à la place
où elle lui avait dit d'enterrer la perle.

Hans avait à peine fermé les yeux qu'il se vit marchant,
conduit par Annie, à travers les buissons tout parsemés
de pots remplis d'or et couronnés de roses, et où des
guirlandes de montres, de patins et de perles se balançaient au bout de toutes les branches. Chose étrange!
chaque arbre se transformait, dans son rêve, en souche,
à mesure qu'il en approchait, et sur chacune, comme sur
un piédestal, lui apparaissait subitement la secourable fée
qui tout à l'heure le guidait : c'était bien elle, toujours
revêtue de sa jolie jaquette rouge et de sa céleste jupe
bleue; mais grandie et comme diaphane, elle étendait sur
la cabane des Brinker sa petite main protectrice.

Un bonheur n'arrive jamais seul, non plus qu'un malheur, dit le vieux proverbe. On fit encore dans la maison
des Brinker une découverte autre que celle du trésor, à la
suite de la visite de la Fée : ce fut celle de l'histoire, jusque-là inconnue, de la fameuse montre que dame Brinker
avait conservée avec un soin jaloux pendant dix longues
années. Et elle y avait eu bien du mérite, la femme fidèle
de Raff Brinker. Que de fois, aux heures de cruelle tentation, aux heures du plus poignant besoin, elle avait
évité de la regarder, dans la crainte de désobéir à la recommandation que lui avait faite son mari quand il avait
encore toute sa raison! Il avait dû être dur pour elle de
voir ses enfants manquer de pain tout en se disant que si
l'on vendait cette montre, les roses refleuriraient sur leurs
joues. « Mais non! s'écriait-elle alors, quelque chose qui
arrive, il ne sera pas dit que Meitje Brinker a oublié les
dernières injonctions de son mari.

— Ayez bien soin de cette montre, ma chère femme, lui

avait-il dit en la lui confiant, ne vous en séparez jamais
sans mes ordres. »

Aucune explication n'avait suivi la remise de ce dépôt,
car Raff Brinker avait à peine prononcé ces paroles, qu'un
de ses compagnons de travail s'était précipité dans la
chaumière en s'écriant :

« Arrivez, Raff ! les eaux montent ! On a besoin de vous
sur les digues. On n'espère plus qu'en vous pour trouver
le moyen de dompter les eaux. »

Raff l'avait suivi immédiatement, comme dame Brinker
vous l'a déjà dit, et cela avait été la dernière fois qu'elle
l'avait vu dans son bon sens.

Quatre jours après la visite et la cure du docteur Boekman, le jour même où Hans était allé à Amsterdam chercher de l'ouvrage, et pendant que Gretel, ayant terminé ses
travaux d'intérieur, était sortie, courant de côté et d'autre
pour ramasser du bois mort, de petites branches, n'importe
quoi qui fût bon à brûler, dame Brinker, décidée à avoir raison du mystère et dominant son émotion, avait sans l'avertir,
posé tout à coup la montre entre les mains de son mari.

« La vérité est, dit-elle par la suite à Hans, qu'il n'était
pas raisonnable d'attendre plus longtemps, lorsqu'un mot
du père pouvait nous éclairer. Pas une femme dans ma
position, du moment où son mari avait retrouvé ses esprits, n'eût tardé à essayer de savoir enfin de lui comment
cette montre était tombée en sa possession et pourquoi, en
la lui remettant, à elle, il avait entouré cette remise de si
solennelles recommandations. »

Raff Brinker avait tourné et retourné dans sa main l'objet brillant et bien poli, puis il avait examiné le bout de
ruban noir bien repassé qui y était attaché ; il semblait à
peine le reconnaître.

« Ah ! je me rappelle, dit-il cependant à la fin. Mais
quoi, femme, vous l'avez fait briller comme un guilder neuf.

— Ah! fit dame Brinker secouant la tête d'un air de complaisance. »

Raff considéra la montre de nouveau.

« Pauvre garçon! » murmura-t-il.

Puis il resta quelques instants sombre et pensif.

C'en était trop pour la bonne femme.

« Pauvre garçon! répéta-t-elle avec une nuance d'humeur. Que pensez-vous que j'attende plantée-là, Raff Brinker, pendant que mon rouet se tait, si ce n'est d'en apprendre davantage.

— Il y a longtemps que je vous ai tout raconté, dit Raff d'un air pensif en la regardant avec surprise.

— Vous vous trompez, je vous assure, répliqua dame Brinker, vous avez été interrompu au moment où vous alliez parler, mais depuis vous n'avez rien dit.

—Eh bien, si je ne l'ai pas fait, comme c'est une affaire qui ne nous regarde pas, n'en parlons plus, dit Raff en secouant tristement la tête. Il est probable que, pendant que j'étais là comme mort après ma chute, mais encore vivant pour la terre, lui était mort pour tout de bon et déjà au ciel avec Dieu. »

Dame Brinker n'avait pas rassemblé tout son courage pour en rester là.

« Raff, lui dit-elle, la femme qui vous a soigné depuis l'âge de vingt et un ans, devait s'attendre à moins de défiance. Il est dur d'être traitée ainsi par l'homme envers qui l'on n'a rien à se reprocher. »

Et s'il faut tout dire, dame Brinker qui était vive, était devenue toute rouge d'impatience en prononçant ces paroles.

La voix de Raff était encore faible.

« Vous traiter comment, Meitje? fit-il.

— Comment? répéta la bonne femme en l'imitant, comment? Mais quelle femme supporterait d'être traitée ainsi après avoir tout enduré pour l'amour de son mari.

Meitje ! »

Raff, les bras étendus, se penchait en avant. Ses yeux
étaient pleins de larmes.

Dame Brinker se jeta à ses pieds, lui serrant les mains
dans les siennes.

« Oh ! qu'ai-je fait ! J'ai fait pleurer mon pauvre et brave
homme, lui qui m'a été rendu il y a quatre jours à peine !
Regardez-moi, Raff. Hélas ! Raff, mon homme bien-aimé,
que je suis fâchée et honteuse de t'avoir fait de la peine !
C'est dur, sans doute, de ne pas savoir l'histoire de cette
montre, après avoir attendu dix ans pour l'apprendre.
Mais je ne t'en parlerai plus. Raff, rends-la moi, cette vi-
laine montre, cause de notre première querelle. Donne, je
vais la mettre de côté pour ne plus jamais la voir.

— J'avais eu tort de pleurer et de vous montrer mon
émotion, dit Raff à sa femme en la pressant sur son cœur.
Je reconnais qu'il n'est que juste que vous sachiez enfin
la vérité. Si j'ai hésité, Meitje, c'est qu'il me semblait que
c'était trahir les secrets d'un mort que d'en parler même à
vous.

— Es-tu donc sûr, Raff, dit Mme Brinker, que l'homme,
le garçon dont tu parlais, soit mort, en es-tu certain ? »

Dame Brinker s'était levée dans l'intention d'aller cacher
la montre, mais sans en avoir conscience, elle s'était ras-
sise à l'autre bout du banc, pleine d'attente. Puisque son
mari parlait, pourquoi ne pas l'écouter.

« Sûr ? non, répondit le convalescent, mais s'il ne l'était
pas, ce serait comme un miracle ?

— Était-il malade, Raff ?

— Non, pas malade, femme, mais désespéré.

— Penses-tu qu'il eût fait quelque chose de mal ? » demanda-t-elle en baissant la voix.

Raff fit un signe étrange dont sa femme ne comprit pas
bien le sens.

« Grand Dieu ! murmura-t-elle sans oser lever les yeux ;
y aurait-il eu un meurtre, dans cette affaire ? »

Raff répondit d'une voix affaiblie que cela y ressemblait bien, et que peut-être.... ce jeune homme avait en
effet....

« Oh ! Raff, vous m'effrayez. Dites-moi le reste. Vous
parlez d'une façon étrange et vous tremblez.... Il faut que
je sache tout.

— Si je tremble, ma chère femme, c'est de la fièvre.
Vous savez bien, j'espère, que je n'ai pas de crime sur la
conscience.

— Si je le sais ! s'écria dame Brinker en redressant la
tête. Vous me diriez le contraire, Raff, que je ne vous croi-
rais pas. »

Et s'approchant de lui, elle lui offrit un peu de vin dans
un verre.

« Prenez cela, Raff, dit-elle, cela vous donnera la force
de continuer. »

Et après que Raff eut bu :

« A présent, vous voici mieux, fit-elle : — puis reprenant : — vous disiez, à un meurtre, à un crime, par conséquent?

— Oui, Meitje, à un meurtre, il me l'a dit lui-même.
Mais à un crime, je ne l'ai jamais pensé. C'était un garçon
à l'air honnête et droit comme le nôtre, — moins décidé
et moins hardi, pourtant.

— Je vous écoute, fit doucement la bonne femme, craignant que le fil de l'histoire se brisât dans l'esprit encore
affaibli de son mari. »

Brinker reprit :

« Il s'est présenté à moi soudainement. C'était la première fois que je le voyais ; sa figure était la plus pâle et
la plus bouleversée que j'eusse jamais vue. Il me saisit le
bras :

« Vous avez l'air d'un honnête homme, me dit-il.

— Ah ! là il avait raison ! » fit la bonne femme, non sans une sorte d'emphase.

Raff eut l'air embarrassé :

« Où en étais-je, ma femme ?

— Le jeune homme vous saisit par le bras, Raff, dit-elle en le regardant avec anxiété.

— Oui, oui, mais les mots me reviennent difficilement.... Tout cela me fait l'effet d'un songe, voyez-vous.

— Ah ! mon pauvre mari, s'écria dame Brinker en lui caressant la main, avant d'être malade, vous aviez de la tête pour douze autres ; l'esprit était toujours présent. Mais continuez : le jeune homme vous avait dit que vous aviez l'air d'un honnête homme. A quelle heure vous l'a-t-il dit ? Était-ce à midi ?

— Non, bien avant le jour, longtemps avant que matines n'eussent sonné.

— Cela devait donc être dans cette nuit même où vous vous êtes blessé, Raff. Ce jour-là vous étiez parti pour travailler au milieu de la nuit. — Vous en êtes resté, Raff, au moment où le jeune homme, vous ayant saisi par le bras, allait vous parler.

— Oui, reprit-il, et il me semble que j'entends encore sa voix désolée.

« Conduisez-moi un bout de chemin, à quelques milles d'ici, sur la rivière, me dit-il, je ne vous demande que cela. »

Je travaillais alors, vous vous le rappelez, assez loin sur le travers d'Amsterdam. Je lui répondis que je n'étais pas batelier.

« C'est une affaire de vie et de mort pour moi, répondit-il ; si vous savez ramer, conduisez-moi plus loin. Cette barque, — il me montrait une barque — n'est pas attachée à clef, mais c'est peut-être le bateau d'un pauvre homme, et je me ferais un cas de conscience de le prendre sans

17

le lui renvoyer. Vous la ramènerez à sa place, il n'y aura
de dommage pour personne. »

« Je l'ai donc conduit sept ou huit milles plus loin, à
peu près. Pendant le trajet il n'avait pas prononcé un mot,
il n'avait pas fait un geste; c'eût été à croire qu'il s'était
changé en statue, si en arrivant près de la rive il ne
m'avait fait signe d'arrêter en me disant qu'il pouvait
franchir à pied la distance qui le séparait de la mer. J'avais
hâte de ramener le bateau, de retourner au travail et de
ne plus penser à lui. J'abordai donc aussitôt. Avant de
me quitter, il me dit en sanglotant :

« Je ne suis pas un criminel, Dieu le sait. Mais j'ai
été la cause de la mort d'un homme. Il faut que je me
sauve. Il faut que je quitte à jamais mon pays.... »

— Mais qu'est-ce qu'il avait fait, Raff? Vous l'a-t-il
dit? Avait-il tiré sur un camarade, comme ils font souvent
là-bas, à l'université de Guttengen?

— Il ne s'est pas expliqué davantage. Je lui ai répondu
que ce ne serait pas le fait d'un bon Hollandais comme
moi de désobéir aux lois de mon pays en aidant un coupable à s'échapper. Il m'affirma alors son innocence,
Meitje, prenant Dieu à témoin d'un voix si ferme que je
crus à sa parole. Oui, il me parut, à la lumière des étoiles,
aussi pur, aussi innocent que pouvait l'être notre petit
Hans; de sorte que je n'eus point de remords du service
que je venais de lui rendre.

— Mais le bateau qui t'a servi cette nuit-là, Raff, ce
devait être le bateau de Jean Kamphuisen, dit dame Brinker, il n'y a que lui pour laisser ainsi ses rames à l'aban-
don.

— Oui sûrement, c'était celui de Jean. Il viendra me voir
dimanche, bien sûr, n'est-ce pas, femme, s'il a entendu
parler de ma guérison, et le jeune Hoogvliet aussi? »

Heureusement que dame Brinker se retint de parler de

Jean Kamphuisen. Elle laissa tomber le propos et, remettant Raff sur la voie de son récit :

« Où étiez-vous en ce moment-là, quand vous l'avez mis à terre, cet inconnu? Il ne vous avait pas encore donné la montre, sans doute? Savez-vous que j'ai peur qu'il ne l'eût pas acquise honnêtement?

— Femme! s'écria Raff, votre mari n'a pas douté de ce jeune homme, pourquoi en doutez-vous?

— Comment se fait-il qu'il s'en soit défait, alors? demanda la femme tout en regardant le feu d'un air de malaise, car elle voyait qu'il aurait fallu y mettre de la tourbe, et elle allait manquer.

— Ne vous l'ai-je pas dit? répondit Raff.

— Pas encore, fit dame Brinker, évitant sagement une autre digression.

— Eh bien, au moment où nous allions nous séparer, il revint à moi :

« J'ai un dernier service à vous demander, me dit-il d'une voix émue, et me donnant la montre : voulez-vous porter cela à mon père, non pas aujourd'hui même, mais dans huit jours, ni plus tôt ni plus tard? Je vous en prie, dites-lui que c'est son fils, son fils bien malheureux, qui la lui envoie. Dites-lui que, s'il désire jamais me revoir, au premier mot je braverai tout et je reviendrai. Dites-lui de m'écrire à.... à.... »

« Le reste m'échappe. Je ne puis me rappeler l'endroit où il fallait lui adresser la lettre. Pauvre garçon! fit Raff tristement en prenant la montre qui était restée sur les genoux de sa femme. Et dire qu'on ne l'a pas encore envoyée à son père!

— Je la lui porterai, Raff, aussitôt que Gretel sera rentrée; ne vous tourmentez pas, elle ne peut tarder, si vous me dites quel était le nom du père, et où vous deviez l'aller trouver.

— Hélas ! fit Brinker, parlant fort lentement, tout cela a glissé de ma mémoire. Je vois encore la figure de l'infortuné ; je vois aussi ses grands yeux distinctement. Je le reconnaîtrais. Je me rappelle aussi qu'il a ouvert la montre, qu'il en a tiré quelque chose et l'a embrassé — mais rien de plus. Tout le reste est comme un tourbillon ; il me semble entendre le bruit des eaux en courroux, lorsque je cherche à me le rappeler.

— Cela se voit souvent, Raff ; j'ai éprouvé la même chose après avoir eu la fièvre. Vous êtes fatigué maintenant. Je vous ai fait trop parler, mon mari, mais cela pouvait être si important de le faire, que Dieu et vous me pardonnerez la fatigue que je vous ai imposée. Je vais vous aider à vous recoucher. — Où est *l'enfant ?* »

Dame Brinker ouvrit la porte et appela : Gretel ! Gretel !

« Mettez-vous un peu de côté, Meitje, dit Raff d'une voix faible, en s'efforçant de jeter un regard sur le paysage désolé. J'ai presque envie d'aller un peu sur la porte.

— Non, non, fit-elle en riant, pas avant que j'aie demandé l'autorisation au meester. L'air est trop froid. S'il le permet, je vous emmaillotterai bien demain, et je vous ferai faire un petit tour. Mais vous gelez avec cette porte ouverte. J'aperçois enfin Gretel avec son tablier plein, patinant sur le canal comme une folle. Eh quoi ! Raff, te voici sur tes jambes, allant te coucher tout seul ! Tu vas tomber ! »

Le « tu » de la bonne femme témoignait tout à la fois de sa frayeur et de sa joie ; elle s'élança vers son mari, et il fut bientôt confortablement installé sous la couverture neuve, mais il déclara, pendant que sa femme le bordait soigneusement, que ce serait le dernier jour qu'elle le verrait au lit.

« Ah ! je crois que je puis l'espérer aussi, dit dame Brinker : quand on trotte comme vous venez de le faire, rien n'est impossible. »

Raff ferma les yeux, mais sans dormir, et elle se hâta de raviver le feu. La tourbe hollandaise est comme le naturel du pays, lente à s'allumer, mais flambant bien une fois qu'elle est en train. Mettant alors son rouet de côté, dame Brinker sortit son tricot de sa poche et s'assit près du lit.

« Si vous pouviez vous rappeler le nom du père de cet homme, Raff, dit-elle prudemment, j'irais lui porter cette montre pendant que vous dormez. Gretel ne peut tarder à rentrer. »

Raff essaya de rassembler ses idées, mais ne put en venir à bout.

« Ce ne serait pas Boomphoffen, par hasard, suggéra la bonne femme; j'ai entendu dire qu'ils ont mal tourné : Gérard et Lambert, vous savez.

— Peut-être bien, dit Raff; regardez s'il y a des lettres sur la montre, cela nous guidera.

— Dieu te bénisse, mon homme, cria l'heureuse femme en élevant vivement la montre jusqu'à portée de sa vue. Tu es plus avisé que nous tous. Il y a des lettres : L. J. B. Cela doit signifier Lambert Boomphoffen, vous pouvez en être sûr. Je ne puis dire ce que le J fait là, mais c'étaient des gens riches, d'aussi haute volée que les faisans, et de ceux qui devaient donner des noms doubles à leurs enfants, ce qui, par parenthèse, n'est pas conforme aux saintes Écritures.

— Qui vous a fait croire cela, Meitje? Il me semble, au contraire, qu'il y a dans la sainte Bible des noms très-longs et presque impossibles à retenir; mais cela n'y fait rien, ajouta Raff, dont la lassitude appesantissait les paupières, vous porterez la montre, vous porterez la montre.... vous essayerez de la porter.... vous ferez.... de votre mieux.... »

Le sommeil plus que la maladie troublait ses idées. La bonne Meitje s'en aperçut.

« Dormez, Raff, lui dit-elle, vous semblez épuisé. Vous saurez demain matin, j'en suis sûr, ce qu'il y a de plus sage à faire pour retrouver le maître de la montre. — Ah! mademoiselle Gretel, vous voici à la fin. Ce n'est pas malheureux. »

C'est pendant ce sommeil de Raff que la marraine-fée était venue visiter la chaumière, et que grâce à elle les mille guilders étaient encore une fois en sûreté dans le grand coffre. Raff n'avait plus besoin de rien. Dame Brinker et ses enfants prirent enfin ce soir-là leur part d'un véritable festin.

XIX

« NOUS AVONS CHANTÉ ENSEMBLE »

# CHAPITRE XIX

### UNE DÉCOUVERTE

Le lendemain fut un jour très-affairé pour les Brinker.

Il fallut d'abord conter à Raff l'histoire dans son complet. des mille guilders, comment ils avaient été perdus pendant sa longue maladie, puis heureusement retrouvés. De telles nouvelles ne pouvaient sûrement pas lui faire de mal. Puis, tandis que Gretel s'efforçait d'obéir aux injonctions de sa mère, c'est-à-dire de nettoyer la maison et de la rendre aussi claire qu'un bassin tout neuf, Hans et sa mère partirent pour se donner la joie, si oubliée d'eux, d'acheter des provisions de toutes sortes.

Hans se montrait très-satisfait, sans inquiétude de l'avenir; sa mère remplie d'anxiétés délicieuses. Que de souhaits raisonnables et déraisonnables ne pourrait-elle pas réaliser désormais avec cette fortune qui lui semblait devoir suffire à tout et qui avait poussé pour elle et les siens en une nuit comme des champignons sur une couche. La bonne femme parla de telles magnificences le long de la route, et rapporta après tout de si petits paquets, dont elle avait si bien débattu tous les prix, qu'une fois de retour à la maison, Hans, tout étourdi, s'appuya au chambranle de la cheminée et, se grattant le front, se demanda si la vérité du proverbe qui disait : « Plus large la sacoche, plus serré le cordon, » n'allait pas être démontrée une fois de plus par sa mère.

« A quoi songes-tu, grands yeux? demanda gaiement la mère, devinant à moitié ses pensées, tout en trottant par la chambre pour préparer le dîner. Croiriez-vous, Raff, que l'enfant s'imaginait rapporter la moitié d'Amsterdam sur sa tête! Dieu nous bénisse! Il aurait acheté assez de café pour en remplir ce pot à feu. Non, non, mon garçon, lui dis-je, ce n'est pas le moment d'ouvrir une voie d'eau aux flancs de notre navire alors qu'il est chargé. Il fallait voir quels yeux il ouvrait! Juste comme en ce moment. Allons donc, garçon, remuez-vous un peu; vous vous souderez à la cheminée, si vous y restez collé comme cela. Maintenant, Raff, voici votre chaise au haut bout de la table, à sa vraie place d'ailleurs, car il y a *un homme* à la maison aujourd'hui; je le soutiendrais à la face du roi lui-même. Bien, c'est cela, appuyez-vous sur votre fils, mon mari, il est fort assez pour vous soutenir! Et il grandit comme une mauvaise herbe; pas plus tard qu'hier ce n'était encore qu'un petit trottillon aux jambes courtes et arquées, mais

aujourd'hui, du train dont il va, c'est à croire qu'il sur-
passera même son père. Asseyez-vous, mon homme, asseyez-vous !

— Vous rappelez-vous, femme, dit Raff en s'asseyant
avec précaution sur la grande chaise, la merveilleuse boîte
à musique qui vous égayait pendant que vous travailliez
dans la grande maison de Heidelberg?

— Oui, oui, répondit la dame, trois tours d'une clef de
cuivre, et la sorcière vous faisait, avec sa musique, tressaillir
de la tête aux pieds. Je me la rappelle fort bien. Mais, Raff,
ajouta-t-elle, en devenant tout à coup sérieuse, vous ne
voudriez pas gaspiller nos guilders à acheter une chose
pareille?

— Non, non, femme, car le Seigneur m'a déjà donné,
gratis, une boîte à musique. »

Et tous trois se regardèrent vivement d'un air effrayé,
Raff perdait-il encore une fois l'esprit?

« Oui, oui, et une boîte à musique que je ne vendrais
pas pour une sacoche remplie d'argent, fit Raff en insistant.
Seulement c'est un manche à balai qui la met en mouvement. Elle glisse et se promène par la chambre, passant
comme l'éclair et éparpillant sa musique jusqu'à ce qu'on
se figure que les oiseaux sont de retour.

— Bienheureux saint Bavon! cria la dame, qu'est-ce
qui lui prend maintenant?

— Des consolations et de la joie, femme, voilà ce qui
me fait parler! Demandez à Gretel, demandez à ma petite
boîte à musique, Gretel, si les consolations ont manqué à
votre homme aujourd'hui.

— Certainement, mère, fit Gretel en riant. Père a été, lui
aussi, ma boîte à musique. Tant qu'a duré votre absence
nous avons chanté ensemble. Quel bon chanteur que
Père!

— Ah! vraiment! dit la dame grandement soulagée.

Vous avez bien fait, mais vous recommencerez bien quelquefois vos chansons pour votre femme, n'est-ce pas, mon Raff, pour votre femme plus vieille de dix ans, mais que votre résurrection va rajeunir.

— Je le crois bien, dit Raff, que je vais m'en donner de chanter à présent et de travailler, donc! »

Mme Brinker, qui avait l'œil à tout, l'interrompit.

« Attention, Hans; vous n'avalerez jamais un morceau pareil, mon garçon, et vous avez les yeux plus grands que le ventre. »

Et comme Hans hésitait :

« C'est pour rire, garçon; ne te retiens pas. Tu as souffert, toi aussi! Tiens, Gretel, prends encore un morceau de saucisson; cela mettra du sang sur tes joues.

— Mère, fit Gretel en riant et tendant vivement son assiette, ce n'est pas du sang qui vient sur les joues, ce sont des roses. N'est-ce pas, Hans, que ce sont des roses! Regardez quelle bonne mine a notre mère!

— Eh bien, du sang où des roses, c'est tout un pour moi, dit la dame, pendant que Hans se dépêchait d'avaler sa bouchée monstrueuse, afin de pouvoir faire une réponse convenable.

— Eh mais, femme, dit Raff, Gretel a raison, tu es plus fraîche et plus vive en ce moment que nos deux enfants mis ensemble. »

Bien que cette observation parût excessive à la modestie de dame Brinker, comme Hans et Gretel s'étaient empressés d'y applaudir, elle remplit néanmoins la bonne femme d'une immense satisfaction.

Le repas se passa donc de la manière la plus délicieuse.

Hans venait de repousser son tabouret, s'apprêtant à se rendre chez mynheer Van Holp, pour le travail dont il l'avait chargé, et la mère se levait pour remettre la montre

dans sa cachette, lorsqu'ils entendirent frapper et ouvrir
en même temps.

« Entrez ! balbutia dame Brinker, cherchant à cacher la
montre dans son giron. Ah ! c'est vous, mynheer Boekman.
Soyez le bien venu. Le père est à peu près rétabli, comme
vous voyez. Je regrette que la maison ne soit pas en état
de vous recevoir, mynheer ; les restes du dîner ne sont
pas encore enlevés ! »

Le docteur Boekman ne parut pas entendre les excuses
de la dame. Il était évidemment pressé.

« Hem ! fit-il, je vois qu'on n'a plus besoin de moi ici.
Le malade se refait promptement.

— Vos soins y sont pour tout, mynheer, et le bonheur
aussi. On ne doit pas avoir de secret pour son docteur,
Raff, et rien ne m'empêchera de raconter à M. Boekman
qui vous a sauvé, que, pas plus tard qu'hier, nous avons
retrouvé mille guilders que nous avions perdus depuis
dix ans. »

Le docteur Boekman ouvrit les yeux.

« Oui, mynheer, dit Raff, la femme aura raison de vous
tout raconter, bien qu'il s'agisse encore d'un secret, vous
êtes plus capable que n'importe qui de tenir les lèvres
closes. »

Le docteur fronça le sourcil ; il n'aimait pas à être l'objet
de remarques aussi personnelles.

« Maintenant, mynheer, ajouta Raff sans s'apercevoir
qu'il s'était mal embarqué, vous pouvez recevoir de nous
ce qui vous revient à bon droit. Vous l'avez bien gagné,
Dieu le sait, si toutefois rendre au monde et à sa famille un
pauvre instrument comme moi peut être regardé comme
une action méritoire. Soyez assez bon pour dire à la
femme ce que nous vous devons, mynheer ; elle vous
paiera de bien bon cœur, car nous savons que dans votre
intention c'est gratis que vous avez cru me sauver.

— Ne parlons pas d'argent, dit le docteur avec bonté,
et gardez vos guilders pour vous ; vous en avez plus besoin
que moi, mes amis. On me paye souvent en cette monnaie,
mais en reconnaissance, c'est plus rare, et c'est cependant
le prix que je préfère. Le « merci » de ce garçon — il in-
diquait Hans d'un signe de tête — m'a assez payé.

— Peut-être que vous avez un fils aussi, » fit dame
Brinker ravie de voir le grand homme se montrer si cordial.

La bonne humeur du docteur s'évanouit en un instant.
Gretel a raconté depuis qu'elle avait cru voir un épais nuage
couvrir tout d'un coup ses traits. Mais il ne répondit pas.

Brinker voulant venir au secours de sa femme :

« Ne croyez pas, lui dit-il, que la femme ait voulu se
mêler de ce qui ne la regardait pas ; oh ! non. Mais, quand
vous êtes entré, elle était très-préoccupée de ce qu'avait
pu devenir un jeune homme qu'une circonstance malheureuse a séparé de sa famille, qui n'est plus là, lui, ni
peut-être nulle part ailleurs sur cette terre, et dont les parents ont quitté le pays pour aller on ne sait où, ce qui est
bien fâcheux, car j'aurais quelque chose à leur remettre de
la part de leur fils.

— Ils s'appellent Boomphoffen, dit vivement la dame.
Connaissez-vous cette famille, mynheer ? »

La réponse du docteur fut brève et rude.

« Oui, des gens désagréables. Ils sont partis pour l'Amérique.

— Peut-être, Raff, fit la dame en insistant timidement,
peut-être le docteur connaît-il quelqu'un dans ce pays,
quoiqu'on m'ait dit que ce sont presque des sauvages ; s'il
pouvait faire parvenir la montre aux Boomphoffen, avec
le dernier message de leur pauvre garçon, ce serait une
bien bonne action.

— Ne soyons pas indiscrets, femme. Pourquoi ennuyer

le docteur de nos affaires, pendant qu'hommes et femmes
à la mort l'attendent de tous côtés? D'ailleurs, comment
savez-vous que c'est bien là le nom?

— J'en suis sûre, répliqua-t-elle; ils avaient un fils
nommé Lambert, et il y a sur la montre un L qui ne peut
vouloir dire que Lambert, et un B pour Boomphoffen; il y
a bien un drôle de J aussi. Mais le meester peut voir lui-
même. »

Disant ces mots, elle présenta la montre au docteur.

« L. J. B.! s'écria le docteur en s'élançant vers elle.
Vous êtes bien sûre que c'est de ces trois lettres et dans cet
ordre qu'il s'agit? »

Comment décrire la scène qui s'ensuivit? Je me conten-
terai d'ajouter qu'après dix ans le message du fils put être
ce soir-là remis enfin entre les mains du père, et que,
cela fait, le grand médecin se mit à sangloter comme un
enfant.

« Laurens! mon Laurens! criait-il, regardant avec des
yeux avides la montre qu'il tenait tendrement dans sa
main. Dieu tout-puissant! Si je l'avais su plus tôt! Quoi,
Laurens, mon bien-aimé enfant, serait depuis dix ans errant à l'étranger! Il a souffert ce martyre de l'exil, il le
souffre encore. Peut-être en meurt-il en ce moment! Ré-
fléchissez, Brinker, rappelez tous vos souvenirs. Où mon
fils a-t-il dit que son père aurait dû lui écrire? »

Raff secoua tristement la tête.

« Faites un effort, mon bon Raff, fit le docteur d'un ton
suppliant. Demandez à Dieu de compléter la grâce qu'il
vous a faite de vous rendre la mémoire et d'achever la
cure si bien commencée. Prions-le tous, tous ardemment,
et il ne voudra pas que le souvenir vous fasse défaut dans
un moment comme celui-ci !

— Hélas! hélas! dit Brinker en se pressant le front
dans ses deux mains, hélas! tout est parti, mynheer. Je ne

peux pas, je ne peux pas! Et le Père céleste de là-haut sait pourtant que pour vous rendre votre fils je consentirais à mourir à l'instant. »

Hans, oubliant toute distinction d'âge et de rang et ne voyant qu'une chose, c'est que son ami le docteur était abîmé dans une douleur sans fond, vint lui jeter les bras autour du cou.

« Je trouverai votre fils, mynheer. S'il est vivant, il est *quelque part*. La terre n'est pas si grande. Tout ce qui me reste de jours à vivre sera consacré à le chercher. Mère peut se passer de moi maintenant, mynheer; envoyez-moi où vous voudrez. »

Gretel, qui était toute pâle du chagrin de leur sauveur, entendant les paroles de Hans, se sentit le cœur brisé. Elle approuvait Hans, cela n'était pas douteux; Hans avait raison de vouloir partir, mais comment feraient-il pour vivre sans lui?

Le docteur ne répondit pas. Il ne repoussa pas Hans non plus. Ses yeux anxieusement fixés sur Raff Brinker semblaient vouloir aller chercher au plus profond de son âme ce qui n'en pouvait plus sortir. Tout à coup, comme si une idée lui était instantanément survenue, il porta la montre plus près de ses yeux et, l'ayant examinée à son tour, il s'efforça de l'ouvrir. Le ressort, que le manque d'usage avait rendu moins élastique, céda à la fin; le couvercle sauta et il en tomba une petite enveloppe de fin papier de soie, contenant.... quelques myosotis! Raff, voyant une ombre de cruel désappointement sur le visage du docteur, s'écria :

« Il y avait autre chose dans cette boîte, mynheer, mais le jeune homme l'a enlevé avant de me donner la montre, et je l'ai vu l'embrasser et le mettre dans sa poche.

— Ce devait être le portrait de sa mère, répondit le docteur en gémissant. Elle était morte alors qu'il n'avait

que dix ans. Dieu soit loué! l'enfant ne l'avait pas oubliée! »

Après quelques instants du plus douloureux silence,
rempli par une méditation profonde, le docteur se leva et,
les yeux levés vers le ciel :

« Non, le fils n'a pas pu mourir après la mère; ce double deuil n'a pas pu m'être infligé par Celui qui est l'in-
finie bonté. Mon fils vit, j'en suis.... oui, j'en suis certain.... En douter serait une impiété! Écoutez-moi : Laurens était mon élève. Il prépara un jour, sur mon ordre,
pour un de mes malades, une potion, se trompa d'in-
grédients, et l'on remit à la famille du malade, au lieu
du breuvage salutaire, un poison mortel. Mais, grâce au
ciel, quand ce poison arriva dans la chambre du malade,
j'étais là; je m'aperçus à temps de l'erreur et il va sans
dire qu'il ne fut pas administré : je restai toute la nuit
auprès du mourant, espérant le sauver. Il n'en fut rien;
la maladie, plus forte que la science, emporta le mori-
bond. Le bruit de cette mort se répandit en un instant
dans la ville et arriva jusqu'à mon fils. Voulant se rendre
compte du peu d'effet produit par la potion que je lui avais
fait préparer, il s'aperçut alors, en examinant la petite
dose qu'il avait gardée dans son laboratoire, de l'erreur
fatale qu'il avait commise. Il perdit la tête et, s'accu-
sant à tort de la mort de mon malheureux client, il
disparut.

« Lorsque je rentrai à la maison, mon fils depuis quelques
heures était parti, parti pour ne pas revenir; et poursuivi
par le remords d'une faute qui n'avait pas été commise.

Et j'accusais son silence! Et je maudissais mon enfant!
s'écria le docteur en s'abandonnant à son désespoir. Je le
maudissais de n'avoir pas songé un instant à son père
dans les premières heures de son égarement, ni depuis, quand au contraire, après vous avoir confié son

message, c'est lui qui a dû croire à mon inflexible cruauté ! »

Dame Brinker se hasarda à parler. Elle ne pouvait supporter de voir le meester pleurer.

« C'est une grande consolation que Dieu vous a laissée, mynheer, que de savoir du moins le fugitif innocent. Ah! le pauvre jeune monsieur! On comprend, Raff, ce qu'il vous disait : que, bien qu'il fût pur de tout crime, il avait été la cause de la mort d'un homme. Mais notre Gretel aurait pu en faire autant!

— Chut! femme, fit rudement Brinker.

— Pauvre Laurens! répétait le docteur, quel concours de fatalités!

— Mynheer, lui disait Hans tout bas, je retrouverai votre fils. Je vous ramènerai votre Laurens, aussi vrai que vous nous avez rendu notre père.. »

Et on peut dire que son cœur faisait trouver là au brave Hans les seules paroles qui pussent calmer l'affliction du docteur.

« Sois béni, mon enfant! dit le docteur en saisissant la main du jeune homme. Espérons que Dieu nous guidera dans nos recherches. Quant à ce qui est de vous, Brinker, dit-il en s'adressant au père de Hans, il n'est pas impossible qu'une lueur se refasse un jour dans votre esprit sur ce sujet. Vous me le ferez dire tout de suite, n'est-ce pas ?

— Oh! docteur, dit Gretel, nous irons tous vous le dire.

— Les yeux de votre garçon, reprit le docteur en se tournant vers dame Brinker, ressemblent étrangement à ceux de mon fils. La première fois que je le rencontrai, j'eus un frémissement; il me sembla que mon fils lui-même était devant moi.

— Ah! mynheer, répondit l'orgueilleuse mère, j'ai remarqué que vous aviez une grande prédilection pour l'enfant.. »

Pendant quelques instants le docteur demeura absorbé par ses réflexions, mais revenant enfin à lui :

« Pardonnez-moi, Raff Brinker, dit-il, de n'avoir pu vous cacher mon émotion, et ne vous reprochez rien en ce qui me concerne. Dites-vous que je quitte aujourd'hui votre maison plus heureux que je ne l'ai été depuis de longues années, puisque j'emporte la certitude que mon fils, même en cette journée funeste, n'avait du moins pas oublié son père.

— Cette montre, docteur, vous le rappellera par chacun de ses battements, dit Brinker.

— Oui, oui, répondit le docteur, regardant son trésor avec le singulier froncement de sourcils qui lui était habituel, car son visage n'avait pu, en un instant, se défaire de ses mauvais plis. Oui ! oui ! Et maintenant il faut que je m'en aille. Le malade ici n'a plus besoin du médecin, il ne lui faut que la paix et la gaieté, et ni l'une ni l'autre ne lui manqueront. Le ciel vous bénisse, mes bons amis. Je vous serai toujours reconnaissant.

— Le ciel vous bénisse aussi, mynheer, et puissiez-vous trouver bientôt le cher jeune monsieur, dit dame Brinker avec chaleur, après avoir essuyé ses yeux à la hâte avec le coin de son tablier. »

Raff fit entendre un *Amen* sorti du fond du cœur, et Gretel jeta au docteur un regard si plein de sympathie, qu'il lui caressa les cheveux en se retournant avant de sortir de la chaumière.

Hans l'accompagna au delà de la porte :

« Quand vous jugerez que je puis vous être utile, mynheer, je suis prêt.

— Je le sais, mon garçon, répliqua le docteur avec une douceur toute particulière. Dites-leur, là-dedans, de ne rien conter à personne de ce qui s'est passé. En attendant, Hans, lorsque vous serez avec votre père, observez-

18

le, vous avez du tact. Il peut, à un moment donné, se rappeler tout.

— Je n'y manquerai pas, mynheer.

— Au revoir, mon garçon, cria le docteur en sautant dans son carrosse.

— Dieu merci! dit Hans en le voyant s'éloigner, le docteur possède plus de vie et d'élasticité que je ne croyais. Il a monté dans ce carrosse comme un jeune homme. »

XX

GRETEL EST ARRIVÉE PREMIÈRE

# CHAPITRE XX

### LA COURSE

Le 20 décembre arriva enfin, amenant avec lui l'hiver
avec toutes les perfections qu'il comporte. Un brillant soleil couvrait tout le plat paysage. Il essayait son pouvoir
sur les rivières, les canaux et les lacs, mais la glace lui
renvoyait son défi et n'avait nullement l'air de vouloir
fondre sous ses feux. Les girouettes elles-mêmes se tenaient immobiles comme pour jouir du spectacle; les
moulins à vent jouissaient d'un jour de congé. Ils avaient
tourné sans relâche presque toute la semaine précédente;

aujourd'hui leurs poumons étaient sans haleine; leurs grandes ailes fatiguées se contentaient d'osciller paresseusement dans l'air pur et calme. Attrapez un moulin à vent à travailler quand les girouettes n'ont rien à faire !

Il n'y avait pas à songer davantage ce jour-là à moudre, à écraser ou à scier, et cela allait assez aux meuniers des environs de Broek. Longtemps avant que midi eût sonné, ils avaient vu qu'ils n'avaient rien de mieux à faire que de serrer les voiles et d'aller, eux aussi, à la course. Tout le monde y serait. Le côté nord de l'Y gelé était déjà garni de spectateurs, car l'annonce de la grande course à patins s'était répandue au loin.

Des hommes, des femmes, des enfants revêtus de leurs habits de fête, arrivaient en foule sur les lieux. Quelques dames prudentes portaient des fourrures, des manteaux d'hiver ou des châles, mais beaucoup d'autres plus étourdies et consultant leur cœur plutôt que l'almanach étaient habillées comme pour un jour d'octobre.

Le lieu choisi pour la course était une plaine de glace irréprochable, située près d'Amsterdam sur le grand bras du Zuiderzée, que les Hollandais, comme de juste, appellent « l'OEil. » Les citadins avaient abandonné la ville; les étrangers aussi. C'était pour eux une superbe occasion d'examiner les coutumes et les costumes du pays. Plus d'un paysan du Nord avait prudemment choisi le 20 pour venir faire son petit commerce à la ville. Tous ceux, jeunes ou vieux, qui possédaient des roues, des patins ou des jambes, s'étaient hâtés d'accourir.

On y voyait les gens de la noblesse dans leurs voitures, habillés comme des Parisiens venant tout droit des boulevards. Les enfants pauvres d'Amsterdam portaient l'uniforme des nombreux asiles où ils étaient recueillis; les filles de l'orphelinat catholique étaient vêtues de leurs robes noires et blanches; les garçons de l'asile des Bourgeois

(Burgher) se distinguaient par leurs culottes étroites et
leurs habits d'arlequin[1], à pans raccourcis. Il y avait de
vieux messieurs en chapeaux à trois cornes, en culottes
courtes de velours. De vieilles dames avec leurs jupes raides ouatées et piquées comme des couvre-pieds, leurs cor-
sages de brocart étincelant, étaient suivies de leurs domes-
tiques chargés des manteaux et des chaufferettes. Des
paysans étaient accourus avec toutes les variétés de leurs
costumes flamands, faisant montre à l'envi de leurs boucles
de souliers de cuivre; de simples villageoises cachaient
leurs tresses blondes sous un filet à réseaux d'or; quelques
femmes se tenaient serrées dans leurs longs tabliers étroits
et raides de broderie; d'autres coiffées de petites papillo-
tes laissaient retomber leurs cheveux en petites boucles
frisées sur leur front; par contre on en voyait dont la tête
était rasée et enfermée de chaque côté dans des armures
ou plaques d'or et d'argent enrichies de ciselures; quelques-unes étaient remarquables par leurs jupes rayées et
par leurs chapeaux en forme d'ailes de moulin. Au milieu de tout cela circulaient des hommes en culottes de
cuir, de tricot, de velours, de drap, des bourgeois en jaquettes courtes, en pantalons bouffants et en chapeaux
clochers.

On y admirait de belles personnes en sabots, en jupes
grossières, dont la tête était ornée de croissants d'or massif se terminant aux tempes par une rosette d'or garnie de
dentelles vieilles de cent ans. Les plus riches portaient des
colliers et des pendants d'oreilles de l'or le plus pur,

---

1. Ceci n'est pas dit par dérision. Les garçons et les filles de ces
asiles portent des vêtements mi-partie rouges et noirs. Cet habillement
voyant empêche jusqu'à un certain point les enfants de se mal conduire pendant qu'ils vont et viennent dans la ville. L'asile des Burgher
offre un refuge confortable à plusieurs centaines de garçons et de filles.
La Hollande est renommée pour ses institutions charitables.

mais beaucoup se contentaient de cuivre ou d'imitation. Il
n'était pas extraordinaire cependant de voir une Frisonne
porter sur sa tête toutes les richesses de la famille, et
plus d'une jeune fille de la campagne exhibait ce jour-là
dans sa seule coiffure pour plus de deux mille guilders de
bijoux.

Éparpillés dans la foule se trouvaient des paysans de
l'île de Marken, en sabots, en bas noirs bien tirés sous de
vastes culottes, et des paysannes en jupes bleues courtes
et jaquettes noires ornées de gais dessins sur le devant.
Les manches rouges, les tabliers blancs, ne manquaient
pas à la fête, et un certain nombre de chevelures d'or
étaient surmontées d'un bonnet ressemblant à une mitre
d'évêque.

C'était à croire que tous ces personnages singuliers qui
amusent tous les yeux des étrangers dans les tableaux flamands étaient sortis de leurs cadres et avaient déserté
leurs musées.

De grandes femmes marchaient à côté d'hommes gros
et courts comme des souches. Des jeunes filles à la physionomie espiègle et animée étaient accompagnées de ro-
bustes et placides garçons dont le visage immuable ne
changeait pas d'expression du lever du soleil à son coucher. Il semblait qu'il y eût là des spécimens de toutes les
villes et de tous les villages de la Hollande. On y voyait
des porteurs d'eau d'Utrecht, des marchands de poteries
de Delft, des distillateurs de Schiedam, des lapidaires
d'Amsterdam, des encaqueurs de harengs-saurs et des
bergers du Texel à l'œil endormi. Pas un homme qui n'eût
son sac à tabac et sa pipe; quelques-uns portaient en
outre ce qui complète l'équipage du fumeur : un petit
outil pour nettoyer le tuyau, un réseau d'argent pour
garantir le fourneau et une boîte d'allumettes fortement
soufrées.

Vous vous rappellerez qu'un Flamand pur sang n'est en aucune circonstance sans sa pipe. Il peut, pendant un moment, oublier de respirer, mais s'il néglige sa pipe, c'est qu'il est à la mort. Or ce jour-là tout le monde était en vie. Des spirales, des nuages de fumée s'élevaient dans toutes les directions. Plus fantastique la fumée, plus calme et solennel était le visage du fumeur.

Regardez aussi ces garçons et ces filles montés sur des échasses. Ils voient par-dessus la tête des plus grands. Cela fait un effet étrange de voir ces petits corps bien haut perchés dans les airs et portés par des jambes invisibles.

Vous lirez dans certains livres que les Hollandais sont une nation éminemment paisible et silencieuse; rien n'est plus vrai, mais les exceptions sont pour confirmer la règle. Écoutez. Avez-vous jamais entendu, sortant d'une multitude, une rumeur aussi étourdissante, aussi compacte? Tout cela est fait de voix humaines. Je me trompe, les chevaux y aident un peu, ainsi que les violons qui s'essayent. Il paraît que cela leur fait du mal, aux violons, lorsqu'on les accorde; quels grincements! Toutefois, la masse de ces sons confus provient de la grande *vox humana* qui appartient à la foule.

Ce nain qui circule avec un panier et qui glisse si adroitement entre tous ces groupes contribue au tapage pour sa part; on entend sa voix perçante crier par-dessus toutes: «Pipes et tabac! Pipes et tabac! »

Cet autre, son grand frère, quoique évidemment plus jeune de plusieurs années, annonce par des cris d'une autre sorte des bonbons en forme de noix, faits avec de la pâte et du sucre. Il engage sans vergogne les jolis enfants à accourir avant que sa provision, qu'il peut renouveler sans cesse, n'ait disparu.

Tout là-haut, dans ce pavillon construit sur les bords

de la plaine de glace, se trouvent des personnes qui ne vous sont pas inconnues, vous les avez vues il n'y a pas longtemps. Au centre est Mme Van Gleck. Vous vous rappelez que c'est l'anniversaire de son jour de naissance; elle occupe donc la place d'honneur. Voici mynheer Van Gleck. Voici le bon grand-père et l'aimable grand'mère à qui je vous ai présentés la veille de Saint-Nicolas. Tous les enfants sont autour d'eux. Il fait si doux, qu'on a amené jusqu'au baby. Le pauvre petit est emmaillotté à la façon des momies égyptiennes; cependant il peut encore faire entendre des cris de plaisir, et quand la musique joue il ouvre et ferme en mesure ses mitons animés par ses petits doigts.

Perchée sur sa plate-forme recouverte d'un dôme, la société est en position de voir parfaitement tout ce qui se passe. Ne vous étonnez pas si les dames regardent sans frissonner la surface glacée du lac. Elles ont un poêle sous les pieds! On resterait confortablement assis en plein air au pôle Nord dans ces conditions-là.

Ne pensez-vous pas que le grand monsieur que je vous désigne du doigt ressemble beaucoup à saint Nicolas, tel qu'il apparut aux enfants Van Gleck le 5 décembre? Le menton de ce monsieur est uni comme un pépin. A-t-il mis sa barbe dans sa poche? l'a-t-il laissée pour l'an prochain dans son armoire? Est-ce le saint en personne, où n'est-ce qu'une ressemblance trompeuse? Je penche pour cette dernière hypothèse. Saint Nicolas aux courses, ce n'est pas possible. Comment l'ai-je pu supposer même un instant?

Tout près, dans le pavillon à côté, sont assis les Van Holp avec leur fils et leur fille, les Van Gend, de La Haye. La sœur de Peter n'est pas de celles qui oublient leurs promesses. Elle a apporté des bouquets de fleurs exquises, cueillies dans sa serre pour les futurs vainqueurs.

Ces pavillons, et il y en a encore d'autres, ont tous été élevés depuis le lever du soleil. Celui-ci, formant le demi-cercle, et contenant la famille Van Korbes, est fort élégant et témoigne du goût des Hollandais dans l'art d'ériger des tentes. Je préfère cependant celui des Van Gleck, là-bas, au centre, rayé de blanc et de rouge, et orné de verdure.

Celui où se voient les drapeaux bleus contient les musiciens. Ces autres, ressemblant à des pagodes, et ornés de coquilles de mer et de banderoles de toutes les couleurs possibles, sont occupés par les juges de la course. Ces deux colonnes blanches, réunies par une draperie flottante, sont là pour marquer le point de départ. Ces hampes surmontées d'un drapeau, à un mille plus loin, sont placées de chaque côté de la ligne formant limite.

La musique se fait entendre. Combien les violons sont d'accord ! Ils ont oublié leurs souffrances, et tout est harmonie.

Où sont les joûteurs ? Les voici tous rassemblés près des colonnes blanches. C'est, ma foi ! un ravissant spectacle. Vingt jeunes garçons et autant de jeunes et jolies filles, tous et toutes vêtus de vêtements pittoresques, courant, s'entrelaçant, s'appelant, bavardant, parlant tous ensemble dans la plénitude de leur bonheur juvénile.

Quelques-uns, la figure inquiète, se tiennent à l'écart et fixent soigneusement les courroies de leurs patins. Ils semblent tous possédés par le démon du mouvement. Ils ne peuvent rester tranquilles. Leurs patins font partie d'eux-mêmes, et chaque coureur paraît ensorcelé.

La Hollande est faite exprès pour le patinage. En quel autre pays les garçons et les filles pourraient-ils accomplir sur la glace, sans qu'on y prenne garde, ces tours de force qui attireraient la foule à Paris, à Londres où à New-York ? Mais quel est donc ce jeune homme d'allure étrangère dont les exercices préparatoires semblent émerveiller les gens du pays ? Épargnez vos forces, Ben, elles vous seront bientôt nécessaires. Vous ne manquerez pas de concurrents tout à l'heure. Ben est déjà surpassé : quels sauts, quels tournoiements, quelle souplesse ! Ce garçon au bonnet rouge est le lion de la minute présente; son corps est-il de caoutchouc ? Non, c'est du fer; c'est de l'acier! C'est un oiseau, une toupie, un tire-bouchon, un lutin ! Vous vous imaginez qu'il est debout, il est baissé; vous le croyez baissé, il est debout! Il laisse tomber son gant sur la glace et exécute un saut de carpe en le ramassant. Quel qu'il soit, c'est un garçon qui aime à rire, il arrache à Jacob Poot, surpris, son bonnet, et le lui remet sens devant derrière avant qu'il ait eu le temps de dire ouf! On l'applaudit, et le gros Poot l'applaudit plus fort que les autres. Vos prouesses prématurées, mon jeune ami, pourront vous coûter cher. Tout beau patineur que vous êtes, vous pourriez bien ne pas gagner le prix.

Voici parmi les concurrents d'autres figures que vous reconnaîtrez de vous-même : Lambert, Ludwig, Karl et Peter sont tous là, frais, pimpants et parfaitement disposés pour la course. Hans se tient un peu à l'écart, mais pas loin cependant. Il est évident qu'il compte bien se joindre aux candidats, notre brave Hans; ses pieds sont armés de ces mêmes patins qu'Annie avait vendus pour son compte. Il s'était bien vite douté, l'ami Hans, que la petite fée et l'être mystérieux qui les lui avait payés sept guilders ne pouvaient faire qu'une seule et même personne. Cette conviction une fois entrée dans sa tête, il avait eu le courage d'interpeller Annie sur le fait. Annie, qui savait bien que sa petite épargne y avait passé, n'avait pas eu le front de persister dans son charitable mensonge. D'ailleurs, grâce à son intervention dans l'affaire du trésor, les temps et les positions avaient bien changé depuis; elle

avait pu consentir à annuler son marché et à accepter la
restitution du prix qu'elle avait donné des patins. Il s'en
était suivi que Hans pouvait enfin prendre part à la course.
Ceci n'arrange pas l'orgueilleux Karl. Il se sent de plus en
plus indigné. Le croirait-on? trois autres paysans ont été
assez osés pour se présenter, et on a eu la faiblesse de les
admettre. Hans ne sera que le quatrième de sa sorte....
Oui, de sa sorte, qui n'est pas la sorte d'un haut personnage comme M. Karl.

Vingt filles et vingt garçons. Les jeunes filles sont placées en tête maintenant, toutes prêtes à partir, car elles
doivent courir les premières. Hilda, Rychie et Katrinka
frappent la glace du pied pour s'assurer que leurs patins
sont bien assujettis. Hilda cause d'une manière tout aimable avec une gracieuse et timide petite créature habillée
d'une jaquette rouge et d'une jupe brune toute neuve, et
qui s'efforce de rester en arrière. Grâce à Hilda, elle a pris
son rang. En vérité, c'est Gretel! Quel changement ces jolis souliers, cette jupe et ce bonnet neuf ont opéré dans sa
mignonne personne! Si Annie Bowman, qui vient la rejoindre, n'était pas là, je dirais, ma foi! que, s'il en est de
plus belles, il n'en est pas de plus mignonne et de plus
gentille. La sœur de Janzoon Kolp a été admise, mais Janzoon, lui, a été exclu à l'unanimité par les directeurs,
non-seulement parce qu'il avait tué la cigogne des Brinker,
mais parce qu'il avait en outre été surpris, l'été précédent,
volant dans le nid d'une autre cigogne les œufs qu'elle y
avait déposés, ce qui est en Hollande un crime passible
des lois. Ce Janzoon Kolp est, voyez-vous, un pas grand
chose de bon, comme on dit. Heureusement pour lui que
je ne puis continuer son histoire, car la course commence.

Les vingt jeunes filles qui doivent concourir sont rangées sur une même ligne. La musique se tait.

Le commissaire des courses est debout entre les colonnes. Il lit le règlement d'une voix claire et haute :

« Les filles et les garçons courront chacun à leur tour, jusqu'à ce que l'une des filles et l'un des garçons soient arrivés deux fois premiers au but. Les filles partiront ensemble, les garçons aussi. Les concurrents et les concurrentes devront aller jusqu'aux drapeaux, puis revenir au point de départ, parcourant ainsi un mille de distance à chaque fois. »

On agite un drapeau sous la tente des juges. Mme Van Gleck se lève. Elle tient à la main un mouchoir blanc. Elle se penche en avant; lorsqu'elle le laissera tomber, on sonnera du cor pour donner le signal du départ.

Le mouchoir est à terre. Regardez :

Elles sont parties ?

Non , elles reviennent. Le départ a été manqué. Elles n'étaient pas bien en ligne pour passer devant la tente des juges.

Le signal est répété.

Elles partent de nouveau. Cette fois tout est à merveille. Vingt flèches décochées par un bras robuste ne fileraient pas plus vite !

La multitude se tait un instant, absorbée par l'attention extrême avec laquelle elle guette les lutteurs.

Des applaudissements se font entendre sur toute la ligne.

« Hurrah ! cinq jeunes filles tiennent la tête. Mais laquelle donc, le premier tour achevé, revient déjà avec cette rapidité ? Impossible de distinguer. Quelque chose de rouge, voilà tout, suivi à peu de distance par un point bleu flottant. Presque à côté du bleu se distingue une tache jaune. Les spectateurs écarquillent leurs yeux et s'en veulent de n'être pas parvenus à se placer plus près des drapeaux formant limite.

La vague des acclamations fait le tour, suit les lutteurs et arrive à nous. Ah! maintenant, Katrinka est en tête!

Elle passe devant le pavillon des Van Holp. Le suivant est celui de Mme Van Gleck. Cette forme penchée en dehors est son aimant. Mais Hilda, prompte comme l'éclair, dépasse Katrinka. Elle fait un signe de la main à sa mère. Deux autres la suivent de près ; elles fendent l'air. Qu'est-ce donc que cette petite flamme rouge et ardente? Bravo ! c'est Gretel ! Elle salue aussi de la main, mais ce n'est pas un des riches pavillons qui reçoit sa politesse. La foule applaudit, mais elle n'entend que la voix de son père qui crie : « C'est affaire à toi, petite Gretel. » Katrinka, riant gaiement, dépasse Hilda à son tour. La jeune fille en jaune gagne maintenant ; elle les dépasse toutes, excepté Gretel. Les juges se penchent en avant ; chacun tient sa montre à la main. Bravos sur bravos remplissent les airs. Les colonnes de limites semblent s'agiter, elles aussi. La flamme rouge, le petit coquelicot a gardé son avance. La gardera-t-elle jusqu'à la fin ?

Chacun est haletant. Les paris sont pour la petite paysanne. Une immense acclamation s'élève. Gretel est arrivée première.

Son nom est proclamé par le crieur du commissaire.

Les juges font un signe de tête. Ils inscrivent quelque chose sur des tablettes que chacun tient à la main.

C'est au tour des garçons de se former en ligne, pendant que les filles se reposent. Quelques-unes entourent la petite Gretel toute saisie ; d'autres se tiennent à l'écart en grand dédain. Le dépit est un mauvais conseiller.

Pour la lutte des garçons, c'est mynheer Van Gleck qui laisse tomber le mouchoir. Le cor fait entendre une note vigoureuse.

Les garçons bien disciplinés sont partis. Le départ a été admirable.

Ils sont déjà à moitié chemin. On n'a jamais rien vu de
pareil ! L'œil ne peut les suivre. La pensée ne va pas plus
vite que ces quarante jambes que l'électricité semble emporter ! Où sont-ils maintenant ? Le bruit est tel que nous
en sommes bien étourdis. Qu'ont-ils donc à rire, par là-
bas ? Oh ! c'est de ce gros garçon qui tient non pas la tête,
mais la queue ! Il ne se démonte pas, c'est à se demander
s'il s'aperçoit qu'il est tout seul et que les autres ont presque atteint la limite. Oui, il le sait. Il s'arrête. Il s'es-
suie la figure. Il ôte son bonnet et regarde gaiement autour de lui. Mieux vaut se retirer de bonne grâce, mon
brave Poot ! Tu t'es fait cent amis par ton rire franc et
étonné.

L'excellent garçon a repris place parmi les spectateurs.
Il va jouir du spectacle de la course comme les autres.

Un nuage de poudre de glace, léger comme de la plume,
vole sur les talons des patineurs qui s'évertuent pour
tourner aux drapeaux.

Quelque chose de noir distance les autres qui, à l'exception de Poot, s'étaient jusque-là tenus à égalité. La
foule pousse des hurlements. Le point noir est menacé. Un
bonnet rouge est sur ses talons. Qui peut-il être ? Je reconnais Ben, Peter, Hans ! Eh quoi ! c'est le frère de Gretel,
ce serait un paysan encore qui gagnerait le prix des garçons ! Ce n'est pas possible, cela ne sera pas ! En attendant,
c'est bien Hans qui vient de prendre la tête. La jeune
madame Van Gend écrase ses fleurs dans sa main. Elle
était si sûre que Peter gagnerait ! Et il a perdu du terrain.
Karl Schummel vient après Hans, frémissant de rage ; puis
Ben et le jeune homme inconnu au bonnet rouge. Le reste
suit de près. Peter distancé par tous ceux-là ! Qu'est-ce
que cela veut dire ? Attendez ; il me semble qu'il sort enfin
des rangs de l'arrière-garde. Quel élan ! Il dépasse le bonnet rouge, il dépasse Ben, puis Karl, qui ne peut retenir

un geste de colère. Maintenant il court à vitesse égale
avec Hans. Mme Van Gend ne respire plus.

Enfin il est en tête ! Non ! Une fois encore Hans le dépasse. Les yeux de Hilda s'emplissent de larmes. Il *faut*
que Peter soit vainqueur. Les yeux d'Annie lancent des
éclairs. Gretel regarde, les maintes jointes. Encore quatre
enjambées, et son frère aura atteint les colonnes !

Il y est ! Oui, mais Karl, dont la rage avait centuplé
pour un instant les forces, y était une seconde auparavant,
et le premier. Il avait dépassé le but.

C'en est fait, Karl Schummel est vainqueur pour le premier mille. La voix du crieur l'annonce. Les applaudissements me semblent maigres. Ce fait n'échappe
pas à l'amour-propre du vainqueur. Que ne t'en prends-
tu à lui, Karl, à ton amour-propre, de la froideur du public? N'est-ce pas lui qui t'enlève les sympathies de la
foule ?

Le second mille de la course va commencer.

Mme Van Gleck se lève de nouveau. Son mouchoir est
tombé. Le son du cor a éclaté, et ce signal a lancé pour
la seconde fois sur la glace vingt jeunes filles, comme autant d'Atalantes.

C'est joli, mais on n'y voit rien ; l'ardeur est telle pour
cette course décisive qu'elles font bloc ; c'est un escadron
volant. Les prévisions sont impossibles.

Il y a de nouveaux visages parmi celles qui sont en
avant, des visages pleins d'animation qu'on n'avait pas
remarqués à la première course. Voici Hilda et Katrinka,
mais Gretel et Rychie sont en arrière. Gretel semble hésiter.
Cependant, lorsque Rychie la dépasse, elle a soin de réta-
blir la distance. Les voici tout près de Katrinka. Hilda est
toujours première, elle a presque atteint le but. Elle n'a
pas fléchi un instant depuis que le son du cor l'a lancée.
La foule, qui l'aime, l'encourage de ses cris. Bravos après

bravos s'élèvent. Peter est silencieux, mais ses yeux brillent comme des étoiles.

Hurrah ! Hurrah !

On entend la voix du crieur :

« Hilda Van Gleck — un mille ! »

Gretel bat des mains. Annie aussi. Katrinka et Rychie
se taisent.

ELLE S'ÉLANCE POUR ALLER EN FAIRE HOMMAGE
A SON PÈRE ET A SA MÈRE

# CHAPITRE XXI

LES DEUX VAINQUEURS. — JOIE DE LA CHAUMIÈRE.

Un long murmure d'approbation parcourt toute l'enceinte. L'enthousiasme gagne jusqu'à la musique qui éclate en fanfares joyeuses. Mais lorsque le drapeau s'agite, tout se tait de nouveau. De nouveau le cor se fait entendre. Sa voix fait voler les garçons comme au vent la paille d'avoine.

Cette paille tourbillonne autour des hampes formant limite. Les cris et les bravos la chassent avec plus de vitesse encore. Nous commençons à la voir revenir. Trois garçons sont en tête, cette fois tous en ligne : Hans, Peter

19

et Lambert. Karl rompt bientôt les rangs avec furie. Volez,
Peter ! Ne permettez pas à Karl de l'emporter encore cette
fois. Ne laissez pas prendre cet avantage à son défaut
capital, à sa vanité ! Lambert fléchit, mais Hans et Peter
sont aussi solides que jamais. Hans et Peter, Peter et
Hans. — Lequel est en tête ? Nous les aimons tous deux
et nous voudrions les voir gagner l'un et l'autre.

Hilda, Annie, Gretel, assises sur la longue banquette, ne
peuvent plus tenir en place. Elles sautent sur leurs pieds,
se ressemblant par l'anxiété qui les agite. Hilda veut se
contenir : elle se rassied ; personne ne saura combien elle
s'intéresse à l'issue de la course ; personne ne verra combien elle est à la fois inquiète et remplie d'une seule espérance. Fermez les yeux, Hilda, cachez votre visage rayonnant de joie. Votre ami Peter est vainqueur ! N'entendez-
vous pas ces cris qui saluent son triomphe ?

« Peter Van Holp — premier arrivé ! — vainqueur pour
ce mille ! » Le crieur l'a répété trois fois.

Mais serait-il arrivé quelque accident ? Un groupe se
presse autour de l'une des colonnes. Karl est tombé. Il ne
s'est pas blessé, quoiqu'il soit un peu étourdi de sa chute.
S'il se montrait moins maussade, il trouverait plus de
sympathie dans ces jeunes cœurs. Tel qu'il est, on l'oublie
aussitôt qu'il est remis sur ses pieds et qu'on voit qu'il
n'est pas mort.

C'est aux filles à franchir le troisième mille.

Comme tous ces jeunes visages ont un air décidé ! Quelques-uns sont graves. Un timide sourire sur quelques
lèvres. D'autres moins modestes semblent triompher à l'a-
vance. Mais la même expression résolue règne dans tous
les regards.

Ce troisième mille peut décider de la course. Pourtant, si
Hilda ni Gretel ne gagnent pas, une chance s'ouvrira
encore pour les autres.

Chaque jeune fille semble maintenant assurée qu'elle
parcourra la distance en moitié moins de temps que ses
compagnes. Avec quelle attention elles examinent les courroies de leurs patins ! Et comme elles se redressent, à la
fin, les yeux fixés sur Mme Van Gleck !

Au son du cor, elles s'élancent en avant, toutes frémis-
santes, le buste penché, mais dans un équilibre parfait.
Les premiers coups de patins sont éblouissants.

Elles effleurent à peine la glace. Les regards des spectateurs ont peine à les suivre. Chacun fait des vœux pour
sa préférée. Mêmes bravos se font entendre. Quatre ou cinq
jeunes filles ont dépassé les autres. Déjà elles se rappro-
chent des colonnes.

Qui est la première ? Ce n'est ni Rychie, ni Katrinka, ni
la jeune fille en jaune — c'est Gretel — Gretel, le petit
lutin le plus léger qui ait jamais chaussé le patin. C'est à
croire que la première course pour elle n'avait été qu'un
jeu, mais il est clair que cette fois elle se livre tout entière : on dirait que quelque chose lui souffle à l'oreille
qu'il *faut* qu'elle gagne le prix, pour que son père voie
enfin ce que vaut sa petite Gretel. Sa taille souple et ner-
veuse, ses petits pieds d'acier font miracle. Arrivée première au but, son élan est tel qu'elle ne peut plus s'arrêter
et le dépasse de plus de cent mètres.

Le crieur n'a rien à apprendre à personne. La supério-
rité de la petite paysanne, la distance qui la sépare de ses
compagnes est telle qu'il n'y a doute pour qui que ce soit.
La nouvelle se répand en un clin d'œil jusque dans les
profondeurs de la foule. Les bravos éclatent. Gretel a gagné
les patins d'argent !

Il n'y a qu'un instant elle volait sur la glace comme un
oiseau dans les airs. Comme un oiseau elle s'arrête subitement et regarde autour d'elle d'un air timide et effrayé.
Elle voudrait pouvoir se sauver vers le coin abrité où se

tiennent son père et sa mère. Mais Hans vient de la rejoindre et bientôt toutes les jeunes filles l'entourent. La voix joyeuse et pleine de bonté de Hilda résonne à ses oreilles. A partir de ce moment, personne ne la dédaignera plus ; gardeuse d'oies ou non, Gretel est proclamée par ses rivales elles-mêmes : « Reine des patineuses ! »

Hans, dans son orgueil fraternel, se retourne pour voir si Peter Van Holp, qui était tout à l'heure près de lui, a été témoin du triomphe de sa sœur.

Peter n'en a rien perdu, mais pour le moment il ne regarde pas de ce côté. Il est agenouillé et travaillant d'une main fiévreuse à assurer la courroie de son patin.

« Souffrez-vous, mynheer ? lui dit Hans.

— Ah, Hans ? Est-ce vous ? Je puis bien vous l'avouer, j'enrage ! En essayant de resserrer cette maudite courroie pour y percer un nouveau trou, j'ai eu la maladresse de lui faire une entaille qui l'a presque coupée de part en part.

— Tranquillisez-vous, mynheer, dit le bon Hans. Et d'un geste rapide, défaisant sa courroie : Prenez celle-ci, elle est solide.

— Prendre votre courroie, Hans Brinker, s'écria Peter en relevant la tête, y pensez-vous ! Allez à votre poste, mon ami. Le cor va sonner dans un instant !

— Mynheer, dit Hans suppliant et d'une voix étouffée, vous m'avez appelé votre ami. Prenez cette courroie, ne me faites pas le chagrin de me refuser. Vous n'avez pas une minute à perdre. Je ne patinerai plus. Que vous preniez ou non ma courroie, je renonce à la course. »

Et Hans, aveugle et sourd à tout ce que lui disait Peter, attacha sa courroie au patin de Peter et l'adjura de le remettre.

« Allons, Peter, cria Lambert déjà en ligne, nous n'attendons plus que vous.

— Pour l'amour de votre mère aussi, ajouta Hans, dépêchez-vous. Elle vous fait signe à son tour de rejoindre les patineurs. Là, votre patin est presque mis ; vite, mynheer, attachez-le. Si la course reste entre vous et Karl Schummel, je ne serai pas inquiet.

— Vous êtes le meilleur garçon de la terre, Hans ! répondit Peter, enfin vaincu. D'aucun autre que de vous je n'accepterais un tel sacrifice. »

Mais Hans, pour le forcer à rejoindre ses concurrents, l'a déjà quitté. Peter rentre dans le rang, juste au moment où le mouchoir tombait.

Les rivaux s'élancent.

« Mein Gott ! s'écrie un gros homme de Delft, ces jeunes gens d'Amsterdam, c'est capable de tout ! Voyez ! »

Oui vraiment, voyez-les : ce sont des Mercures ; ils ont des ailes aux talons. Quelle folie les pousse ? Ah ! ah ! c'est le jeune Peter Van Holp qu'ils poursuivent. Ils l'attraperont ! Karl maintenant est en tête. C'est de la rage. L'Anglais Ben est le premier à son tour. Vont-ils laisser gagner le jeune étranger ! A la bonne heure ! Peter a regagné la tête. Bravo, Peter !

Vole, Peter ! — Hans te regarde. Il voudrait te donner ses jarrets que rien ne fatigue, te communiquer le souffle inépuisable de sa poitrine. Que rien ne te distraie, Peter ! Ta mère et ta sœur ont les yeux sur toi ; une autre encore : Hilda ne te quitte pas du regard. Tu t'en doutes bien ; à quoi bon t'en assurer ? Sois tout entier à la chose présente, Peter ! La foule t'applaudit : n'écoute pas ; ne pense qu'à ceci : c'est que les poursuivants sont sur tes talons ! Il s'agit de dépasser le premier la colonne blanche !

« Hurrah ! hurrah ! Peter a gagné les patins d'argent des garçons. Le commissaire jette par trois fois son nom à l'assistance. »

Mais personne ne l'entend, parce que tout le monde le répète, accompagné de vivats sans fin.

Avec Gretel, Peter était le favori.

« Courses superbes ! s'écrient les connaisseurs. Depuis vingt ans on n'en a pas vu de pareilles. »

La musique veut avoir son tour. Elle joue d'abord un air vif, entonne une marche gigantesque. Les spectateurs réduits au silence se décident à écouter et à regarder.

Les concurrents se forment en une seule ligne. Peter, comme le plus grand, se place à la tête ; Gretel, comme la plus petite, prend la queue. Hans, qui avait emprunté une courroie au marchand de gâteaux, se tenait non loin de Peter. Trois jolis arcs de triomphe formés de branches d'arbustes à verdure persistante s'élevaient en face du pavillon des Van Gleck.

Patinant en mesure avec la musique, les garçons et les filles, conduits par Peter, défilent avec un ensemble parfait ; on dirait un long serpent décrivant des courbes hardies, se doublant, s'allongeant, s'enroulant et se déroulant pour passer successivement sous les trois arcs. Partout où allait Peter, chaque anneau de la chaîne ne manquait pas de le suivre.

Dans une dernière figure de ce ballet et sur la vraie glace, Peter et Gretel finissent par se rejoindre : ils sont au centre, un peu en avant des autres. Mme Van Gleck se lève majestueusement. Gretel tremble, mais elle sent qu'il est de son devoir de regarder la belle dame. Elle n'entend pas les aimables paroles qu'elle lui adresse. Elle est si troublée qu'elle a comme un bourdonnement dans les oreilles. Elle avait rassemblé tout son courage pour vaguement essayer de faire une révérence à Mme Van Gleck, dans le genre de celles de sa mère au meester Boekman, quand on lui plaça dans les mains quelque chose de si éblouissant qu'elle ne put que jeter un cri d'admiration.

Elle se hasarda alors à regarder autour d'elle. Peter aussi a quelque chose dans les mains. « Que c'est beau ! »

s'écrie-t-elle. Et ces mots retentissent soudain comme un écho autour d'elle.

Les patins d'argent reluisent au soleil, éclairant joyeusement les deux heureux visages des vainqueurs.

Mme van Gend envoie aux lauréats de petits messagers avec des bouquets. Il y en a un pour Hilda, un pour Karl, les autres pour Peter et Gretel. Hans s'étant retiré de la course n'y a plus droit.

A la vue des fleurs, la petite reine des patineurs ne peut plus se contenir. Jetant de tous côtés des regards empreints de la plus vive gratitude, elle serre les patins d'argent dans son tablier, et, son bouquet à la main, elle s'élance pour aller en faire hommage à son père et à sa mère cachés dans la foule.

Vous avez peut-être été surpris d'apprendre que Raff Brinker et sa femme assistaient à la course. Vous le seriez plus encore, si vous leur teniez compagnie en la soirée de ce mémorable 20 décembre. A voir de l'extérieur la cabane maussade des Brinker, toute seule sur le marais gelé, avec ses murailles penchées et comme atteintes de rhumatismes, son toit en forme de chapeau à bords rabattus lui tombant sur les yeux, on n'aurait jamais pu se douter qu'une scène si animée se passait à l'intérieur. Au dehors, rien ne restait du jour qu'une ligne brillante à l'horizon. Cependant quelques nuages aventureux brûlaient encore dans un recoin des cieux; d'autres dont les bords rougissaient d'un feu sombre allaient se perdre dans la nuit grandissante.

Un dernier rayon égaré se glissa sournoisement dans la cabane. La chambre dans laquelle il fit cette visite du soir était propre comme la propreté même. Les fentes mêmes du plafond étaient brillantes. Des senteurs délicieuses emplissaient l'air. Un grand feu de tourbe lançait de gais éclairs sur les murs étonnés. Les lueurs capricieuses du

foyer se jouaient tour à tour sur le dos de cuir de la vieille
Bible, puis sur la porte du cabinet de Gretel, sur les ustensiles de ménage accrochés à leurs clous, enfin sur les patins d'argent et les magnifiques fleurs coquettement dispo-
sées sur la table. La figure honnête de dame Brinker brillait
à la changeante lumière. Hans et Gretel, les bras entrelacés, étaient appuyés à la cheminée. Raff Brinker, lui, *dansait!*

Je ne veux pas dire qu'il faisait des pirouettes ou des
sauts de carpe; non, ces gestes eussent manqué de dignité
dans un père de famille; j'affirme seulement que, pendant
qu'ils causaient tous agréablement ensemble, Raff s'était
soudainement levé de son siége, et qu'après avoir fait claquer ses doigts et tournoyer trois fois son bras en l'air,
comme il est d'usage de le faire, au point culminant d'une
gigue écossaise, il avait subitement saisi sa femme dans
ses bras et l'avait soulevée de terre dans son ravissement.

« Hurrah! s'écria-t-il, je le tiens! Ce nom qu'il faut au
docteur! C'est Thomas Higgs! Oui, c'est là le nom que je
ne pouvais retrouver! Il m'est revenu tout à coup comme
un éclair! Écris-le, garçon, écris-le tout de suite. »

Quelqu'un frappa à la porte.

« Si c'était le meester! cria la dame ravie. Il n'est pas
impossible que ce soit lui. Ah! quelle joie ce serait de lui
faire ce bien! Goede Gunst! comme les choses arrivent! »

La mère et les enfants se bousculèrent pour arriver les
premiers à la porte.

Ce n'était pas le docteur! Mais c'étaient trois jeunes gens:
Peter Van Holp, Ludwig et Ben.

« Bonsoir, jeunes maîtres, fit dame Brinker, si heureuse
et si fière qu'une visite du roi lui-même l'aurait à peine
surprise.

— Bonsoir, dame Brinker, firent les trois jeunes gens
en saluant gracieusement.

— Seigneur ! pensa dame Brinker en se baissant et se relevant comme une batte à beurre, comme c'est heureux que j'aie appris à faire la révérence à Heidelberg. »

Raff rendit aux visiteurs leur salut, empreint d'une noblesse qui lui était naturelle.

« Asseyez-vous, je vous en prie, messieurs, continua dame Brinker (Gretel poussait timidement un tabouret de leur côté). Il nous manque des chaises, comme vous voyez, mais celle-là près du feu est à votre service, et, si vous ne craignez pas d'être assis trop durement, ce coffre de chêne est le meilleur des siéges. C'est cela, Hans, avancez-le. »

Lorsque les jeunes gens furent placés, au grand contentement de la dame, Peter prenant la parole expliqua qu'ils allaient à Amsterdam assister à une conférence et qu'ils étaient entrés pour s'assurer de l'état de leurs santés à tous, puis pour remercier Hans et lui rendre sa courroie.

« Oh ! mynheer, s'écria Hans, c'est vous donner trop de peine. Je suis très-fâché que vous vous soyez dérangé pour si peu.

— Comment donc, Hans, je serais un ingrat, si je ne l'avais pas fait, je me serais reproché d'avoir attendu jusqu'à demain, c'est-à-dire jusqu'à l'heure où vous viendrez travailler. Mais, à propos de votre travail, je suis chargé par mon père, qui l'a examiné, de vous dire qu'il en est extrêmement satisfait. Un sculpteur de profession n'aurait pas mieux fait. Il désirerait bien que le berceau du sud fût orné aussi par vos soins, mais je lui ai dit que vous alliez sans doute retourner à l'école.

— C'est vrai, fit Raff Brinker, il est indispensable que Hans retourne à l'école tout de suite. Et Gretel aussi.

— Je suis content de vous voir dans ces idées, répondit Peter en se tournant vers le père ; avec de l'instruction un fils et une fille comme les vôtres, monsieur Brinker, pour-

ront arriver à tout. Mais il me semble que vous êtes tout
à fait bien portant.

— Oui, mon jeune maître, et en état de travailler aussi
bien que jamais. Que Dieu en soit loué ! »

Hans écrivait quelque chose à la hâte sur le coin d'un
almanach usé suspendu à la cheminée.

« Oui, oui, garçon, écrivez ce nom. Figgs ? Wiggs ? Hélas ! ajouta Raff en grande détresse; il est encore une fois
parti ! »

— Ne vous inquiétez pas, père, dit Hans, le nom ne se
perdra plus, il est maintenant écrit en blanc et en noir. Tenez, regardez ! Le reste vous reviendra peut-être. Si nous
avions l'endroit aussi, ce serait parfait. »

Puis se tournant vers Peter, il ajouta à voix basse :

« J'ai une commission importante à faire à la ville, mynheer, et si.... 

— Non pas ! fit dame Brinker en faisant de la main un
geste négatif. Vous n'irez pas ce soir à Amsterdam, alors
que vous nous avez avoué que, si vous aviez eu encore une
course à fournir, vos jambes auraient refusé de vous porter. Non, non; remettez cela à demain, lorsqu'il fera
jour.

— Jour? dit Raff, vous n'y pensez pas, Meitje, il faut
qu'il parte à l'instant. »

La dame sembla penser, pour une seconde, que la guérison de Raff lui était d'un médiocre avantage; sa voix, à
elle, ne faisait déjà plus, seule, loi à la maison. Heureusement que son proverbe favori : « à femme humble, mari
docile, » s'était profondément enraciné dans son esprit; il
fleurit juste au moment où la bonne femme se demandait
ce qu'il fallait faire.

« Très-bien, Raff, répondit-elle en souriant, c'est ton
garçon aussi bien que le mien. Ah ! ma maison me donne
bien du mal; jeunes maîtres ! »

Peter tira alors une longue courroie de sa poche. La remettant à Hans, il lui dit à voix basse :

« Je n'ai pas besoin de vous remercier de me l'avoir prêtée, Hans Brinker ; des garçons de votre sorte n'ont pas besoin de remercîment. Mais je dois dire que vous m'avez rendu un grand service et je suis fier de le reconnaître. Je n'ai bien su, ajouta-t-il, qu'au moment où je fus réellement engagé dans la course, combien j'avais à cœur de la gagner. »

Les garçons honnêtes et généreux comme Hans rougissent en vérité trop facilement. Hans semblait métamorphosé en pivoine.

« Cela n'en vaut pas la peine, dit la dame, venant au secours de son fils. L'âme tout entière du garçon était intéressée à ce que vous gagniez le prix. Ça, je le sais bien ! »

Ceci arrangea divinement les choses.

« Ah ! mynheer, se hâta d'ajouter Hans, à qui la présence d'esprit était revenue, ma mère vous a dit la vérité tout à l'heure. J'avais les pieds hors de service, et le sacrifice que j'ai semblé vous faire n'était rien, puisque je n'avais aucune chance de gagner. »

Ce fut au tour de Peter d'avoir l'air décontenancé.

« Cette partie de notre histoire n'est pas claire du tout pour moi, répondit-il, et si vous voulez en ami m'aider à décharger ma conscience, vous.... »

Le reste du discours de Peter s'acheva si bas que je n'en entendis pas un mot. Qu'il vous suffise de savoir que Hans se recula tout saisi devant une offre que lui faisait Peter, et que celui-ci très-confus balbutia quelques mots dont le sens était qu'il les garderait, puisqu'il l'exigeait, mais qu'ils eussent entre ses mains été à leur vraie place.

Ici Lambert toussa comme pour rappeler à Peter que

l'heure de la conférence approchait. En même temps, Ben posa quelque chose sur la table.

« Ah! s'écria Peter, j'oublie mon autre commission. Votre sœur est partie si vite aujourd'hui que Mme Van Gleck n'a pas eu le temps de lui remettre l'étui des patins.

— Je la reconnais là, fit dame Brinker secouant la tête et regardant Gretel d'un air de reproche. Elle a été très-impolie, j'en suis sûre! »

La vérité est qu'elle pensait à part soi que peu de mères pourraient se vanter d'avoir une si bonne et si jolie fille.

« Non pas, dit Peter en riant, elle a mieux agi en se hâtant de vous apporter ses trésors. Elles les avait si bien gagnés! »

Hans n'était plus à la conversation; quelque chose visiblement le préoccupait.

« Nous ne vous retiendrons pas davantage, Hans », lui dit Peter, qui ne voulait pas être indiscret.

Mais Hans, qui regardait attentivement son père, semblait avoir oublié leur présence.

Raff Brinker, enseveli dans ses pensées, répétait à mi-voix :

« Thomas Higgs! — Thomas Higgs! — Ah! c'est là le nom. Si je pouvais me rappeler l'endroit aussi ! »

L'étui des patins était fort élégant : de maroquin rouge avec des ornements d'argent. Ces mots : « A la gentille reine des patineuses, à Gretel Brinker, » étaient écrits dessus en lettres d'or. Il était doublé de velours et sur un coin étaient gravés le nom et l'adresse du fabricant.

Gretel remercia Peter avec beaucoup de gentillesse. Puis, emportée par la curiosité, elle souleva l'étui avec soin et l'examina de tous côtés. C'était certes la chose la plus précieuse qu'elle eût possédée de sa vie.

« Tiens, cet étui a été fabriqué par mynheer Birmingham ! dit-elle.

— Birmingham !. dit Ben en riant, c'est le nom d'une ville en Angleterre, mais non celui d'un fabricant. L'étui a été fait à Birmingham, mais le nom du fabricant est en plus petites lettres, si petites que je ne puis les lire.

— Laissez-moi voir, dit Peter. Eh mais, c'est aussi clair que possible ; les deux premières lettres sont bien sûrement un T et un H.

— Tout cela est bel et bon, s'écria Lambert, mais il s'agit de lire le nom tout entier.

— Patience, dit Peter. Et se rapprochant de la lumière : Cette fois j'y suis : c'est Thomas Higgs. »

Mais qu'avaient donc les Brinker ? Raff et Hans s'étaient levés comme s'ils avaient été mus par un ressort, et tous les deux fixaient sur Peter des yeux remplis d'un étonnement si grand qu'il ne savait comment y répondre. Gretel battait des mains comme si elle avait été à la course, et dame Brinker, une chandelle éteinte à la main, courait à travers la chambre en criant :

« Hans ! Hans ! Où est votre chapeau ? Oh ! le meester ! Oh ! le meester ! Ne perdez pas une minute !

— Birmingham ! Thomas Higgs ! disait Hans. Avez-vous dit tout cela, monsieur Peter ? Êtes-vous bien sûr d'avoir bien lu ? Oh ! monsieur Peter, que je suis donc heureux ! Je voudrais déjà être bien loin ! »

Saisissant son chapeau que sa mère lui offrait, il attacha ses patins en un clin d'œil et se précipita hors de la chaumière.

Les jeunes gens se regardaient avec stupéfaction. Toute la famille Brinker aurait-elle tout à coup perdu l'esprit ?

Ils crurent devoir se lever pour partir. Mais Raff les arrêta.

« Ce Thomas Higgs, jeunes maîtres, est un... une personne.... »

— Ah! fit Peter, persuadé que Raff était encore le plus fou de tous.

— Mieux qu'une personne... un ami que nous croyions mort depuis longtemps, et, si c'est le fabricant dont vous venez de nous lire par hasard le nom, cela prouverait qu'il est encore en vie; de là nos émotions.

— Je vous garantis qu'il n'était pas mort il y un mois, dit Ben. Je connais ce Thomas Higgs, de Birmingham. Sa manufacture n'est pas à quatre milles de la nôtre. C'est un original, très-habile dans sa profession, fort estimé, mais d'humeur très-sauvage. Il n'a pas du tout l'air d'un Anglais. Je l'ai vu souvent; sa figure est belle et triste; il a des yeux superbes, et un de ces regards qu'on n'oublie pas. C'est un artiste en son genre, il m'a fait un jour un magnifique buvard que je voulais offrir à ma sœur Jenny pour son jour de naissance. Il fabrique des portefeuilles, des étuis de télescopes et toutes sortes d'objets en cuir très-remarquablement travaillés. »

Raff tremblait d'émotion, et les yeux de dame Brinker étaient remplis de larmes de joie.

Le docteur Boekman, très-ému, arriva le soir même en compagnie de Hans qu'il avait ramené dans sa voiture. Il se fit répéter dix fois toute l'histoire, il semblait qu'il ne pût se lasser de l'entendre.

« Quel dommage que les jeunes messieurs soient partis! dit dame Brinker. Peut-être qu'en se dépêchant on pourrait les rencontrer revenant de leur conférence, et le docteur tirerait du jeune Anglais des renseignements encore plus précis. »

Raff approuva d'abord de la tête. « La femme tombe toujours du premier coup sur la chose à faire, dit-il. Il serait bon, en effet, mynheer, que vous pussiez interroger

le jeune monsieur anglais avant qu'il oublie ce qu'il sait
de ce Thomas Higgs ; c'est un nom glissant, voyez-vous,
on n'est pas sûr de le tenir pendant une seule minute ; il
est venu sur moi tout à coup, fort et soudain comme un
marteau à enfoncer des pilotis, et mon garçon l'a écrit. Ah !
mynheer, à votre place, je me dépêcherais de parler au jeune
Anglais. Il a vu votre fils bien des fois ; pensez donc ! »

Dame Brinker reprit le fil du discours.

« Vous reconnaîtrez facilement le jeune homme, mynheer, parce qu'il est avec maître Peter Van Holp ; et ses
cheveux frisés vous aideront à le remarquer. Il dit de
belles choses et bien vite ; seulement de temps en temps
c'est de l'anglais ; mais ça ne gênerait pas beaucoup
votre honneur. »

Le docteur avait déjà pris son chapeau pour partir. Son
visage débordait d'une joie qu'il essayait en vain de contenir. Il s'emporta en boutades pleines d'humeur contre
l'idée, selon lui sangrenue, qu'avait eue son fils de s'affu-
bler d'un nom anglais.

« Mais, docteur, dit Hans, plaidant la cause du fils, se
croyant renié par vous, comme s'il était indigne de porter
votre nom, il a cru répondre à votre désir en en changeant. Ce que vous lui reprochez, il l'a fait par déférence
pour ce nom que vous aviez honoré. »

Le docteur avait écouté Hans sans lui répondre, mais,
quand il eut fini de parler, il lui donna brusquement une
tape sur la joue, en l'appelant : « mon fils, » et sortit sans
plus de cérémonie, ce qui n'est pas étonnant, si l'on con-
sidère que les grands médecins ne sortent pas de chez
leurs malades comme d'une visite d'apparat.

Cette course imprévue et cette longue attente à la porte
d'une misérable chaumière n'avaient pas mis le cocher
du docteur en bonne humeur. Il s'en soulagea en malme-
nant ses chevaux du fouet et de la voix. Le meester, bien et

dûment empaqueté dans le fond de sa voiture et enfoncé dans ses coussins et dans ses réflexions, ne pensait guère à l'humeur de monsieur son cocher. Vous conviendrez que le moment était magnifiquement choisi par celui-ci pour faire connaître au monde entier qu'il existait des gens qui n'avaient pas l'ombre d'humanité pour les cochers.

MADAME GRETEL VAN GLECK

# CHAPITRE XXII

### DISPARITION MYSTÉRIEUSE DE THOMAS HIGGS

#### GRAND SOLEIL

La manufacture de Thomas Higgs était une mine de jouissances pour les commères de Birmingham. C'était un bâtiment juste assez grand pour contenir beaucoup de mystères. D'où venait le propriétaire ? Quel homme était-ce au juste ? C'est ce que personne ne pouvait dire. Il avait l'air bien élevé, c'était certain, quoique tout le monde sût que d'apprenti il était devenu maître et qu'il savait se servir de sa plume comme un professeur de calligraphie.

20

Il y avait des années qu'il avait fait son apparition dans l'endroit. Agé de dix-huit ans, alors, il avait appris son état, gagné la confiance de son patron, était devenu son associé peu de temps après l'apprentissage terminé, et enfin, à la mort du vieux Willett, il avait repris les affaires à son compte. C'est tout ce qu'on connaissait de son histoire, et ce n'était pas assez pour la curiosité publique.

Les bonnes gens faisaient la remarque qu'il n'avait jamais un mot à dire à un chrétien, tandis que d'autres soutenaient que, quoiqu'il parlât divinement bien quand cela lui plaisait, il y avait quelque chose qui n'était pas clair dans son accent.

Sa nationalité était une grande énigme. Son nom anglais disait assez de quel pays était son père; mais sa mère? D'où pouvait-elle bien être? Si ç'avait été une Américaine, il aurait certainement eu les pommettes des joues saillantes et la peau plus colorée; si une Allemande, il aurait su quelques mots d'allemand, et Squire Smith déclarait qu'il n'en savait pas une syllabe; si une Française, il n'eût pas été si sombre. Chacun sait qu'un Français ne parvient jamais à être triste tout à fait. Était-ce peut-être un Flamand, un Hollandais? Mais, bien que certainement il dressât toujours les oreilles quand on parlait de la Hollande, il ne semblait pas connaître le moins du monde ce pays, si vous veniez à l'interroger à ce sujet. De quelque pays qu'il fût, ce qui était sûr, c'est qu'il ne recevait aucune lettre de l'étranger. Un homme ainsi abandonné de tous les siens ne pouvait pas être grand chose de bon. Thomas, bien qu'il affectât de marcher la tête haute, pouvait bien avoir eu en d'autres temps quelque mauvaise pierre dans son sac. Les commères déclaraient bien qu'elles n'avaient nulle intention de se casser la tête pour lui; néanmoins, Thomas Higgs et ses af-

faires étaient devenus pour elles des sujets inépuisables de
discussions.

Figurez-vous donc la consternation de toutes les bonnes
gens lorsque quelqu'un qui l'avait vu, de ses deux yeux
vu, et qui par conséquent devait bien le savoir, annonça
que le facteur avait remis le matin même à Thomas Higgs
une lettre d'une tournure étrangère, et qu'en la recevant
l'homme était devenu blanc comme une chemise ; que de
plus il s'était précipité dans son atelier, avait causé un
instant avec le contre-maître, et, sans dire adieu à une
seule créature vivante, était parti, un simple sac de nuit
à la main, avant que vous eussiez pu cligner de l'œil.
Mistress Scrubbs, son hôtesse, car Thomas ne demeurait
pas dans sa maison d'affaires, mistress Scrubbs était
dans la plus profonde affliction. La chère femme avait
des frémissements en parlant de son locataire. Quitter
son logement d'une façon soudaine, sans seulement
prévenir un jour à l'avance, ce à quoi devait s'attendre
toute femme comme il faut, n'aimant pas à être foulée
aux pieds, ce qui, Dieu merci ! n'était pas dans ses habitudes, à elle, mistress Scrubbs, c'était un fait inouï ! une
chose révoltante ! Non, Thomas Higgs ne l'avait pas
remerciée de ses bontés passées. Certes, mistress Scrubbs
n'était pas de ces femmes qui mendient des remerciements
à chaque pas. Mais au moment de partir, rien !! C'était
scandaleux. Sans doute, mister Higgs avait tout payé
jusqu'au dernier sou, il avait même laissé une paire de
bottes neuves dans un coin de la chambre, chose qui
dénotait à elle toute seule un grand trouble d'esprit, mais
la vue de ces bottes vides, droites comme des soldats en
faction, faisait mal à la sensible dame, si mal qu'elle
avait fait mander sans retard auprès d'elle une de ses
bonnes amies, miss Scrumpkins, afin d'avoir devant elle
quelqu'un avec qui elle pût exhaler ses douleurs.

Sur ce, miss Scrumpkins, la meilleure amie de mistress Scrubbs, une fois bien mise au courant, avait volé chez elle pour tout raconter à ses parents réunis. Et comme tout le monde connaissait les Scrumpkins dans Birmingham, un tissu de nouvelles très-panachées, nombreuses et légères, mais emmêlées comme des fils de la Vierge, voltigea bientôt d'un bout de la rue à l'autre bout de la ville.

Un comité d'enquête s'assembla chez mistress Snigham et délibéra en conseil secret autour de son service à thé des dimanches. C'était une réunion sans prétention. Cependant les affaires judiciaires traitées ce soir-là furent en nombre prodigieux. Les galettes refroidirent positivement avant qu'aucun des membres du comité eût eu le loisir d'en avaler une bouchée. Il y avait tant à dire, et il était d'une telle importance d'établir fermement que chacun des assistants avait toujours été « certain que quelque chose d'extraordinaire était arrivé, au temps jadis, à cet homme-là », qu'il était près de huit heures avant que mistress Snigham eût offert à ses visiteuses une seconde tasse de thé.

Par un jour de neige en janvier, Laurens Boekman accompagna son père à la cabane des Brinker.

Raff, à qui l'on avait rendu son emploi de premier maître ouvrier à la réparation des digues, se reposait après les travaux de la journée; Gretel ayant rempli et allumé la pipe de son père, balayait soigneusement toute trace de cendre sur la pierre du foyer; la mère filait, et Hans, perché sur un tabouret près de la fenêtre, étudiait dans un gros livre ses leçons. C'était un paisible et heureux intérieur dont la seule agitation pendant la semaine qui venait de s'écouler avait consisté à prévoir cette visite de Thomas Higgs.

Aussitôt que la grande présentation fut terminée, dame

Brinker insista pour faire accepter à ses visiteurs une tasse de thé bouillant.

Pendant qu'ils causaient avec son mari, elle dit tout bas à Gretel que les yeux du fils du meester et ceux de Hans ne se ressemblaient pas du tout assurément et que ceux de Hans étaient cent fois plus beaux. Gretel était bien de cet avis-là ; cependant elle trouvait que le fils du docteur était fort bien à sa façon. Pourtant, au premier abord, elle avait été très-désappointée. Elle s'attendait à une figure tragique telle que celles qu'Annie Bowman lui avait dépeintes pour les avoir vues décrites dans les livres. Et ce jeune homme abandonné, et que le désespoir d'avoir commis un meurtre avait réduit à fuir son père et sa patrie, était fait comme un autre. Il était là, assis tranquillement près du feu, d'un air aussi agréable et aussi naturel que le premier venu.

Sa voix avait bien tremblé un peu lorsqu'il avait adressé la parole à Raff Brinker, et il avait répondu à son regard par un sourire encore empreint d'embarras et de tristesse. Mais il ne ressemblait pas, malgré cela, aux héros du livre d'Annie. Il n'avait pas une seule fois levé les bras au ciel, ce qui n'eût pas été de trop, étant donné les circonstances que devait lui rappeler la vue de Raff Brinker. A coup sûr, et tout bien considéré, Gretel trouvait cela insuffisant. Quant à Raff, il se sentait complétement satisfait. Il s'était enfin acquitté de son message ; le docteur, par suite, était rentré en possession de son fils ; ce fils était là, sain et sauf, et, en somme, le pauvre garçon n'avait rien fait de mal, sinon qu'il avait pu croire que son père pouvait le renier pour un malheur involontaire. Il est vrai que le gracieux adolescent était devenu un homme, déjà un peu gros. Raff, sans s'en rendre compte, avait espéré serrer dans les siennes la main juvénile d'autrefois — mais n'était-il pas bien changé, lui aussi, malgré tout ce que

pouvait lui en dire Mme Brinker? Il repoussa donc ce qui
n'était pas joie en voyant le père et le fils heureux tous les
deux et assis côte à côte près du feu. Hans, lui, ne pouvait penser à autre chose qu'au bonheur de Thomas Higgs
qui allait de nouveau pouvoir être l'élève de son père.
Que n'aurait-il pas donné pour être en passe d'apprendre
un peu de tout ce que savait l'illustre docteur! Quelle belle
chose, s'il lui avait été donné, à lui aussi, de pouvoir s'in-
struire; et, qui sait, de devenir peut-être à son tour un
savant! C'est si beau de savoir, c'est une si admirable
chose qu'une science capable de rendre la santé et la
raison à qui les avait perdues!

La lumière donnait en plein sur le visage du docteur.
Qu'il avait l'air content! et qu'il était plus jeune et plus
vif qu'autrefois! Les lignes dures fondaient. Il riait tout
en disant à Raff :

« Ne suis-je pas heureux, Raff Brinker? Mon fils va
vendre sa manufacture ce mois-ci, et va ouvrir un magasin à Amsterdam. J'aurai tous mes étuis de lunettes pour
rien! »

Hans, tressaillant, sortit de sa rêverie.

« Un magasin, mynheer! Est-ce que Thomas Higgs —
je veux dire est-ce que votre fils ne sera plus votre
aide?

— Oh! non, Laurens a assez de ce métier-là. Il veut rester négociant. »

Hans parut si surpris, que son grand ami lui demanda :

« Pourquoi ce silence, garçon? Est-ce donc une honte
d'être marchand?

— Oh! non, pas une honte, mynheer, balbutia Hans;
mais....

— Mais quoi?

— Ah! l'autre profession est si fort au-dessus! répondit
Hans, elle est si utile et si noble! Mynheer, ajouta-t-il en

s'animant, tout rempli d'enthousiasme, être un chirurgien tel que vous, rendre le bonheur à des malheureux, sauver des vies humaines, pouvoir accomplir enfin ce que vous avez fait pour mon père, c'est la plus belle chose du monde ! »

Le docteur le regardait sévèrement. Hans était tout rouge; des larmes chaudes s'amoncelaient sous ses paupières.

« C'est une difficile et rude profession, garçon, que la chirurgie qui t'apparaît si belle. Tout n'est pas roses dans notre métier. La responsabilité est terrible et faite pour faire reculer même le brave, dit le docteur en fronçant le sourcil. Elle exige en outre une patience que rien ne décourage, une abnégation de tous les instants et une fermeté d'âme à l'épreuve de tous les dégoûts.

— Je crois tout cela, s'écria Hans s'animant de nouveau. Elle exige de la sagesse aussi et du respect pour les œuvres de Dieu. Ah! mynheer, elle peut avoir ses épreuves, mais aussi quels triomphes! vaincre la mort, la faire reculer! Quoi de plus magnifique!! Mais, pardon, mynheer. Ce n'est pas à moi de parler si hardiment. »

Le docteur avait écouté Hans sans l'interrompre. Quand il eut fini, au lieu de lui répondre, il lui tourna le dos pour dire quelque chose tout bas à son fils. Dame Brinker, qui n'avait jamais vu Hans dans une surexcitation pareille, avait cru devoir avertir son garçon par un hochement de tête formidable que les grands personnages n'aimaient pas à entendre les pauvres gens s'exprimer d'une manière libre.

Hans s'étonnait d'avoir osé ainsi parler et regrettait de n'avoir pas su se taire.

Le meester se retourna.

« Quel âge avez-vous, Hans Brinker?

— J'ai quinze ans, mynheer, fit-il tout surpris.

— Aimeriez-vous sérieusement à être médecin?

— Oh! oui, mynheer, balbutia Hans tremblant d'émotion.

— Seriez-vous disposé, avec la permission de vos parents, à vous consacrer à l'étude, à entrer à l'Université, et, avec le temps, à devenir mon élève et mon aide?

— Ah! mynheer, qui pourrait en douter?

— Vous ne vous rebuteriez pas devant la longueur et les difficultés de la tâche, et vous ne changeriez pas d'idée juste au moment où je penserais à faire de vous mon successeur? »

Les yeux de Hans brillèrent.

« Non, mynheer, je ne changerais pas!

— Croyez-le, mynheer, s'écria dame Brinker qui ne pouvait plus se retenir. Hans est ferme comme un roc, lorsqu'il est une fois décidé; et quant à l'étude, mynheer, l'enfant s'est presque soudé à son livre depuis quelque temps. Il marmotte déjà du latin comme un prêtre. »

Le docteur sourit.

« Eh bien, Hans, dit-il, je ne vois rien qui nous empêche de mettre ce plan à exécution, si votre père y consent.

— Hem! fit Raff, fier de son garçon. Le fait est, mynheer, que je préfère une vie active et en plein air, en ce qui me concerne; mais si le garçon se sent disposé à étudier, à devenir meester, et si vous êtes assez bon pour l'aider à faire son chemin dans la vie, je ne demande pas mieux. Si l'argent devait manquer ici, j'ai deux bras valides pour en gagner avant que nous....

— Ta, ta, ta! interrompit le docteur; si je vous retire votre bras droit, camarade, il faudra bien que je vous dédommage. Ce sera comme si j'avais *deux* fils. N'est-ce pas,

Laurens? L'un sera négociant et l'autre chirurgien. Je serai l'homme le plus heureux de la Hollande! Venez me trouver demain matin, Hans, et nous arrangerons cela tout de suite. »

Hans aurait donné bien des choses pour oser sauter au cou du docteur. Il s'en abstint. Mais le docteur savait lire dans les cœurs. Il était homme à comprendre le silence de Hans et il le comprit.

« Raff Brinker, dit-il, mon fils Laurens aura besoin d'un homme de confiance tel que vous quand il ouvrira ses magasins d'Amsterdam; quelqu'un pour surveiller tout et prendre garde que les paresseux s'acquittent bien de leur besogne; quelqu'un pour..., Mais pourquoi ne lui dis-tu pas cela toi-même, toi, vaurien! »

Ces derniers mots étaient adressés à son fils et n'étaient pas de moitié aussi féroces que les paroles prononcées pourraient le faire supposer. Le vaurien et Raff s'entendirent bientôt parfaitement.

« Il m'en coûte de quitter les digues, dit Raff après qu'ils eurent causé quelque temps ensemble, mais vous m'avez fait une offre si avantageuse, mynheer, que ce serait faire tort à ma famille que de la laisser échapper. »

Regardez longuement Hans, tandis qu'il est assis là, fixant ses yeux reconnaissants sur le meester, car vous ne le reverrez plus de quelques années.

Et Gretel? Ah! quelle perspective d'études embarrassantes s'ouvre devant elle! Oui, pour l'amour du cher Hans, elle travaillera maintenant. S'il doit réellement être médecin, sa sœur ne lui fera pas honte dans sa grandeur.

Comme ces yeux pétillants vont s'appliquer fidèlement à chercher les trésors de science cachés dans les livres des écoles!

Mais il se fait tard, le docteur et Laurens prennent

congé des hôtes de la cabane. Dame Brinker fait sa plus
belle révérence. Raff se tient près d'elle; il a l'air d'un
homme, de la tête aux pieds, pendant qu'il serre la main
du meester. A travers la porte ouverte, nous voyons le
paysage si uni de la Hollande tout animé par la neige
qui tombe.

## CONCLUSION

Notre histoire tire à sa fin. Le temps passe en Hollande
aussi sûrement et aussi régulièrement que partout ailleurs;
sous ce rapport il n'y a pas de pays excentrique.

Il a apporté de grands changements dans la famille des
Brinker. Hans a traversé les années avec constance et profit, surmontant les obstacles qui se présentaient sur sa
route, et poursuivant son but avec toute l'énergie dont il
était susceptible. Si le chemin a été pénible souvent, sa résolution n'a jamais faibli. Il se rend compte à présent de
la vérité de ce que lui avait dit autrefois son vieil ami
dans la chaumière près de Broek : « La chirurgie est une
difficile et rude profession. » Mais il est bien vite récompensé par le souvenir de ces autres paroles non moins
vraies que les premières : « La chirurgie est une grande
et noble science, elle enseigne à révérer les œuvres du
Créateur ! »

Si vous étiez à Amsterdam en ce moment, vous pourriez
voir le déjà célèbre docteur Brinker allant visiter ses malades dans son propre carrosse ou patinant sur le canal gelé
avec ses garçons et ses filles. Vous vous informeriez en vain

d'Annie Bowman, la belle paysanne au cœur franc; mais Annie Brinker, la femme du grand médecin, lui ressemble beaucoup; seulement le docteur Hans prétend qu'elle est cent fois plus jolie encore, plus instruite, meilleure même, si c'est possible, que la petite Annie Bowman ne l'était.

Peter van Holp est marié aussi. J'aurais bien pu vous le dire, car il y a longtemps que lui et Hilda se sont pris par la main pour traverser la vie ensemble, comme ils le faisaient autrefois pour effleurer côte à côte la rivière gelée et brillante aux rayons du soleil. Il s'agit de beaucoup mieux qu'une course, maintenant, il s'agit du voyage de la vie tout entière.

J'ai été sur le point, autrefois, de donner à entendre que Karl et Katrinka s'uniraient probablement par les liens du mariage; il est heureux que je n'en aie rien dit, car Katrinka a changé d'avis et elle est encore fille. Elle n'est plus aussi gaie qu'autrefois, et j'ai le chagrin d'avouer que son esprit léger tourne parfois à l'aigreur. Cependant elle est toujours l'âme de son cercle, toujours brillante et souvent encore agréable, mais malheureusement incapable de se constituer une existence sérieuse, d'asseoir sa vie.

L'âme de Rychie a été remuée jusqu'en ses fondements pendant les années passées. Peu d'entre vous reconnaîtraient l'orgueilleuse et impertinente Rychie, qui dédaignait la petite Gretel. Un mariage tout de vanité n'est pas pour assurer le bonheur. Le brillant et sot mari qu'elle s'est choisi n'a pas fait un bon époux, n'a pu faire un bon père de famille.

Ludwig et Lambert ont prospéré; mais l'un n'a pas quitté la vieille cité, il y est à la tête d'une grande et utile industrie. L'autre a été en Amérique et s'y est fixé. Il a retrouvé là la famille de l'Anglais Ben, qu'un héritage y avait appelée. Il pense souvent à la Hollande, et, de loin en loin, à la Katrinka de son adolescence; mais c'est pour se féliciter qu'elle ait dédaigné sa recherche. Dieu sait pourtant que le jour où un refus avait accueilli sa demande lui avait semblé le plus sombre de son existence. Il faut dire qu'il ne connaissait pas alors l'aimable et charmante Jenny, la sœur de Ben, qui l'a rendu plus heureux que n'eût pu le faire aucune autre femme au monde.

La vie de Karl Schummel n'a pas été facile. Son père a fait de mauvaises affaires, et Karl, qui ne possédait pas un grand nombre de chauds amis et n'était pas d'ailleurs soutenu par ses principes, s'est vu rudement secoué par la raquette de la fortune. Il lui a fallu devenir humble, pour avoir été trop orgueilleux. Il est maintenant teneur de livres dans la maison prospère du fils du docteur Boekman et de son associé Schimmelpennick. Celui-ci a eu le bon cœur et le bon goût d'oublier, devant la détresse de Karl, les mauvais procédés qu'il avait eus pour lui dans sa jeunesse. Il le traite avec bonté, et Karl, en retour, se montre très-respectueux envers celui qu'il appelait le « petit singe au long nom ».

De tous nos amis hollandais, Jacob Poot est le seul qui ait quitté ce monde. Bon, sincère et désintéressé jusqu'au dernier jour, on le regrette maintenant aussi sincèrement qu'on l'aimait, tout en riant de lui trop souvent, lorsqu'on voyait apparaître sa vaste et large personne. Il a eu la grâce d'en haut d'avoir une fin douce et chrétienne, et de sentir, vivant encore, quels regrets il allait laisser. Son nom est béni dans les établissements de charité auxquels, n'ayant point d'héritiers directs, il a laissé sa fortune. Si vous y prononcez ce nom, tout de suite on vous répondra : « Oui, notre bienfaiteur ! »

Raff Brinker et sa femme vivent, depuis quelques années, confortablement à Amsterdam. Couple fidèle et heureux, ils se montrent aussi simples, aussi honnêtes dans leur bonne fortune qu'ils étaient patients et pleins de con-

fiance au jour de l'adversité. Ils ont un pavillon d'été près
de l'emplacement de la vieille chaumière ; c'est là qu'ils
vont passer les belles après-midi d'été avec leurs enfants
et petits-enfants, alors que les nympheas élèvent au-dessus de l'eau leurs têtes royales.

J'aurais voulu, si mon sujet me l'eût permis, vous faire
connaître la Hollande d'été ; de même que la Hollande
d'hiver, elle a ses beautés et ses singularités.

L'histoire de Hans Brinker ne serait pas terminée, si
nous ne le montrions avec Gretel à ses côtés. La patiente
et alerte petite Gretel ! Qu'est-elle devenue ?

Demandez au vieux docteur Boekman : il vous soutien-
dra que c'est la plus charmante femme et la plus admirable chanteuse de toute la Hollande. Demandez à Hans et
à Annie : ils vous affirmeront que c'est la plus aimable
sœur qu'on puisse trouver. Demandez à son mari : il vous
dira que c'est la plus délicieuse, la plus gaie de toutes les
petites femmes. Demandez à dame Brinker et à son mari :
leurs yeux brilleront de larmes joyeuses. Demandez aux
pauvres : l'air sera rempli de bénédictions.

Mais, de crainte que vous n'oubliiez une petite créature
tremblant et sanglotant sur une butte située devant la cabane des Brinker, demandez aux Van Gleck, et ils ne se
lasseront pas de vous parler de la chère petite fille qui,
après avoir gagné les patins d'argent, est devenue leur orgueil, la joie de leur maison, la mère adorée et respectée
de leurs petits-enfants. On monte haut par un grand cœur
et par un bon esprit. Qui donc parmi les fils Van Gleck eût
craint de faire une mésalliance en prenant pour femme la
plus honorée petite personne du pays et la plus chérie de
tous ?

Pour ce qui est de la Hollande, à qui nous avons fait
une grande place dans ce livre, nous vous dirons qu'elle

est aussi intéressante, aussi extraordinaire aujourd'hui
qu'elle l'était il y a plus de vingt ans, alors que Hans et
Gretel patinaient sur l'Y gelé. Plus merveilleuse encore même, car chaque jour rend plus étonnant le fait
qu'elle n'ait pas été emportée par les eaux. Ses cités ont
grandi, et quelques-unes de ses singularités se sont effacées au contact des autres nations, mais c'est encore et ce
sera toujours la Hollande, c'est-à-dire le pays le plus original de l'Europe. Dieu veuille lui conserver son caractère !

FIN

# TABLE DES MATIÈRES

FIN DE LA TABLE.

Typographie Lahure, rue de Fleurus, 9, à Paris.

# ÉDUCATION & RÉCRÉATION

### 18, Rue Jacob, 18

## PARIS

J. Hetzel & Cie

### JOURNAL ILLUSTRÉ DE TOUTE LA FAMILLE

# MAGASIN ILLUSTRÉ

### D'ÉDUCATION ET DE RÉCRÉATION

*Couronné par l'Académie Française*

#### DIRIGÉ PAR

## Jean MACÉ, P.-J. STAHL, Jules VERNE

La collection complète du *MAGASIN D'ÉDUCATION* se compose de 22 beaux volumes grand in-8° illustrés. (Il paraît deux volumes par an.)

Prix : brochés, 154 fr.; cart., dorés, 220 fr. — Séparés, brochés, 7 fr.; cart., dorés, 10 fr.

### ABONNEMENT D'UN AN :

PARIS, 14 FR. — DÉPARTEMENTS, 16 FR. — ÉTRANGER, PORT EN SUS

---

**Les deux volumes de l'année 1875, tomes XXI et XXII, contiennent :**

L'Ile mystérieuse, de Jules VERNE.— *Le Chalet des Sapins*, de Prosper CHAZEL.— *L'Odyssée de Pataud et de son chien Fricot*, de P.-J. STAHL et CHAM.—*L'Araignée, Ces détestables Souris, Le Hibou, Le Grillon, La Chenille*, de BÉNÉDICT. — *Un Robinson fait au Collége, La Grammaire de M^{lle} Lili*, de Jean MACÉ. — *L'Enfant grondé*, par Victor DE LAPRADE. — *Le Singe qui fume, Le Singe-Lion et le baron Larrey, Un Chien instruit, Les Lièvres de Cowper*, de Pierre NOTH. — *Un premier Symptôme, Sur la Politesse, Lettre à M^{lle} Lili*, de E. LEGOUVÉ. — *Histoire de Bebelle, Une Lettre inédite, Septante fois sept*, de Ch. DICKENS. — *La Matinée de Lucile*, de P.-J. STAHL. — *Histoire d'une Robe bleue, Les Lunettes du vieux Curé, Morale pratique du père Hans, Pâquerette, Le premier Hanneton, Le Taciturne, Une Aventure en chemin de fer*, de Henry FAUQUEZ. — *Le petit Tailleur*, de F. GÉNIN. — *Notre vieille Maison*, de Henry HAVARD. — *M^{lle} Oui et M^{lle} Non*, par M.-F. DUPIN DE ST-ANDRÉ. — *Histoire d'une goutte d'eau*, etc., etc.

**Les tomes I à XXI renferment comme œuvres principales :**

*Les Aventures du Capitaine Hatteras, Les Enfants du Capitaine Grant, Vingt mille lieues sous les mers, Aventures de trois Russes et de trois Anglais, Le pays des Fourrures*, de Jules VERNE. — *La Morale familière, Les Contes Anglais, La famille Chester, L'Histoire d'un Ane et de deux jeunes Filles*, de P.-J. STAHL.— *La Roche aux Mouettes*, de Jules SANDEAU. — *Le Nouveau Robinson Suisse*, de STAHL et MULLER. — *Romain Kalbris*, d'Hector MALOT. — *Histoire d'une Maison*, de VIOLLET-LE-DUC. — *Les Serviteurs de l'Estomac, Le Géant d'Alsace, L'Anniversaire de Waterloo, Le Gulf-Stream*, etc., de Jean MACÉ. — *Le Denier de la France, La Chasse, Le Travail et la Douleur, A Madame la reine*, etc., de E. LEGOUVÉ. — *Petit Enfant, petit Oiseau, La Sœur aînée*, Poésies de Victor DE LAPRADE. — *La Jeunesse des Hommes célèbres*, de MULLER. — *Aventures d'un jeune Naturaliste, Entre Frères et Sœurs*, de Lucien BIART. — *Causeries d'Économie pratique*, de Maurice BLOCK. — *La Justice des choses*, de Lucie B\*\*\*. — *Vieux souvenirs, Départ pour la Campagne, Bébé aime le rouge*, etc., de Gustave DROZ. — *Le Pacha berger*, par E. LABOULAYE. — *La Musique au foyer*, par LACOME. — *Histoire d'un Aquarium, Les Clients d'un vieux Poirier*, de E. VAN BRUYSSEL, etc., etc. — C'est-à-dire une Bibliothèque complète de l'Enfance et de la Jeunesse.

*Les petites Sœurs et petites Mamans, Les Tragédies enfantines, Les Scènes familières* et autres séries de dessins par FRŒLICH, FROMENT, DETAILLE, textes de STAHL.

L'année 1876 (tomes XXIII et XXIV) contiendra, Ouvrages principaux :

*Le Courrier du Czar*, de Jules VERNE, illustré par FÉRAT. — *Le petit Roi*, de S. BLANDY, illustré par BAYARD. — *Une Affaire difficile à arranger*, de P.-J. STAHL, illustré par FRŒLICH — *Les Grottes de Plémont*, de F. GENIN. — *L'Embranchement de Mugby*, de DICKENS. — *Mémoires d'un Écolier américain*, par Thomas BAILEY-ALDRICH. — *Curiosités d'Histoire naturelle*, par Pierre NOTH. — *Histoire de l'air*, par Gaston TISSANDIER. — *Morale en action par l'Histoire*, de E. MULLER. — *Les Plantes de la Maison*, par Georges ASTON. — *Introduction à nos Histoires de France*, par Jean MACÉ. — *Scènes de la Vie des forêts aux États-Unis*, par VAN BRUYSSEL. — *Le Crieur de ville*, par F. MONTGOMÉRY. — *Baby Sylvester*, de Bret HARTE, traduits par Th. BENTZON, etc.

Les Nouveautés pour 1875-1876 sont indiquées par une †

# Albums Stahl illustrés in-8° (1er âge)

| FRŒLICH. | Alphabet de mademoiselle Lili. |
|---|---|
| — | Arithmétique de mademoiselle Lili. |
| — | † Grammaire de mademoiselle Lili. (J. MACÉ). |
| — | † L'A perdu de mademoiselle Babet. |
| — | Bonsoir, petit père. |
| — | Les Caprices de Manette. |
| — | Commandements du Grand-Papa. |
| — | Journée de mademoiselle Lili. |
| — | Le Petit Diable. |
| — | Mademoiselle Lili à la campagne. |
| — | Monsieur Toc-Toc. |
| — | Premier cheval et première voiture. |
| — | Premières Armes de mademoiselle Lili. |
| — | L'Ours de Sibérie. |

# Albums Stahl illustrés in-8° (suite)

# Albums Stahl illustrés grand in-8°

# Albums Stahl en couleurs in-8°

# VOLUMES IN-8° ILLUSTRÉS

# VOLUMES IN-8° ILLUSTRÉS (suite)

## VOYAGES EXTRAORDINAIRES

# PREMIER ET SECOND AGE

## Volumes grand in-8° illustrés

## Volumes grand in-8° illustrés

# CAHIERS
## D'UNE ÉLÈVE DE SAINT-DENIS
### COURS COMPLET ET GRADUÉ D'ÉDUCATION
*POUR LES FILLES ET POUR LES GARÇONS*

A suivre en 6 années, soit dans la pension, soit dans la famille

#### PAR DEUX ANCIENNES ÉLÈVES DE LA MAISON DE LA LÉGION D'HONNEUR
et
## LOUIS BAUDE
ANCIEN PROFESSEUR AU COLLÈGE STANISLAS

15 *volumes in-18, br.,* 49 *fr. ; cart.,* 52 *fr.* 75. — *Chaque volume se vend aussi séparément.*

**Cours de Lecture.** — Syllabaire. — Alphabet illustré. — Lignes orthographiques. — Premières lectures courantes. — Contes moraux. — Maximes. — Lectures instructives. — Fêtes et solennités de l'Église pendant les quatre saisons de l'année. — Lectures récréatives. — Les jeux de l'enfance. — (Broché, 2 fr. ; cart, 2 fr. 25.)

**Instruction élémentaire** (1re partie). — Religion. — Éducation. — Instruction. — Des premiers nombres et des premiers chiffres. — Des cinq sens. — Du temps et de ses divisions. — De l'univers ou de la création. — Les quatre éléments. — Les cinq parties du monde. — Des différents noms qu'on donne à l'eau. — Phénomènes atmosphériques et souterrains. — Exercices de mémoire. — Lectures. — (Broché, 3 fr.; cart., 3 fr. 25.)

**Première année** (*Tomes I et II*). — Introduction. — Grammaire française. — Dictées. — Histoire sainte. — Mappemonde. — Géographie de l'histoire sainte. — Anciennes divisions de la France par provinces. — Division de la France par départements. — Table chronologique des rois de France. — Arithmétique. — Système métrique. — Lectures et exercices de mémoire. — Étymologies. — (Tome I, broché, 1 fr. 50 ; cart., 1 fr. 75. — Tome II, broché, 2 fr. 50 ; cart., 2 fr. 75.)

**Deuxième année** (*Tomes III et IV*). — Grammaire française. — Dictées. — Histoire sainte. — Histoire ancienne. — Eres chronologiques. — Mythologie. — Etudes préparatoires à l'Histoire de France. — Cosmographie. — Arithmétique. — Géographie de l'Asie mineure. — Départements et arrondissements de la France. — Géographie de la France. — Lectures. — Etymologies. — (Chaque tome, broché, 2 fr. 50 ; cart., 2 fr. 75.)

**Troisième année** (*Tomes V et VI*). — Grammaire française. — Histoire ancienne. — Histoire romaine. — Histoire de l'Église. — Cosmographie. — Arithmétique. — Etudes préparatoires de l'Histoire de France. — Paris et ses monuments. — Lectures. — Etymologies. — (Tome V, broché, 3 fr. ; cart., 3 fr. 25. — Tome VI, broché, 3 fr. 50 ; cart., 3 fr. 75.)

**Quatrième année** (*Tomes VII et VIII*). — Récapitulation de l'Histoire ancienne. — Histoire de moyen-âge. — Histoire de l'Église. — Géographie moderne. — Géographie de l'Europe. — France provinciale et départementale. — Histoire naturelle. — Précis de l'histoire de la langue française. — Traité de versification. — Lectures. — Etymologies. — (Chaque vol., br., 3 fr. 50 ; cart., 3 fr. 75.)

**Cinquième année** (*Tomes IX et X*). — Histoire moderne. — Histoire de l'Église. — Géographie de l'Amérique et de l'Océanie. — Curiosités historiques. — Botanique. — Zoologie. — Principales inventions et découvertes. — Lectures. — Etymologies. — (Tome IX, broché, 3 fr. 50 ; cart., 3 fr. 75. — Tome X, broché, 4 fr. ; cart., 4 fr. 25.)

**Sixième année** (*Tomes XI et XII*). — Principes de littérature. — Histoire de la littérature ancienne et française. — Introduction à la Philosophie. — Philosophie. — Table chronologique des principaux événements de l'histoire contemporaine depuis 1789. — Bibliographie. — Philologie des langues européennes. — Précis de l'histoire générale des études. — Biographie des femmes célèbres. — Notions Géographiques complémentaires. — Morceaux choisis. — Etymologies. — (Chaque volume, broché, 4 fr. 50 ; cart., 4 fr. 75.)

**Cahier complémentaire.** — Considérations générales. — Histoire de l'architecture. — De la Sculpture. — De la Peinture. — Gravure. — Lithographie. — Histoire de la Musique. — Astronomie. — Archéologie. — Numismatique. — Paléographie. — Minéralogie. — Algèbre et Géométrie. — De la vapeur et de ses applications. — Télégraphie électrique. — Galvanoplastie. — De la chloroformisation. — De la photographie et de l'aérostation. — Broché, 5 fr.; cart. 5 fr. 25.

### EN PRÉPARATION

3me VOLUME PRÉPARATOIRE, **INSTRUCTION ÉLÉMENTAIRE** (2e *partie*)
4me VOLUME PRÉPARATOIRE, **COURS D'ÉCRITURE** avec planches.

# Volumes in-18

# Volumes in-18 (suite)

### Prix divers

# Volumes in-18 avec Cartes ou Figures

# Œuvres poétiques de Victor Hugo

### ÉDITION ELZEVIRIENNE

*10 volumes. Édition sur papier de Hollande et sur papier de Chine*

Odes et Ballades, 1 vol. — Orientales, 1 vol. — Feuilles d'Automne, 1 vol. — Chants du Crépuscule, 1 vol. — Voix intérieures, 1 vol. — Rayons et Ombres, 1 vol. — Contemplations, 2 vol. — La Légende des Siècles, 1 vol. — Les Chansons des Rues et des Bois, 1 vol.

# TOUS LES AGES
# Albums in-folio illustrés

PARIS. — TYPOGRAPHIE MOTTEROZ, 31, RUE DU DRAGON

# EXTRAIT DU CATALOGUE. — LIBRAIRIE J. HETZEL ET Cie

Les nouveautés pour 1875 sont marquées d'un *.

## VOLUMES IN-8° ILLUSTRÉS

Prix : broché, 7 fr.; cart. toile, tr. dor., 10 fr.;
relié, tr. dor., 11 fr.

L. BIART . . . . . . . . Entre Frères et Sœurs.
BRÉHAT (A. DE) . . . . Les Aventures d'un petit Parisien.
CAHOURS et RICHE. . . Chimie des demoiselles.
CHAZEL (P.) . . . . . . * Le Chalet des sapins.
CHERVILLE (DE) . . . Histoire d'un trop bon Chien.
DESNOYERS (L.) . . . . Aventures de Jean-Paul Choppart.
GRAMONT (comte DE) . Les Bébés.
— Les bons petits Enfants.
GRIMARD (E.) . . . . . La Plante.
KAEMPFEN (A.) . . . . La Tasse à thé.
KAULBACH . . . . . . . Le Renard (de Gœthe).
MACÉ (Jean). . . . . . Histoire de deux marchands de pommes
(Arithmétique du Grand-Papa).
— Contes du Petit Château.
— Histoire d'une Bouchée de pain.
— * Les Serviteurs de l'estomac.
— Théâtre du Petit Château.
MARELLE (Ch.) . . . . Le petit monde.
MALOT (Hector) . . . Romain Kalbris.
MAYNE-REID. . . . . . AVENTURES DE TERRE ET DE MER :
— * Les deux filles du Squatter.
— Les Planteurs de la Jamaïque.
— Le Désert d'eau.
— Les jeunes Esclaves.
— Les Naufragés de l'île de Bornéo.
— William-le-Mousse.
— La Sœur perdue.
MULLER (E.) . . . . Récits enfantins.
— La Jeunesse des hommes célèbres.
NÉRAUD et MACÉ . . . Botanique de ma fille.
NOEL (Eugène) . . . . La Vie des fleurs.
RATISBONNE (Louis) . . La Comédie enfantine.
SAINTINE (X.) . . . Picciola.
SANDEAU (J.) . . . La Roche aux Mouettes.
SAUVAGE (E.) . . . . . La petite Bohémienne.
SÉGUR (comte DE) . . . Fables.
STAHL (P. J.) . . . . . Contes et récits de morale familière.
— La Famille Chester.
— Histoire d'un âne et de deux jeunes filles.
— * Les Patins d'argent.
STAHL et DE WAILLY . Contes célèbres anglais.
— Mon premier voyage en mer.
VIOLLET-LE-DUC. . . Histoire d'une Maison.

JULES VERNE. — Œuvre complète illustrée.

Prix : broché, 71 fr.; toile tr. dor., 101 fr. ; relié, tr. dor., 114 fr.

Typographie Lahure, rue de Fleurus, 9, à Paris.

www.ingramcontent.com/pod-product-compliance
Lightning Source LLC
Chambersburg PA
CBHW050314030726
47505CB00003B/705